いにしえの香り

―古典にみる「にほひ」の世界―

樋口百合子

淡交社

いにしへの香り

―古典にみる「にほひ」の世界―

樋口百合子

［序文］

香りが道になるまで

―『いにしへの香り』上梓にあたって

志野流香道二十世家元　蜂谷宗玄

人は四季の風物はもとより人事に至るまで、移ろう匂い、香りを感じ、愛で、詩・和歌を詠い、絵を画き、喜びに浸ってきた。

香りの世界、香道はすでに平安時代の王朝文化の中で芽生えていたかもしれない。その華やかな王朝文化の流れの基調は、感性の美意識、即ち「雅び」であった。そして、香りは王朝貴族の日々の生活に欠かすことの出来ない大切な要素であった。

貴族達は「薫物《たきもの》」を空薫《そらた》きし、追風用意《おいかぜようい》にし、また掛香、香袋なども唐風から和風へと優雅な香りを完成させている。

『古今和歌集』には、梅・桜・山吹・藤袴ほか、花の匂いにこと寄せた歌が詠われた。

五月待つ花橘の香をかげば昔の人の袖の香ぞする　　読人知らず

五月になって咲く橘の花の香りを嗅ぎ、かつて心を通わせた人の袖の「移り香」を思い出したという。

『源氏物語』の「空蝉《うつせみ》」の帖では、空蝉は良い香りがするので、源氏が忍んで来たことを知り、逃げ出している。そして、源氏は空蝉の脱ぎ捨てていた蝉の抜け殻のような薄衣に残る移り香を懐かしみ、偲んでいる。あるいは、「夕顔」には、香を薫き込めた扇の上に夕顔の花を一輪乗せ、差し出したところから、源氏と夕顔の恋が始まった。

また、「香合《こうあわせ》」の先駆となる「薫物合《たきものあわせ》」を描写した「梅ヶ枝」に香りのことを、

心にくく静やかなる匂い、艶《なま》めかしう懐《なつ》かしき香《か》、はなやかに今めかしう、しめやかなる香《か》して哀《あは》れになつかし

などと、美麗な詞《ことば》で綴っている。

このように、香りに対する感性は、繊細、鋭敏で、表現も豊潤であった。ただ、それだけでなく、そこに遊び心が潜んでいるようにも思える。

「香道」は、こうして培われてきた美意識のもと、禅宗の宗教感、武人の刹那的思考などの影響も手伝い、香の習いはより洗練されて、〈香りは聞く〉方向に移り変わり、出来上がっていったと思われる。

「聞香《もんこう》」に供する要品は、東南アジアを主産とする希少価値の高い沈水香木《じんすいこうぼく》であった。熱

するとより馥郁《ふくいく》とした香りを発する沈香木の一つ「伽羅《きやら》」は、「その様やさしく位有りて自然とたをやかにして優美なり、宮人のごとし」と、大宮人の人格に譬えて表現し、王朝時代への憧れを忘れてはいない。

こうして香木を貴とび、良木を求める気運が高まっていく。

バサラ大名・佐々木道誉に、大量の香木を焚き火をするかのように燃やしたとの伝聞がある一方、蒐集した香木に、花宴《はなのえん》、楊貴妃《ようきひ》、似《にたり》、白梅《はくばい》、花散里《はなちるさと》（六十一種名香より）などの「香銘」を付与することが起きている。

付名の由来を、「楊貴妃」なら「ほかに類がないほど匂いは焦がれるほどに美しく、焚香した香炉を手にすると、二度と離しがたい恋しさを秘めている」と事細かに説き、「白梅」の香は「偏によく匂い、白梅は一重が多いから名とした。また、列、味、曲などもよく分り、濃木でひとえに知られるとの心による」と記している。道誉は、五感の感覚と多彩な文学的才能に恵まれていたのであろう。

名香の出現により、十六世紀も始まるころ、沈水香を炷《た》き競べ、その長所を判じる「香合」が始まり、次いで、香りの異、同を聞き分ける「組香《くみこう》」の開発により、香道は大成された。

中国渡来の薫物の故事に始まった香の事に加え、古典の注釈書、古今伝授など、無くしてはならない、伝えなければならないとする心情と香りが合致した香道。和歌や書を学び、文を書き、歴史、有識故実を知るなど、和の文化の集成である香道の魅力は尽きない。「聞香」には、可能な限り想像力を駆使することにより、自由に己れの世界をつくり出す楽しさを秘めている。小さな一片の香木から無限の世界が広がる。

王朝の香りは形を変えつつも、その心を忘れずに今日に至っていて、香りの文化は開花している。

この程、上梓された『いにしへの香り』は、古代の日本人は匂い、香りの表現が未熟であったことからであろうか、その感覚は希薄であったとのこれまでの指摘に対して、いかに敏感であったかの真相を、記紀や詩歌集そのほかの古文献より考察されている。

本書の著者は、二十年程前に当流香道の門戸を叩かれている。それ以来、京都の寺町教場へ熱心に通われ、現在、流派の高弟という地位にまでなられた。その間、香会ではその力量を発揮され、また香道授業の講師として、その指導をお願いしている方である。本業は「中世万葉集受容の研究」をされており、著作・論文も多数ある。そして、「『歌枕名寄』伝本の研究」により、奈良女子大学から平成二十三年に学位（博士・文学）を授与された。今回の書は、香道とも縁のある匂い、香りの事象を古文献の分析などから解き起こし、広範な角度から軽快な筆跡で眺めている。香りのことの学問的意義を知り、楽しめる。香道に携わる者としても興味深い一冊である。

目次

第二章

『古事記』の香り

―屎尿より生まれた神―

第三章

『風土記』の香り

―地名は匂ふ―

装　丁　ウーム総合企画事務所
イラスト　堀内仁美

はじめに

古代日本人の香りへの思い

（1）古昔《いにしへ》の香りの世界―『玉勝間《たまかつま》』

古代（飛鳥・奈良時代）の日本人は、香りに「鈍感」であったというのが定説となっています。この考えは、専《もっぱ》ら江戸時代の※1本居宣長《もとおりのりなが》によるといわれています。十八世紀の国学者である宣長は、生涯で多くの書物を著しています。三十五年かかって完成したという『古事記伝』が最も有名ですが、『うひ山ぶみ』『源氏物語玉の小櫛』などもよく知られています。なかでも、随筆※2『玉勝間』は、よく読まれる作品ですが、その中に古代の「香り」に言及した次の一節があります。

梅の花の歌に香《か》をよむ事

梅花の歌には、香をむねとよむことなれども、万葉集には、梅の歌いと多かるに、香をよめるは、ただ廿の巻に、うめのはな香をかぐはしみ、遠けども心もしぬに君をしぞ思ふ、とある一ツのみにて、これをおきては、見えず、いにしへはすべて香をめづることはなかりし也、橘の歌も万葉にいと多けれども、それも香をよめるは、十七の巻と十八の巻とに、ただ二首あるのみなり、其外十の巻に、茸《タケ》をよめる歌、高円の此峯もせに笠立てて、みちさかりなる秋の香のよさ、とよめるなどより外には、すべて物の香をめでたる歌は見えず、にほひとおほくよめるは、みな色のにほひにて、鼻にかがるる香にはあらず。（以下略）

（『玉勝間』巻十三）

「梅花の歌では、主に香りを詠むけれども、『万葉集』では、梅の歌が大変多くあるのだが、香りを詠む歌は、わずかに巻の二十の「梅の花香をかぐはしみ遠けども心もしぬに君をしぞ思ふ」の一首のみで、これ以外にはない。古代は全く香りを称賛することはなかった。橘の歌も万葉にたいそう多くあるが、それも香りを詠んだ歌は巻十七と十八に、わずか二首あるだけである。その他に巻十に、茸を詠んだ歌「高円のこの峯も狭に笠立ててみちさかりなる秋の香のよさ」と詠んでいる以外には、全くものの香りを称賛した歌はない。に

本居宣長の旧宅二階にある、五十三歳の時に増築した四畳半の書斎「鈴屋」。（本居宣長記念館管理）

ほひという語を用いて多く詠んでいる歌は、すべて色の意味を表すにほひで、鼻で嗅ぐ香りではない。（以下略）」

これが古代の日本人が香りに鈍感であったという説の有力な根拠となっているのです。確かに『万葉集』には、後の『古今和歌集』や『新古今和歌集』に比べて、香りを詠んだ歌は少ないといえます。梅田達也氏の『香りへの招待』には、「カオリを詠んだ歌」の割合は『万葉集』〇・二％、『古今和歌集』二・八％、『新古今和歌集』一・三％と記されています。「カオリを詠んだ歌」の認定方法には異論もあるでしょうが、大体の傾向を表しているといえます。時代とともに日本人の嗅覚が鋭敏になっていったとすると、『古今和歌集』より『新古今和歌集』のほうが高い割合になっていなければなりませんが、そうではありません。つまり、歌集だけでは嗅覚の状況を判断することは正確ではなく、『万葉集』に香りを詠んだ歌が少ないということをもって、古代の人が香りに鈍感であったというべきではないでしょう。

また、日本人は中国の人に比べて香りに関心を持っていなかったという説もあります。

六朝時代から梅の香りは詠まれ、『懐風藻《かいふうそう》』の香りの表現が豊かであるのは漢詩に学んだからといわれています。宋代の※3林逋《りんぽ》という詩人は、生涯、主君も妻子も持たず、梅と鶴を愛したといわれています。なかでも、梅花を詠んだ七言律詩「山園の小梅」は、とても有名です。

衆芳揺落《しゅうはうえうらく》して　独《ひと》り暄妍《けんけん》たり
風情《ふぜい》を占《し》め盡《つく》して小園《せうゑん》に向かふ
疎影横斜《そえいわうしゃ》して　水清浅《みづせいせん》
［咲き初めて葉もまばらな枝の影を、清く浅い水の上に横に斜めに落とし］
暗香《あんかう》浮動《ふどう》して　月黄昏《つきくわうこん》
［月もおぼろな黄昏時になると、香りがどこことも知れず、ほのかに漂う。］

霜禽《そうきん》下《くだ》らんと欲《ほっ》して　先《ま》ず眼《め》を偸《ぬす》み
粉蝶《ふんてふ》如《も》し知らば　合《まさ》に魂を断つべし
幸《さいわひ》に微吟《びぎん》の相狎《あいな》るべくあり
須《もち》いず　壇板《だんばん》と金尊《きんそん》とを

中国では専ら昼間の芳香を詠み、中唐に至って暗香（夜の梅の香り）が多く詠まれるようになったといわれています。林逋の詩は、暗香を詠んだ優れた詩として知られています。

日本人は漢詩に表現技法を学び、影響を受けたことは確かですが、そのことで中国の人に比べて香りに関心を持っていなかったといってよいのでしょうか。

日本に「香道」という極めて繊細な芸道があります。ミリ単位に香木を切ったものを香炉で炷《た》き、優雅な所作で香炉を回しながら、その香りを区別するというものです。香りに鈍感であった日本人が世界にも類を見ない、香りの繊細の極みというべき「香道」を生み出すには、どこかで突然変異でもあったとしなければ、理解できません。香りは形のないものですから、表現しにくいものです。表現する技術が未熟であったために「歌」という形に結実しなかっただけで、香りに関心がなく、鈍感であったという宣長の結論にはいささか疑問を抱かざるをえません。

龍本那津子氏は「色彩と香気を一体のものとして捉え表現するものであったため、「香気」のみを言語化するための言葉を持たなかった」と述べています。これが、上代において香りを詠んだ和歌が少ない理由の一つと思われます。決して日本人が香りに無関心であり、鈍感であったわけではありません。

第一章で「にほふ」について詳しく述べますが、朱捷《しゅしょう》氏は『においとひびき』の中でとても興味深いことを述べています。「にほふ」は、視覚的な意味から嗅覚の意味を持つようになり、二つの意味を同時に持つ語です。「かをる」もまた二つの意味を持っています。「英語をはじめ、フランス語、ドイツ語、ポルトガル語などを調べてみたが、「におい」のような嗅覚と視覚を一語で表現する語彙は、日本語以外についに見つかっていない」と氏は述べています。世界の主な言語の中でも稀な視覚と嗅覚、二つの意味を同時に持つ言語を生み出した日本人は、香りに対して鈍感・無関心というよりは、むしろ特異な感受性を持っていたのではないでしょうか。

（2）『玉造《たまつくり》小町《こまち》壮衰書《そうすいしょ》』にみる薫馨

小野小町百歳の像といわれる卒塔婆小町坐像（随心院蔵）
仁明天皇に仕えた小野小町が、宮中を退いて後過ごした、随心院に残る晩年の姿とされる像。

『玉造小町壮衰書』という漢詩文の書が平安時代後期に書かれています。作者は、はっきりとはわかっていません。書名に「小町」という名前がついていること、また「壮衰《そうすい》―若くて盛んであることと年老いて美しくなくなること」という言葉から、この書物は「小野小町」がモデルではないかと、想像がつくでしょう。美貌を頼みに驕慢《きょうまん》な人生を送っていた「小野小町」が、老境に至り一転して落魄《らくはく》の境涯の内に終焉を迎えたという伝説が、もうこの頃にはできあがっていたと思われます。しかし、類い稀な美貌と才能に恵まれ、多くの男性の求愛を欲しいままにした「小野小町」が、何故凄惨《せいさん》な老後を迎えることになったのか、そのいきさつはあまり語られていません。ただ、数多《あまた》の男性の愛を拒否したが故に、その報いとしての無残な老後であったといわれているだけです。

『玉造小町壮衰書』には、若く盛んな時には※4楊貴妃《ようきひ》や※5李夫人《りふじん》を凌ぐ美貌を誇り、贅沢の限りを尽くした女が、両親兄弟の死に遇《あ》い、たちまちの内に零落していく境涯が、長文の序と二百六十句もの漢詩で華麗に綴られています。その序の中に次のような一説があります。

73 錦繡《きんしう》の服は、
74 しばしば蘭閨《らんけい》のうちに満ち、
75 羅綾《らりよう》の衣《ころも》は、
76 多く桂殿《けいでん》の間《あひだ》に余《あま》れり。

[錦繡や刺繡の美しい衣服は、いつも蘭香かおる部屋に満ち溢れ、薄い絹の綾織物でできた衣服は、桂で作られた御殿にありあまっていた。]

87 光《ひかり》麒麟《きりん》の釧《たまき》を照らし
88 香《か》鴛鴦《ゑんあう》の衾《ふすま》に薫《くん》ず。

[差し込む光は麒麟を彫んだ腕輪を照らし、炷きしめた香りは鴛鴦の模様を刺繡した夜具に薫っていた。]

95 薫馨《くんけい》尽《つ》くること無く、
96 光彩《くわうさい》余《あまり》あり。

[芳しい薫りは絶えることなく、きらびやかな光が満ち溢れていた。]

99 気《き》香《きやう》薫《くん》馥《ふく》のかたちは、
100 蘭麝《らんじや》の風《かぜ》に散《さん》ずる匂ひに異《こと》ならず。

[馥郁《ふくいく》とした香りが満ち溢れるさまは、蘭麝の香りが風に乗って発散する匂いのようだった。]

117 翠麝《すいじや》の薫《たきもの》は百花《はくか》を招きて、
118 室中《しつちゆう》に余れり。

［翠麝（青紫色の麝香《じゃこう》。強い香りを放つ高級品）の香りは、多くの花の香りを集めたようで室内に溢れんばかりであった。］

（各行の始めの数字は、全体の中の行数を表す）

これは、老いて町を徘徊する女が、若い頃に贅沢の限りを尽くしますが、親兄弟の死にあって零落したさまを作者に語る「序」の一説です。衣食住にわたっての豪奢《ごうしゃ》な生活を、縷々《るる》と語るのですが、そこに香りに触れた箇所があります。ここに語られる生活は、当時としてはかなりの知識を持つ作者が、持てる知識と教養を総動員してつくりあげた、実際あったとは到底考えられない、再現不可能というより、想像することも困難な華麗な世界です。この悪趣味ともいえる華麗な世界は、見るだけで疲れてしまいそうです。作者はこの老女がいかに贅沢な暮らしをしていたかを述べ、若い時の生活が華麗であればあるほど、落魄した晩年との落差が強調され、文学的効果が高まると考えたのでしょう。

では、この『玉造小町壮衰書』の香りに触れた箇所を詳しく見てみましょう。

74にある「蘭闥」の「蘭」は、観賞用の胡蝶蘭やシンビジウムなどの洋蘭でもなく、日本に古くからある葉蘭や春蘭の東洋蘭でもないのです。「蘭」は多くは「藤袴」を指すといわれています。秋の七草の一つに数えられ、その名前のゆかしさを愛され、平安時代以降は和歌に数多く詠まれています。しかし、春の沈丁花や夏の百合、秋の金木犀のような強い香りではなく、もっと穏やかな香りの花です。見た目も決して派手ではありません。蘭は、この藤袴、またはもう少し範囲を拡げて、「香りの良い草」一般を指すこともあります。この「蘭闥のうち」は「良い香りのする部屋」という意味で、「藤袴」を部屋に飾っているという意味ではないでしょう。

また、76にある「桂殿」は霊木、香木とされる「桂」でできた宮殿、つまり、上質の材でできた宮殿ということでしょう。これは、白檀（沈香ともいわれている、沈香は白檀よりさらに上質）でできた宮殿（部屋）に住んでいたと伝えられる楊貴妃の影響かもしれません。この数行前に「楊貴妃の花の眼《まなこ》も奈《なん》ともせず（楊貴妃の花のような眼ものの数ではなかった。楊貴妃より美しかったという意味）」という一節があり、その影響は明らかです。芳しい香り溢れる部屋での生活を物語っています。

次の88の「鴛鴦の被」は「鴛鴦を刺繍した衾《ふすま》」のことで「夜具」までが香妙《かぐは》しく香《かお》っていたのです。

95では「薫馨尽くること無く」とありますが、「薫」も「馨」も「良い香り」の意味ですので、彼女の周りには芳しい香りが始終満ち溢れていたということです。

99の「馥」は「香気が盛んに溢れる」意味ですので、彼女の周りを取り巻く素晴らしい香りは、まるで「蘭麝」が風に乗って発散するような香りであったというのです。「蘭」は先に述べた「藤袴」もしくは「藤袴をも含んだ香りの良い草」、そして「麝」は「ムスク」の名で知られる雄の「麝香鹿《じゃこうじか》」の「香嚢《こうぶくろ》」から採れる香料で、現在でも香水の調香に欠かせない、貴重なものです。日本では採取することはできませんが、遠く奈良時代より愛好されていたものです。この麝香については、後に詳しく触れることにしましょう（第六章）。つまり「蘭麝」とは、それぞれ植物性と動物性の香りを代表するもので、それが結びつけられたのですから、おおよそ人間が想像しうる最高の良い香りという意味で用いられている言葉です。この「蘭麝」という名は、後に名香「蘭奢待《らんじゃたい》」の名にも影響を及ぼしたのですが、とにかく素晴らしい香りということを述べたい時に使われる言葉であるということは覚えておいてよいでしょう。

さらに、117では「翠麝」という言葉が用いられていますが、この「翠麝」は「麝香の最高級品で青紫色をしていて強い芳香を放つ」とされているものです。この「翠麝」の香り溢れる部屋は、「百花—良い香りの花をすべて」を集めたように、素晴らしい香りが馥郁と全体に漂っていたのです。多くの香りの良い花を集めた香りというのは、果たして良い香りかどうかいささか疑問ですが、作者としては想像を絶する、筆舌に尽くしがたい素晴らしい香りということを表現したかったのでしょう。

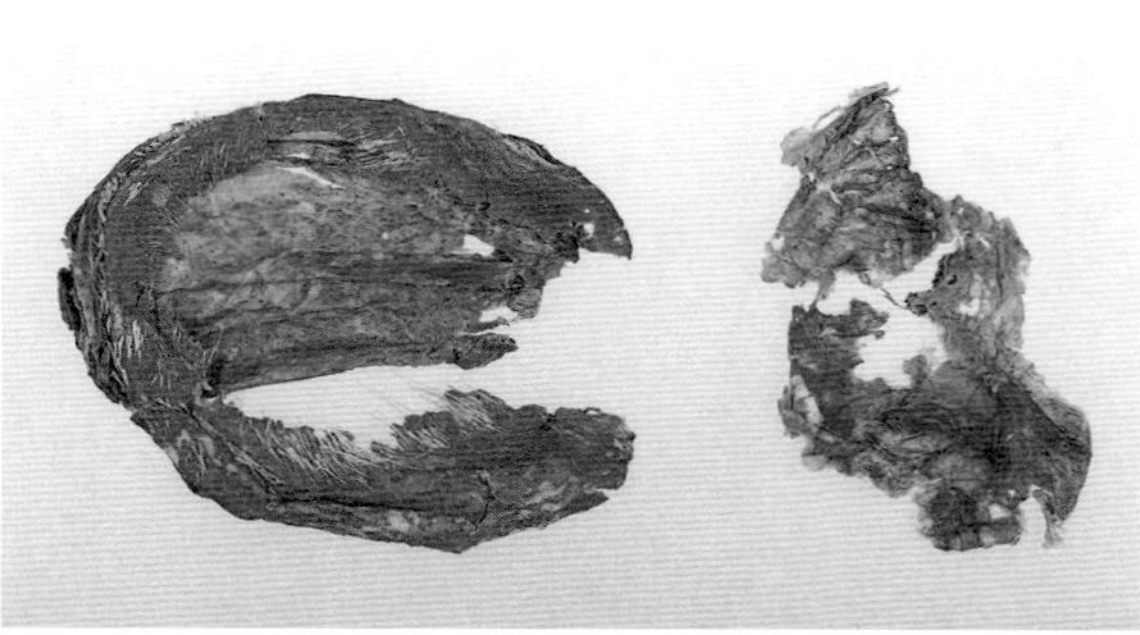

麝香皮（正倉院宝物）
香水や匂袋に欠かせないムスクを得られる、雄のジャコウジカの腹部にある麝香皮（香嚢）の一部。

このように『玉造小町壮衰書』には、主人公の衣食住にわたる贅を尽くした生活が細かく語られています。香りは衣食住どれとも関わりの深いものですが、ここでは主に住生活と関わって語られています。しかし、今挙げた例に見る限り『玉造小町壮衰書』の作者は、あまり香りに詳しくなかったようです。表現は取り立てて新しいものではなく、常套句《じょうとうく》ばかりに頼っています。香りに関する知識はあまり豊かでないといえます。室内や衣服の克明な描写に比べると、香りの描写はあまりに貧弱です。豪奢な香りを繰り返し記していますが、具体的ではありません。平安時代後期ならば、貴族は、仏教とともにもたらされた香を楽しみとして生活の中に取り入れ、不可欠のものとするほど親しんでいました。しかし、それは貴族の中でも上流の人々の話で、中流以下の貴族にはまだ浸透していなかったようです。『玉造小町壮衰書』の作者はかなりの知識人ですが、身分はあまり高くなかったと想像されます。頭で理解していても、実際の生活は香りを楽しむ生活とはほど遠いものであったのでしょう。あるいは、香りは住居や衣服の一部分に過ぎないと考えていたのかもしれません。それにしても、具体的に名を挙げているのは「蘭・桂・麝香」だけというのは、いささか貧弱といえましょう。室内に薫《た》き染めるなら季節ごとに楽しむ練香《ねりこう》「六種《むくさ》の薫物《たきもの》」がありますし、また衣服用としては唐櫃《からびつ》に衣服とともに納めることで香りを染み込ませ、防虫効果もある「裛衣《えひ》香（衣被香）」がありました。それには全く触れていません。

しかし、作者は豪華絢爛たる生活、想像可能な限りの華麗な生活を描くのに香がかかせぬものという思いを抱いていました。それは間違いなかったのですが、上流貴族の生活とは、室内にも衣服にもえも言われぬ芳香が漂うものという想像だけに終わっていたようです。『玉造小町壮衰書』の主人公である老女の、若くて美しかった頃の、欠けることのない絢爛たる世界を形成するのに香りは欠かせぬものと、作者は考えていたことだけは確かでしょう。悪臭が漂っていては絢爛たる世界はたちまち瓦解したでしょうから。

当時、香材料はすべて輸入に頼っていましたが、仏事だけではなく奈良時代から「香」を生活に取り入れ、楽しむようになっていました。しかし、それは天皇をはじめとする一握りの皇族・貴族に限られていたのでした。

（3）『十訓抄』にみる麝香

武正《たけまさ》といふ舎人《とねり》のかなしくしける子のわづらふことありて、麝香《じやかう》を求めけるに、よきを尋ねえざりければ、とかく思ひまはしけれど、「さるべき人々も、心の底さばかりにこそ」とおしはかられて、色にいでざりけり。思ひかねて「侍従《じじゆうの》大納言《だいなごん》ばかりこそ、優《いう》の人におはすれ。さりとも」と思ひて、かしこに参りて、中門《ちゆうもん》のかたにたたずみ、見入れたれば、ことの外に古くからさびたる家の、寝殿《しんでん》の隅《すみ》、所々破《や》れたるに、空薫《そらだ》きの心にくく薫りて、まことに優なり。とばかりありて、扇打ちならして階隠《はしかくし》の間にすすむ。「なにごとに来られたりけるぞ」と問ひ給ひければ、「しかじかの事の侍り」ときこえたり。まづ世の中の物語などし給ひけるほどに、御簾《みす》の破れより見ければ、白き衣《きぬ》、赤袴《あかばかま》着給ひて、烏帽子《えぼし》してぞ居給ひたりける。いでむとしける時、紫の七重薄様に、薬づつみして、投げ出だされたりし、心にしみて、優にぞおぼえしと語り侍りける。

〔武正という舎人の、大変にかわいがっていた子が、病気になることがあった。麝香の薬を捜し求めたのだけれども、なかなか良いものを手に入れることができなかった。いろいろと思いめぐらすのだけれども、「どんな人だって、本音ではこんなものなのだろう」と思われたので、顔にはそんな思いを出すことはなかった。しかし、どうにも困りはてて「侍従大納言卿は、心の優しい方でいらっしゃる。たとえ、他の人がそうであっても、この方だけは」と思って、お屋敷に伺い、中門のあたりに佇んで、邸内を覗き込んだ。家はことのほかに古びて枯れさびた家で、寝殿の隅も所々壊れ、空薫きの香りがどこからともなく漂い、いかにも心憎いさまである。本当に風流で、趣の深い家の様子であった。暫く経って、武正は扇を鳴らして階隠の間のほうに向かった。大納言は「何事の用事でお見えになられたのですか」とお聞きになる。「これこれのことがございまして」などとお答え申し上げる。はじめの内は世間話などをなさっていた。御簾の破れから覗くと、白い衣に赤い袴、烏帽子を召されて、座っていらっしゃった。退出しようとした時に、紫の七重薄様に包まれた麝香をお下しになった。それは本当に心にしみるばかりの優しい心遣いだった、と武正は語っていたということである。〕

『十訓抄』は、鎌倉時代中期に書かれた説話で、作者は六波羅二臈左衛門《ろくはらじろうざえもん》入道という人物とされていますが、この人物について詳しいことはわかっていません。少年を対象に善をすすめ、悪を戒めようという教訓啓蒙の意図のもとに、十の徳目を設け、それぞれに相応しい話を二百八十ほど集めています。これはその中の「人に恵《めぐみ》を施《ほどこ》すべき事」という教訓の中にある話です。舎人というような下級官人では「麝香」は専ら薬品として用いるもので、しかもとても貴重であり、当然持ってはいません。お金を払えば簡単に入手できるというわけでもなさそうです。一部の上流の貴族しか持っていませんでした。その貴族たちも容易に融通してくれそうもない貴重なものでした。わが子のために思いあまった武正は、侍従大納言のもとを訪れます。大納言といえば、大臣に次ぐ政府の高官でした。その屋敷を訪ねてみると、御簾はところどころ破れているのに、「空薫物《そらだきもの》」の香りが「心にくく」香っていたとあります。決して裕福には見えないのに、常に「空薫物」を絶やさぬ大納言の優雅な人柄がさりげなく描かれています。そして、大納言は「紫の七重薄様」に「薬包み」にして武正に麝香を譲ってくれたのです。上流貴族は「麝香」を持っていることは珍しくなかったようです。しかし、めったに人に与えることのない、貴重なものとして秘蔵していたことが窺えます。また「紫の薄様《うすよう》」を「七重」にして「薬包み」にして与えたということから、大納言もとても大切にしていることがわかるのです。

『十訓抄』のこの話に登場する侍従大納言は、藤原行成とも藤原成通ともいわれています。行成は天禄三年～万寿四年（九七二～一〇二七）、成通は承徳元年～永暦元年（一〇九七～一一六〇）の人ですので、『十訓抄』の成立は鎌倉時代中期ですが、この話は平安時代中期から末期にかけての話ということになります。先に述べた『玉造小町壮衰書』とほぼ同時代ということになるでしょうか。やはり、香はまだまだ上流の特権階級の人達の嗜むものであったということです。

（4）理想の世界

平安時代には、香は日常生活で楽しむようになったのですが、まだ一部の特権階級に限られていました。それは、香を楽しむのに必要な材料の殆どを輸入に頼らなければならないからで、量も少なく、とても高価であったからでしょう。そして、贅沢品であって、それがなければ生きていけないというものではなかったこともあるでしょう。けれども、その香りの潤す生活を味わっていなくても、その存在を知っていて、理想の生活には欠かせないものという理解はしていました。一つの憧れでありました。どうでもよいものとして、忘れてしまうことは決してありませんでした。この香りへの思いがやがて、中世に至り「香道」へと行き着くのです。

冒頭で述べたように、古代の日本人は香りに「鈍感」であったといわれています。それが事実なら、その鈍感な日本人が、日本で決して産出しない香木に心奪われ、自家薬籠中のものとし、いかにして「香道」に行き着いたのか、数ミリ角の小さな香木の香りを優雅な所作で、大勢で楽しむという、世界に類を見ない文化を作りあげることができたのか不思議でなりません。異国の香りに触れ、愛し、自家薬籠中のものとするまでに、いったいどのような旅をしたのか、本書の中で辿ってみたいと思います。

では、文学の旅、香りの旅を楽しんでください。少し意外な旅になるはずです。

注

1 本居宣長（もとおり・のりなが）　享保十五年～享和元年（一七三〇～一八〇一）。江戸時代の国学者・文献学者・医師。

2 『玉勝間』（たまかつま）　十四巻、目録一巻。寛政五年（一七九三）起稿し、享和元年（一八〇一）に没するまで書き続けた。寛政七年～文化九年（一七九五～一八一二）刊。宣長の学問・芸術・人生への考えを記したもの。

3 林逋（りんぽ）　九六七～一〇二八。中国、北宋の詩人。諡号《しごう》は和靖。西湖中の孤山に隠棲し、梅を妻、鶴を子として過ごし、西湖の美しい自然を詠じた。作品は明の沈履編「和靖《わじょう》先生詩集」。作品は、林逋自身ができるたびに捨てたために多くは残っていない。

4 楊貴妃（ようきひ）　開元七年～至徳元年（七一九～七五六）。中国唐代の皇妃。姓は楊、名は玉環。貴妃は皇妃としての順位を表す称号。玄宗皇帝の寵姫。

5 李夫人（りふじん）　前漢の七代皇帝・武帝（在位：紀元前一四一年～紀元前八十七年）の寵姫。その美貌は傾城傾国の語源となった。

第一章

「にほふ」と「かをる」

（1）にほひ・にほふ

「はじめに」で述べたように、本居宣長は『玉勝間』の中で「梅花の歌は主に香りを詠むのだが、『万葉集』には梅の歌は多くあるが、香りを詠んだ歌は一首だけである。古代は香りを称賛することはなかった。橘の香りなどについても、『万葉集』には二、三首である。にほひという語を多く詠んでいるが、これは視覚を詠んだもので嗅覚ではない。云々」といっています。つまり、古代の日本人は、香りに鈍感で、関心をはらわなかったというものでした。これに従う意見も多いのですが、果たしてそうだったのでしょうか。古代の日本人は香りに全く無関心に生きていたのでしょうか。

そのことを古代文学の中に探ってみたいというのが、本書の目的です。対象とする作品は『古事記』『風土記』『日本書紀』『懐風藻』『万葉集』『続日本紀』など、古代の作品ですが、では、これらの作品の何を見ていけばよいのでしょうか。『玉勝間』の文章にもあった「かぐはしみ」とか「にほひ」という言葉が気になります。この言葉が用いられている周辺には何らかの香りが漂っているように思われるからです。

一書に曰く、伊奘諾尊《いざなきのみこと》と伊奘冉尊《いざなみのみこと》と、ともに大八洲国《おほやしまのくに》を生みたまふ。しかして後に伊奘諾尊の曰《のたま》はく、「我が生める国、唯朝霧のみありて、薫《かを》りみてるかも」とのたまひ、すなはち吹きはらふ気《いき》、神に化為《な》る。（中略）これ風の神なり。

（『日本書紀』「神代紀」第五段一書の第六）

［一書に伝えていうことには、伊奘諾尊は伊奘冉尊とともに大八洲国をお生みになった。そうして後に伊奘諾尊はおっしゃったことには「我々の生んだ国は、朝霧だけがかすんでたちこめているなあ」とおっしゃって、ただちにその霧を吹き払った息が、神となった。（中略）これが風の神である。］

このように、『日本書紀』の「神代紀」第五段の一書の第六には「薫」という語が用いられています。「薫満之哉」がそれで、「薫り満てるかも」とか「薫り満てるかな」と訓《よ》まれています。このように、「薫・香」という語は、上代の作品でもかなり用いられています。この語が現代と同じく「香」を指すのかは詳しく見ないとわかりませんが、「かをる（かをり）」や「にほふ（にほひ）」が用いられている箇所に注目していきましょう。また「かをる・にほふ」の言葉が用いられていなくても、強烈な「かをり・にほひ」を発していると思われる箇所も見過ごすわけにはいきません。この条件に当てはまる箇所は意外に多くありました。しかし、筆者が強烈な香りと判断しても、個人差があるでしょう。ですから、見逃した箇所や削除すべき箇所も数多くあり、完全を期するのは難しいので、とりあえず、香りの旅に出てみることにしましょう。

ところが、旅に出る前に解決しておかなければならない問題があります。本居宣長が『玉勝間』の中で「にほひと多くよめるは云々」と述べているところです。『万葉集』では「にほひは多く用いられているが、それは殆ど視覚を表している」といっています。今我々が用いている「匂い」は専《もっぱ》ら嗅覚ですが、上古はそうではなかったのです。そこで、一口に視覚といっても、どういう意味で用いられたのか明らかにしておく必要があります。また『日本書紀』に用いられていた「薫り」の意味も、我々の現代の用法とは異なった意味で用いられています。

まず、古語辞典のいくつかから、古代の意味を見てみましょう。

『岩波古語辞典』で「にほふ」の語を見ると、

にほひ―ニは丹で赤色の土、転じて赤色。ホ（秀）はぬきんでて表れているところ。赤く色が浮き出るのが原義。転じてものの香りがほのぼのと立つ意。①赤く色が映える。②色に染まる。③色美しく映える。④美しい顔色である。⑤香りがほのぼのと立つ。⑥こまやかですぐれている。

と、原義・意味とともに用例が挙げられています。これによると「にほふ」の本来の意味は「赤く色が浮き出る」であり、そこから「赤く色が映える」、次に「赤」に限らず「色美しく映える」の意味が生まれたということです。「香り」の意味で用いられるのは、少し時代が下がるということでしょうか。

もう一つ、小学館の『古語大辞典』を見てみましょう。

にほふ　①赤く色づく。美しく色づく。②美しい色に輝く。照り輝く。照る。③輝くように美しい。若々しい魅力を発散している。④（赤土や花などの）色が他に照り映える。⑤恩恵を受けて栄える。⑥よい匂いがする。香気が漂う。⑦（染め色または襲《かさね》の色目を）次第に変化するように配色する。ぼかす。

とあります。これらを見ると、「にほふ」という語は、今私たちが理解しているような、専ら「嗅覚」を意味するだけではなくて、「視覚」を意味し、むしろそれが原義であったことがわかります。

それでは、現代では視覚の意味を全く失ってしまったのかを確かめるために『広辞苑』（第六版）を見てみますと、

におう【匂う・臭う】　ニは丹で赤色、ホは穂・秀の意で外に現れること、すなわち赤などの色にくっきり色づくのが原義。転じて、ものの香りがほのぼのと立つ意。①色に染まる。②色が美しく映える。③よい香りが立つ。④悪いにおいがする。⑤美しさが溢れる。⑥余光・恩恵が周囲に及ぶ。

と、説明されています。「におう」は嗅覚を表すだけではなく、視覚の意味があり、むしろそれが原義であったことが明確に記されています。

池田亀鑑氏が「嗅覚や、視覚や、聴覚等の感覚を超える美の一つの形態」と述べ、また、龍本那津子氏は「光、明るさを持ち、また「にほふ主体」によって客体までもにほふ」ものであり、「それは咲く花から漂い出る芳香の性質にもあてはまり、花のにほひとして鮮やかに照り映える色彩とともに一体のものとして把握されたゆえんであろう」と述べています。つまり「にほふ」の視覚性と嗅覚性は、不可分の強い呪力を持った存在であり、不可視《ふかし》であるが、その存在を否定できない、あると認識せざるを得ない力が「にほふ」であるということです。不可視であるが故に、古代においては「ことば」として表現できなかったのではないでしょうか。

（2）かをり・かをる

では、次に「かをる」について考えてみましょう。

『古事記』『風土記』『日本書紀』には「にほふ」の用法はありませんが、「かをる」は、先に挙げた『日本書紀』「神代紀」の「我が生める国、唯朝霧のみありて、薫りみてるかも」にあるように、「記紀」（『古事記』と『日本書紀』の総称）にも見ることができます。ただし、口語訳には「たちこめている」とあり、「香り」という嗅覚を表す意味ではありません。「かをる」という語も、表すものは嗅覚だけではないようです。同じような例が『万葉集』にもあります。

明日香の　清御原の宮に　天の下　知らしめしし　やすみしし　我が大君　高照らす　日の皇子　いかさまに思ほしめせか　神風の　伊勢の国は　沖つ藻も　なみたる波に　塩気のみ　かをれる国に　うまこり　あやにともしき　高照らす　日の皇子　　（『万葉集』巻二・一六二）

〔（上略）（神風の）伊勢の国は、沖の藻も靡いている波に、潮の香ばかりたちこめている国に、（うまこり）まことにお慕わしい、（高照らす）日の皇子様〕

この「塩気のみかをれる」という歌句は、先の「神代紀」の「朝霧のみありて、薫りみてるかも」と似通っています。「かをる」主体は「朝霧」と「塩気」、どちらも明確に捉えがたいものです。この点で「不可視」であった「にほふ」と共通するものがあるようです。

『岩波古語辞典』では、

かをり【薫り・燻り】《気《か》折りの意。煙・火・霧などがほのかに立ち上って、なびきただよう意。転じて匂いの漂う意。類義語ニホヒは赤い色の美しさが浮きあがるのが原義》①気がほのかに立つ。②匂いが漂う。③色がぼうっとけむって見える。

と説明され、小学館の『古語大辞典』では、

かをる【薫る・燻る】①火や蒸気・煙・霧などが、ほのかにたちこめる。②香りがする。③目もとや髪の辺りが、美しく映えて見える。

とあり、また『広辞苑』（第六版）では、

かおる【薫る・香る・馨る】①煙・霧・霞・靄・香などがただよう。②よいにおいがただよう。③顔、特に目もとなどがつややかで美しい。

と説明され、「にほひ」と同様、「かをる」も嗅覚だけではなく、視覚を表す語であったことが共通しています。

松本剛氏は「カ」について「五感にとらわれない、古代人に与えられた独特な感覚によってのみ正確に把握できる、『霊妙』な性格を持つもの」「嗅覚で感覚しうるようなものを含んだ、直接に接した対象から発散されるエキスかスピリットのようなもの」としています。ここに「にほふ」との共通点があるといえるでしょう。

ところで、『竹取物語』の女主人公「かぐや姫」についても「輝くように美しい」のか「素晴らしい匂いを発散している」のか、両方の説があります。また、十一代・垂仁天皇の御代に登場する「ときじくのかくの木実」（『古事記』、『日本書紀』では「非時香果《ときじくのかくのみ》（菓）」）も「時を定めずに良い香りを放っている」または「時を定めず美しく輝いている」の両様の解釈があります。「か」は「におい」か「光」か、どちらか一方に結論づけるのは困難であり、「視覚・嗅覚」の総合体であり、不可分のものと考えるべきかもしれません。

（3）「にほふ」と「かをる」の相違

「にほふ」と「かをる」は、ともに視覚嗅覚不可分のものであり、不可視の強い力を持つ存在を表す語でした。「神」もまた「不可視の強い力」を持つ存在であり、「霊妙」な存在という点において、共通するといえるでしょう。

しかし、「にほふ」「かをる」という異なる言語で表すには、そこに何らかの違いがあったといえます。「にほふ」は「花」「躑躅」「橘」など花を主体とする例が多く、「かをる」は「朝霧」「塩気」などが主体でありました。そこから「にほふ」は原義の「丹」が持っている華やかな存在を意識させ、一方「かをる」は「霧」「塩気」のように色彩感の乏しい地味な存在を意識させるようです。そこに両者の違いがあると思われますが、それは時代とともに変化していきます。

『古今和歌集』の時代（平安時代前期）になれば、

色も香も　昔の濃さに　にほへども　植ゑけむ人の　かげぞ恋しき　（紀貫之　巻一六・八五一　哀傷）

の歌に見るように「色（視覚）」と「香（嗅覚）」は明確に区別されるようになりますが、それがともに「にほふ」という述語で受けるというところに、「かをる」が「にほふ」よりも早くに視覚性を失っていったことを表しています。

このように、「にほふ」は『古今和歌集』ではまだ視覚的に用いられることが多く、『源氏物語』の頃（平安時代中期）になって、漸く視覚と嗅覚はほぼ同じになり、やがて嗅覚が多くなっていくのですが、現代においても絶えたわけではありません。

古代人は嗅覚に対して鈍感であったということは、決してないでしょう。一語で表せるほど単純ではなかったので、それを表すことができなかったのです。嗅覚を歌に詠まないことが、嗅覚に鈍感であったことを表しているわけではありません。どの時代よりも闇を多く所有していた人々が、視覚よりも嗅覚が劣っていたとは思われません。闇の中で自己を守るために嗅覚は大きな役割を持っていたはずです。漆黒の闇の中では何も見えません。したがって、視覚は役には立たないのです。触覚も正体のわからぬものにむやみに触れるわけにはいかないので、さほど役には立たないでしょう。味覚は論外で、聴覚と嗅覚が目に見えぬ敵から身を守る情報を得る器官であり、現代人よりははるかに鋭敏であったと思うのです。このような状況で、嗅覚だけが鈍感であったとは考えられません。

では、古代の人々が嗅覚に対してどれほど鋭敏であったか探る旅を、古代の書物を一つずつひもときながら、はじめることにしましょう。

第二章

『古事記』の香り

―屎尿より生まれた神―

（1）『古事記』の成立

※1『古事記』は、筆録者・※2太安万侶《おおのやすまろ》の記した序文に「天武天皇（四十代）が正しい歴史を伝えようとして、※3稗田阿礼《ひえだのあれ》に誦習させていたものを、元明《げんめい》天皇（四十三代）の時代に、太安万侶が撰録したもので、和銅五年（七一二）正月に完成した」と記されています。上・中・下の三巻があって、神代から三十三代・推古《すいこ》天皇までの歴史が語られていて、現存する最古の書物ということになります。その成立は疑われていたこともありましたが、昭和五十四年初めの衝撃的な発見によって、その疑問は解決しました。

昭和五十四年の一月十八日の朝、奈良市此瀬《このせ》町の茶畑を、持ち主の竹西英夫氏が、茶の木の植え替えをするために掘り返していた時に、『古事記』の筆録者・太安万侶の葬られていた墓を偶然発見したのです。近鉄奈良駅からバスでおおよそ三十分、太安万侶の墓のある―通称トンボ山（今もトンボはたくさん飛んでいる）は人通りも少ない、茶畑に囲まれた静かなところです。東に光仁天皇陵、西に春日宮天皇陵（志貴皇子）があります。物音も稀なそこに太安万侶は千二百年以上の間、静かに眠っていたのです。墓には太安万侶の骨と副葬品と銅板の墓誌が埋もれていました。墓誌には、

左京四條四坊従四位下勲五等太朝臣安萬侶以癸亥年七月六日卒之　養老七年十二月十五日乙巳

と記されていました。太安万侶や『古事記』について実在を疑う説もありますので、当然この墓誌についても真偽いずれの説もありますが、実在したとして話を進めることとします。また『古事記』の中に百首以上収められている、万葉仮名で書かれた歌謡は、上代特殊仮名遣いを正しく用いていることからも、序文に記されている成立の時期―和銅五年は信じてよいと思われます。

おおよそ千三百年前に書かれたこの『古事記』には、どのような香りが語られているのでしょうか。

（2）屎尿から生まれる神々

『古事記』の「神代記」にある、伊邪那岐命《いざなきのみこと》・伊邪那美命《いざなみのみこと》（『日本書紀』では伊奘諾尊《いざなきのみこと》・伊奘冉尊《いざなみのみこと》）の男女二神が次々と日本の国土や神々を生んでいった話はよく知られています。全部で十四の島と三十五柱の神々を生んでいます。その終わりのほうの話ですが、伊邪那美命は火神（『古事記』では、火之夜藝速男神《ひのやぎはやを》とも火之炫毘古神《ひのかかびこ》とも火之迦具土神《ひのかぐつち》ともいう）を産み、そのため「美蕃登《みほと》（女陰）」を焼かれて瀕死の大火傷を負い、病み臥せることになります。この「火之迦具土神」は『古事記　祝詞』（日本古典文学大系）の倉野憲司氏の頭注によると「迦具」は「芳しい」の意味で、物が火に焼けると匂いを発することによる名であるとなっています。「つ」は「…の」にあたる助詞で、「ち」は「霊」を意味する言葉といいます。物が焼ける時にはその物質は全く別の物に変化してしまいます。その変化の過程で出る「香」に霊的威力を感じていたということです。「迦具土」にはそういう意味が認められるといってよいでしょう。ところが、この「迦具」の意味には異説があって、『古事記』（新潮日本古典集成）の「神名釈義」（西宮一民校注）では「光（火）がほのかにちらちらと揺れる（燃える）」意味であるとしています。

また、誰もが知っているあの「かぐや姫」にも「かぐ」が用いられていて「竹がほのかに光っているような美しさ」で男性を魅了したのか、それとも西施や楊貴妃、あるいは香妃のように、体から芳香を発して男性を魅了したのか意見がわかれるところです。なお、「かく」と「かぐ」にも、「かく」は「輝く」の意味であり、「かぐ」は「ちらちらと燃える」であって、意味ははっきりと異なるとされています。このように「かぐ」には解決しがたい問題があるのです。しかし、香りの旅をしている我々はひとまず、「物が火に焼けると匂いを発する」という説に従うことにしましょう。

さて、火神出産で大火傷を負い、重体となった伊邪那美命はその後どうなったのでしょうか。すぐ後に「多具理《たぐり》に生《な》れる神の名は金山毘古神《かなやまびこ》、次に金山毘売神《かなやまびめ》」と書かれています。「多具理」とは「嘔吐物」のことです。火傷を負い、苦しさのあまり嘔吐したのでしょう。その嘔吐物から神が生まれました。「金山」は鉱物を産出する山のことで、鉱山の神です。嘔吐物が鉱石を火で溶かしたどろっとした状態に似ていることによるのだそうです。重要な鉱山の神が尊い神が、嘔吐物から生まれるなんて、あまりに意外で驚く人も多いでしょう。「嘔吐物」という字を見るだけで何か匂ってきそうで、ありがたくありません。しかし、これだけではなく、驚くような記述がまだまだ続いています。

嘔吐物の次は「屎《くそ》」が登場します。「金山毘古神・金山毘売神」を嘔吐物から生んだ次は、伊邪那美命の「屎」から「波邇夜須毘古《はにやすびこ》神」と「波邇夜須毘売《はにやすびめ》神」を生みます。「波邇夜須」は「粘土」のことで、「粘土」の神が生まれました。屎と粘土が似ていることからの連想によるのだということです。粘土から土器が造られ、火で焼き固めるので、火と関わりがあるということでしょう。

最後に伊邪那美命は「尿《ゆまり》」から「弥都波能売《みつはのめ》神」と「和久産巣日《わくむすひ》神」を生みます。この「弥都波能売神」は「水の神」といわれています。勢いが盛んになり過ぎて危険になった火は、水で鎮圧することが必要で、潅漑用水の神でもある、とても大切な神様です。そして、同じく「尿」から農業をつかさどる神「和久産巣日神」が生まれます。

このように嘔吐物・屎・尿と、次々に悪臭漂うものが登場し、しかもそこから尊い神様が生まれてくるのですから、驚くというよりは不思議さを感じます。古代の人はどういう考えであったのでしょうかと。現在でも子供が（一部の大人にもいますが）「屎・尿」にあたるようなことをわざと口に出し喜ぶ、大人が当惑するのをみて興奮するという感情に似ているのでしょうか。いえ、とてもそうは思えません。悪臭に強靭な力を認めていたのかもしれません。あるいは「屎尿」には生産力を増強することに関係するともいわれています。そういえば、昭和三十年代までは「屎尿」は大切な肥料でした。農業に携わる人たちは都会に住む人と屎尿売買の契約をし、定期的に購入していました。

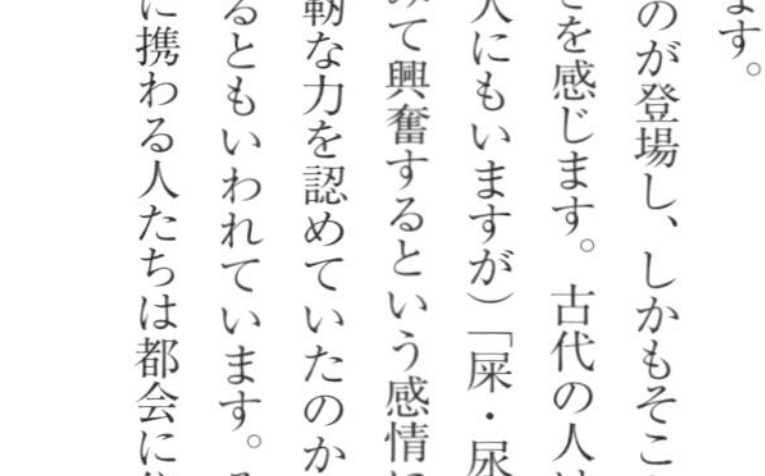
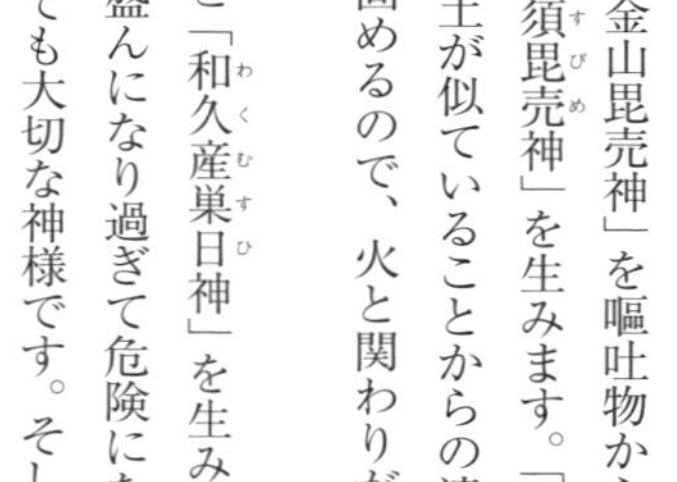

左／金山彦神社（写真提供／柏原市）
瀕死の伊邪那美命の多具理より生まれた鉱山の神、金山毘古神を祀る。
右／金山媛神社（写真提供／柏原市）
同じく金山毘売神を祀る。

それにしても、稗田阿礼はどんなまじめな顔をして語り、太安万侶はどんなしかつめらしい顔をして記述していったのでしょうか。想像してみると、とても面白いと思いませんか。

火を鎮める水の神「弥都波能売神」を生んだにも関わらず、大火傷を負った伊邪那美命は、夫・伊邪那岐命を残して亡くなり、黄泉の国へと旅立ってしまうのでした。

ところで、『古事記』は神代に始まり、神武天皇より推古天皇までを、『日本書紀』は神代より持統天皇までの歴史を記しているので、推古天皇までは両書は全く同じではありませんが、重なっているところが多くあります。『古事記』で取り上げたところを『日本書紀』で再び取り上げるのは、退屈になってしまいますので、本章では簡単に表記の違いを述べることとします。そして、第四章の「『日本書紀』の香り」では、『古事記』にない香りの記事を取り上げることにしたいと思います。

それでは、この伊邪那美命が迦具土神を産んだことにより、大火傷を負って亡くなる話は『日本書紀』ではどのように語られているでしょうか。そちらを見てみましょう。『日本書紀』では記述に正伝と別伝があり、最初に正伝を述べた後で、別伝を述べてます。「一書に曰く」として述べられる別伝は、多い時は十以上におよびます。『日本書紀』の編者は、数多く伝えられた話を恣意《しい》的に選び取って記すのではなく、別伝をも取り上げることで、客観性を保とうとしたようです。この迦具土神の話は別伝の四にあります。話の概略はほぼ同じですので、繰り返すことはしませんが、『古事記』で「多具理・屎・尿」と表現されていたものが、『日本書紀』では「吐《たぐり》・大便《くそまり》・小便《ゆまり》」となっています。意味するところは変わりませんが、用字が違っているのです。これは他の箇所でもよく見られることです。どういう意図で字を変えているのかまではよくわかりません。

よく知られている天照大御神《あまてらすおおみかみ》の「天《あめ》の石屋戸《いわやと》ごもり」にも悪臭が漂っています。

天照大御神の営田《つくりた》の阿《あ》を離ち、その溝《みぞ》を埋《うづ》め、また、その大嘗《おほにへ》をきこしめす殿に屎麻理《くそまり》散らしき。（中略）天照大御神、忌服屋《いみはたや》に坐《ま》して神御衣《かむみそ》織らしめたまひし時に、その服屋の頂《むね》を穿《うが》ち、天《あめ》の斑馬《ふちこま》を逆剥《さかは》ぎに剥ぎて、堕《おと》し入るる時に、天の服織女《はたおりめ》見驚きて、梭《ひ》に陰上《ほと》を衝《つ》きて死にき。

（『古事記』神代記）

「（須佐之男命《すさのおのみこと》は）天照大御神のおつくりになっている田の畔《あぜ》を壊し、その溝を埋め、また天照大御神が大嘗《おおにえ》（新穀を食べる祭の食べ物）を召し上がる御殿に屎をして撒き散らした。（中略）天照大御神が神聖な機《はた》を織る家にいらっしゃって、天つ神の御衣を織らせていた時に、その家の天井に穴をあけ、高天原《たかまのはら》の斑入りの馬を逆剥ぎに（尾のほうから逆さに皮を剥ぐ）剥いで落とし入れたところ、天の服織女がこれを見て驚き、梭で女陰をついて死んでしまった。」

須佐之男命の凄まじい暴力の場面です。母を亡くした寂しさから、暴れて姉である天照大御神を困らせるという家庭内暴力のような話ですが、神様ですから、規模が違います。この場面で「屎を撒き散らした」とあります。先は「屎」から神様が生まれていますので、古代の人々は、清潔な環境に慣らされた現代人よりは屎尿の匂いに抵抗がなかったのでしょうか。しかし、道端や厠《かわや》ではなく、神聖な神祭りの場ですから、衝撃は大きいと思われます。また、「馬の皮を剥いで」というところは、皮を剥ぐのですから、当然大量の血がしたたりおちて、辺り一面血の匂いがして、馬が落ちて来たのですから、機織女はさぞ驚いたことでしょう。「梭に女陰をついて死んだ」となっていますが、そうでなくても、衝撃のあまり生きていなかったでしょう。

『日本書紀』においても、須佐之男命の悪態は『古事記』と変わるところはありません。「屎まり」であり「天の斑馬を逆剥ぎに剥ぎて」と全く同じことを述べているのです。

こうして『古事記』から始まった香りの旅は、早速、悪臭にまみれてしまいました。

次は、どんな香りが待っているのでしょうか。

（3）香木にのぼる山幸彦

天照大御神の御子の正勝吾勝々速日天之忍穂耳命《まさかつあかつかちはやひあめのおしほみみのみこと》の御子（天照大御神の孫にあたる）・天津日高日子番能邇々藝命《あまつひたかひこほのににぎのみこと》（略して邇々藝命）は、高天原から八重にたなびく雲を押し分けて進み、日向《ひゅうが》の高千穂《たかちほ》の峰に降臨しました。いわゆる天孫降臨です。ここから『古事記』は地上の話になります。この間には興味深い話がたくさんありますが、私たちは香りの旅をしているわけですから、今は省略することにしましょう。さて、地上に降り立った邇々藝命は、大山津見神《おおやまつみのかみ》の娘・木花之佐久夜毘売《このはなのさくやびめ》という麗しい美人と結婚し、三人の子を持つことになります。その内の二人が「海幸彦・山幸彦」の話でよく知られている「火照命《ほてりのみこと》（海幸彦）・火遠理命《ほおりのみこと》（山幸彦）」です。「海幸彦」は「海の獲物をとる男」、「山幸彦」は「山の獲物をとる男」の意味で、ある日、それぞれの「獲物をとるための道具」を交換して役割を替わってみようという話になります。しかし、成果はないどころか、山幸彦は海幸彦の「釣り針」をなくしてしまいました。山幸彦は大切な剣を折って何百何千という釣り針を作って償おうとしますが、兄の海幸彦は受け取ろうとせず、なおもとの釣り針を返せと山幸彦を責めるのでした。このあたりは『古事記』を読んでいない人もよく知っている話で、幼い頃になんとなく聞いていると思います。幼い頃は海幸彦・山幸彦が皇室の遠いご先祖だなどと考えもしませんでした。成長して『古事記』を読んで、改めて神々の繋がりを知り、驚く人も多いでしょう。このように『古事記』は無意識の内に断片的に私たちの脳裏に刻み込まれていることが少なからずあります。

兄・海幸彦の難題に困り果てた山幸彦は、海辺で泣き嘆いていると、塩椎神《しおつちのかみ》（潮流をつかさどる神）が現れて、「綿津見神《わたつみのかみ》の宮」に行くようにと告げます。

そして、次のように指示します。

その神の御門《みかど》にいたらば、傍《かたは》らの井上《ゐのへ》に湯津香木《ゆつかつら》あらむ。その木の上にいまさば、その海の神の女《むすめ》、見て相議《あひはか》らむぞ。

（『古事記』神代記）

［海神の宮殿に到着したならば、入り口のそばに「湯津香木」があるであろう。そこで、その木の上にいらっしゃれば、その海神の娘があなたを見つけて相談に乗ってくれるだろう。］

この釣り針発見に繋がる重要な場面に「湯津香木」が出てくるのです。これには「訓香木云加都良木＝香木を訓みてかつらといふ。木ぞ」という訓注がついていますので「香木」を「かつら」と訓むことは間違いありません。

故《かれ》、教《をしへ》の随《まにま》に少し行くに、備《つぶ》さにその言《こと》の如し。その香木《かつら》に登りていましき。

［そこで、塩椎の神の教えにしたがって少し進むと、すべてその言葉のとおりであった。そこで香木に登っていらっしゃった。］

そこに海神の娘・豊玉毘売《とよたまびめ》の召使いが水を汲みに来て、麗しき山幸彦を発見し、豊玉毘売に報告をします。

人有りて我が井上の香木《かつら》の上にいます。

［人がいて、私どもの井戸のそばの香木の上にいらっしゃいます。］

山幸彦は香木の木に登ることによってその木の霊力を身につけ、無事に目的を果たしたばかりか、海神の助けによって兄との戦いに勝ち、天孫の後継者となります。香木の霊力は、実に偉大であったと言わざるを得ません。

そのあとも「香木」は二度でてきます。最初にでてきた「湯津香木《ゆつかつら》」の「ゆつ」は、「ゆ＝斎」が「神聖」の意味、「つ」は「…の」の意味の助詞です。この「香木」が普通の木ではなく「神聖な木、不思議な力を持っている霊木」であることを表しています。そして「香木」という字は、この霊木が良い香りを発する木であることを想像させます。この木は今私たちが「かつら＝桂」と呼んでいる木なのでしょうか。確かに、桂は霊木と呼ぶに相応しい風格を持った木です。兵庫県香美町村岡区にある但馬高原植物園には、樹齢千数百年を経た「和池の大カツラ」と呼ばれる桂の木があります。枝葉は空を覆い、幹は数人の人でやっと囲《ま》けるのです。鬱蒼と茂る巨木の根の下を一日五千トンの水が流れる風景は、そこだけが古代に時間移動したように思えるでしょう。この周辺には、まだ他にも桂の巨木（兎和野の大カツラ）があると聞いています。千数百年の昔、『古事記』が書かれた時

和池の大カツラ（写真提供／但馬高原植物園）
兵庫県指定天然記念物。樹齢千年以上。主幹は、支幹の太さ約三メートルの樹叢十数本に囲まれる。

代には、大和のそこここにも古代から息づいてきた桂の巨木があったことでしょう。そして、古代の人々はその威風堂々とした風格ある姿に霊威を感じたのでしょうか。

芳香ですが、桂の木は幹や葉に遠くからでもそれとわかる香りがあるわけではありません。ところが、秋になり、黄葉すると、ほのかに甘い香りを発するようになります。

『古事記』には、実はこの山幸彦の海神の宮訪問に先立って「かつら」が登場する場面があります。

故しかして、鳴女《なきめ》天《あめ》より降《くだ》り到りて、天若日子《あめわかひこ》が門《かど》の湯津楓《ゆつかつら》の上に居《ゐ》て、言《こと》の委曲《つばひら》けきこと、天《あま》つ神《かみ》の詔命《みことのり》の如し。

［それで鳴女という名の雉子が天から（葦原中国《あしはらのなかつくに》へ）下り着いて、天若日子の住居の入り口のそばにある神聖な桂の木の上に止まり、天つ神の詔《みことのり》を委細漏らさず伝えた。］

葦原の中つ国（地上）の支配権を大国主神《おおくにぬしのかみ》から奪い取ろうとする天照大御神は、平定に差し向けた天若日子が、八年経っても復命しないので、※4雉子《きじ》の鳴女を派遣し、ことの次第を問い詰める場面です。尋問する雉子の鳴女は「湯津楓」の上に止まって、天照大御神の詔を伝えたとあります。この「楓」は※5『倭名類聚抄《わみょうるいじゅしょう》』によると「楓　乎加豆良、桂　女加豆良」とある楓のことで「かつら」と訓まれています。紅葉を観賞する「楓《かえで》」とは別物らしいのです。『倭名類聚抄』には、中国の古辞書※6『爾雅《じが》』を引いて「脂ありてかぐはし。これを楓といふ」ともあり、木の中に生成した樹脂が芳香のもととなっている、沈香木に近いものを想像させるのです。しかし、その一方で中国では「桂花陳酒」の名前に見るように「桂」が「金木犀」を指しています。「金木犀」であれば、確かに芳香といえるでしょう。したがって、この「ゆつかつら」を「木犀」という可能性もあるといわれています。金木犀の芳香は確かに魅力的ですが、古代人がその香りを愛でたかどうかは疑問です。忘れてならないのは、古代には金木犀は日本にはなかったということです。また、現代人と古代人の香りの好みが必ずしも一致すると限りません。『万葉集』でも詠まれている「百合」は決してその香りを詠まれることはありません。また、悪臭で知られる「女郎花」の香りを称える歌が平安貴族によって詠まれているのを見ると、本当に女郎花を知っていたのかまでも疑いたくなるほどです。どう考えてもあの女郎花の香りを称える気にはなれません。香りの嗜好は時代とともに変化していることも忘れてはならないことです。このことは、また第六章で考えてみることにして、「かつら」に戻ることにしましょう。

天照大御神の使いである雉子の鳴女や天照大御神の子孫である山幸彦が登る木は特別なものであり、霊木と考えられていたことは当然です。それが現在の桂なのか、それともまた別の木なのか結論の出ていないところですが、高木である桂は霊木に相応しいと思います。多くの生命を生かしつつ、自らも千数百年生き続けている、あの但馬高原の桂の木の荘厳なさまは実に霊木と称されるのに相応しいと思われました。

さて、山幸彦は「香木」に登り、その霊妙なる力を受けたのか、釣り針を無事に取り返し、難題で散々苦しめられた兄・海幸彦に復讐します。また、海神の娘・豊玉毘売を妻とし、初代の天皇となる神武《じんむ》天皇の父・天津日高日子波限建鵜葺草葺不合《あまつひたかひこなぎさたけうかやふきあへずの》命《みこと》を産むという重要な話へと繋がるのです。ともあれ、山幸彦は香木の力により無事にその目的を遂げました。これは後に香木といわれる「沈水香木」が、まだ日本にもたらされるより遥か昔の話でした。

『日本書紀』では「かつら」が「香木」ではなく「杜樹」となっています。「杜」は「桂」の間違いだという説もあります。ところが、一カ所でなく、何カ所も「杜樹」となっているので、間違いではないと思うのですが、詳しいことはわかりません。『万葉集』には「かつら」は四首に詠まれていますが、「楓」もしくは「桂」と表記されていて、「香木」という字は用いられていません。

（4）憎き敵は韮《にら》

前述した天津日高日子波限建鵜葺草葺不合命は母・豊玉毘売《とよたまびめ》の妹で乳母でもあった玉依毘売《たまよりびめ》と結婚し、四人の子を持ちます。五瀬命《いつせのみこと》・稲氷命《いなひのみこと》・御毛沼命《みけぬのみこと》・神倭伊波礼毘古命《かむやまといはれびこのみこと》（神武天皇）です。この内、稲氷命は母の国を求めて海原へ、御毛沼命は常世の国に渡り、長男と末子が残されることになりました。高千穂宮に残った五瀬命と神倭伊波礼毘古命は、世の中を治めるのにより相応しい土地を求めて東へと旅に出ます。長い旅でした。
日向高千穂を出発し、筑紫《つくし》の国で一年を過ごします。そこを出て安芸《あき》国で今度は七年を過ごすのでした。続いて吉備《きび》国で八年を過ごすことになります。高千穂を出てから十六年経ってしまいました。航海の苦労の少ない穏やかな瀬戸内海で何故これほどの時間を必要としたかは語られていません。恐らく東征の道筋に居住する勢力を持っていた豪族を臣従させるのにかかった月日でしょう。吉備国を出てほどなく、明石海峡の辺りで五瀬命と神倭伊波礼毘古命一行は、「亀の甲に乗って釣りをしながら羽ばたきしてくる人」という、まるで「浦島太郎」のような人に出会います。この時から急に運が開けたようです。この「浦島太郎」もどきの人物は「国つ神」と名乗ります。「国つ神」とは古くからその土地に土着している神のことで、古代豪族を神格化していった名です。この国つ神を従者とし、海路の案内をさせるのです。よき道案内を得て、速やかに旅は進み、浪速《なみはや》の渡《わたり》にやってきました。上陸し、さらに東を目指すのですが、そこで大和と浪速一帯を支配する登美能那賀須泥毘古《とみのながすねびこ》と戦うことになります。登美能那賀須泥毘古軍は強力で、五瀬命は矢傷《やきず》を負い退却、方向転換し、さらに迂回して南下、紀国《きのくに》から大和をめざそうとしたのです。その途中で高千穂を出て以来、ともに行動してきた五瀬命は、矢傷がもとで亡くなってしまいました。ついに神倭伊波礼毘古命はたった一人になったのです。神倭伊波礼毘古命にとって登美能那賀須泥毘古は憎んであまりある宿敵となり、必ず倒さなければならない存在となりました。一人になった神倭伊波礼毘古命でしたが、怯《ひる》むことなく進み、熊野に到着しました。そして、八咫烏《やたがらす》の導きで大和を目指し、次々と戦いに勝っていきます。そして、ついに宿敵、登美能那賀須泥毘古と戦う時がやってきました。

しかる後に登美毘古《とみびこ》（登美能那賀須泥毘古のこと）を撃《う》たむとせし時に、歌ひて曰く

①みつみつし　久米《くめ》の子らが　粟生《あはふ》には　香韮一本《かみらひともと》　其《そ》ねが本《もと》　其《そ》ね芽《め》つなぎて　撃《う》ちてし止《や》まむ

［その後に、登美毘古を撃とうとした時に、歌っていうには
威力のある　久米部《くめぶ》の者たちの　粟畑《あわばたけ》には　匂いの強い韮《にら》が一本生えている。その根と芽を探し求めるように、敵を探し出して撃ち滅ぼしてしまおう。］

また、歌ひて曰く

②みつみつし　久米の子らが　垣本《かきもと》に　植ゑしはじかみ　口疼《ひひ》く　我は忘れじ　撃ちてし止まむ

［また　歌っていうことには

威力のある　久米部の者たちが　垣のところに植えたはじかみを食べると口がぴりぴりする。その痛みを私は忘れまい。撃ち滅ぼしてしまおう。］

また　歌ひて曰く

③神風《かむかぜ》の　伊勢の海の　大石《おひし》に　這《はひ》ひ廻《もとほ》ろふ　細螺《しただみ》の　い這《は》ひ廻《もとほ》り　撃ちてし止まむ

［また　歌っていうことには

（神風の）伊勢の海の大きい石の上を這《は》い廻《まわ》っている細螺のように、這い廻ってでも、敵を撃ち滅ぼしてしまおう。］

（『古事記』神武記）

この三首は、五音七音だけでなく、四音六音もある長歌です。兄・五瀬命を死に到らしめた登美毘古を撃つ時に三首もの歌を詠んでいます。「今度の敵は今までとは違うぞ、前に手ひどい目にあっている登美毘古だぞ、わかっているかみんな。あの悔しい思いを忘れないようにするのだ」と士気を鼓舞し、全軍の意思統一を図るために、ゆめゆめ油断することのないようにと歌ったのでありましょう。

三首のうち「香り」に関係のあるのは①②だけです。まず①から見ていきましょう。

「久米の子ら」は、邇々藝命の高千穂降臨の時に先導役としてお仕えした天津久米命を祖とする戦闘集団の一族です。高千穂を出た時から、神倭伊波礼毘古命と苦労をともにしてきました。今やっと苦労が報われる時が来て、長い旅も終わりに近づいています。しかも、一度手ひどい負け戦をして五瀬命を奪われています。その宿敵登美毘古を討ち果たす時がきました。「今はこの勢いからして恐らく登美毘古に勝つであろう、いやどうしても負けるわけにはいかない」と、戦闘意識はいやがうえにも高まってきています。「熊野に上陸して以来、負けることなく戦いは進んできたが、決して油断してはならぬ、敵はあの憎い登美毘古だぞ、みんな、あの悔しさを忘れていないだろうな」と、全軍を引き締めるために詠いました。

「粟生」は「蓬生・浅茅生」の「生」と同じで、「植物の群生地」を表す言葉で「粟畑」という意味です。粟は貴重な食料で、久米一族も栽培していたのでしょうか。その大切な粟畑に韮が生えている、匂いが強く、生命力も強い韮は粟を圧倒してしまいかねない、油断のならない存在でありました。韮は最初はなかなか成長しません。他の植物がぐんぐん大きくなっていく中で、全く目立たない成長ぶりです。しかし、諦めた頃に芽を出します。その後もなかなか大きくなりませんが、一旦成長すると、後は何年も手をかけなくても、夏の暑い日に水をやらなくても、肥料をやることがなくても、滅びることはありません。そして、季節ごとに白い美しい花まで咲かせるのです。強い生命力を持っているのでしょう。小さい芽だからといって油断をするな、今に大きくなって粟畑を滅ぼすぞ、だから今の内に芽を摘むだけでなく、根まで引っこ抜いてしまわねばならないぞと言っています。「香韮《かみら》」は原文では「賀美良」と記されていて、「香韮」「臭韮」の二説があります。「香韮」とすると「匂いの強い韮」、「臭韮」とすると「臭い韮」となり「臭い」ということが強調されますが、大きな違いはありません。韮の強い生命力の中心をその強烈な香りと考えていることに変わりはないでしょう。

「撃ちてし止まむ」と、徹底的に滅ぼすまでは戦いを止めないという強い決意の言葉で歌は終わります。まるで「えいえいおうっ」という掛け声が聞こえてくるようです。

②では「韮」に替わり「はじかみ」が出てきます。この「はじかみ」の解釈は「山椒」説と「生姜」説があり、現在では「山椒」のほうが日本に入ってくるのが早かったといわれ、「山椒」説が有力となっています。ひとまず「山椒」としておきましょう。山椒も生姜もどちらも口に入れるとひりひりすることは同じです。山椒も生姜も随分古くからあったようです。どちらも韮ほどではありませんが、特有の強い香りがします。「口に含んだ時の激しい辛さがいつまでも忘れられない、そのように登美毘古から受けた痛手はいつまでも忘れない、忘れてはならない」という決意を表しています。

①の「韮」も②の「山椒」も、その強い刺激と香りが強さに繋がっています。古代の人たちは強い香りを持つものは強い力を持っていると考えていたのでした。

戦いは勝利に終わり、高千穂を出てから漸く、神倭伊波礼毘古命は各地を支配していた諸部族を平らげ、「畝傍《うねび》の橿原《かしはら》」に宮殿を造営し、天下を治めることになりました。神武天皇の誕生です。

『日本書紀』では、①②の二首が『古事記』と同じく長髄彦《ながすねひこ》（登美能那賀須泥毘古）を打つ場面にあります。歌句も少し違うだけで、「香韮」も「はじかみ」も詠われていることに変わりはありません。

（5）大便をする美人を襲う神

国家平定を終えた天皇は大后《おおきさき》とする「美人《おとめ》」を求めます。原文にも「美人」と記されています。「美女」は外見的美しさを備えているのですが、「美人」は外見に加え、内面も充実している言葉で男女共通に用いられます。大后たる女性は外見内面両方備えていなければならなかったのです。それに大久米命《おおくめのみこと》（久米一族の長）が助言します。「神の子として評判の伊須気余理比売《いすけよりひめ》がよいでしょう」と。日頃から、天皇周辺の人たちが、情報収集に熱心であったことがわかります。そして、伊須気余理比売が神の子と呼ばれる由縁を語るのですが、それはとても面白い話です。三島（大阪府三島郡島本町の辺りか）の湟咋《みぞくい》の女・勢夜陀多良比売《せやだたらひめ》の美しさに強く惹かれた大物主神《おおものぬしのかみ》が、何とか我がものにしようとします。

その美人《をとめ》の大便《くそま》らむとせし時に、丹塗矢《にぬりや》と化《な》りて、その大便らむとせし溝《みぞ》より流れ下りて、その美人のほとを突き。しかくして、その美人、驚きて、立ち走りいすすきき。すなはち、その矢を持ち来て、床の辺に置くに、忽《たちま》ちに麗《うるは》しき壮夫《をとこ》と成りき。すなはちその美人を娶《めと》りて、生みし子の名は、富登多々良伊須々岐比売命《ほとたたらいすすきひめのみこと》といふ。またの名は比売多々良伊須気余理比売《ひめたたらいすけよりひめ》といふ。
（『古事記』神武記）

[その乙女が大便をしようとした時に、赤く塗った矢に姿を変えて、その大便をしようとした溝を流れ下って、その乙女の女陰をつきました。すると、その乙女は驚いて、走り回ってうろたえました。そして、その矢を持ってきて床のそばに置いたところ、その矢はたちまち立派な男性の姿になりました。そのまま乙女を娶って生んだ子の名は富登多々良伊須々岐比売命といい、またの名は比売多々良伊須気余理比売という。]

大物主神は勢夜陀多良比売が大便をしているところを丹塗矢に変身していきなり襲います。厠《かわや》は、古代は川屋の名に残っているように川や溝の上に作られていたらしいので、この溝は厠（便所）ということになります。排泄行為をしている時、人は最も油断しているということなのでしょうか。原文にも「大便」という語を用いていますが、何故「大便」をしている時なのか、眠って居る時とか、一人で散策している時のほうが、物語的でよいであろうに、とんでもない時に襲うなんて理解に苦しみます。大物主神の変身した丹塗矢にいきなり「ほと（女陰）」を突かれた勢夜陀多良比売は驚いて走り回ってうろたえたといいますが、当然でしょう。しかし、何か意味があるとでも思ったのでしょうか、その矢を床のそばに置いたところ、たちまち麗しい男性となりました。そして、この麗しい男性が勢夜陀多良比売を娶って、産まれたのが伊須気余理比売でした。大后となるには、ただ美しいだけでなく、神の子であるという尊い血を必要としたのでした。皇室の遠いご先祖、初代の天皇の大后誕生を巡る話に「大便」が関係しているとは、実に驚くべきというか呆れるというか、何かそこに意味があるのかと、つい考えてしまうのです。

神武天皇はこの大物主神の血を引く伊須気余理比売を大后としました。そして、神沼河耳命《かみぬなかわみみのみこと》、二代の綏靖《すいぜい》天皇が誕生するのです。

『日本書紀』には、この伊須気余理比売誕生にまつわる大物主神と勢夜陀多良比売との神婚のいきさつは、述べられておりません。あまりに卑俗なので削除されたのでしょうか。

（6）屎をつけて遁走

神武天皇から数えて十代目の崇神《すじん》天皇の時代の話です。崇神天皇の伯父の建波邇安王《たけはにやすのみこ》が謀反《むほん》を企て、天皇は同じく伯父の大毘古命《おおびこのみこと》に討伐を命じます。山城の国の木津河を間に向かいあった大毘古命軍と建波邇安王軍ですが、大毘古命軍の矢に当たってあっけなく建波邇安王は亡くなってしまいました。そして、建波邇安王軍は総崩れとなって遁走しますが、大毘古命軍はなおも追って行きます。

故《かれ》、その軍《いくさ》、悉《ことごと》く敗れて逃げ散りき。しかして、その逃ぐる軍を追ひ迫《せ》めて、久須婆《くすば》の度《わたり》に到《いた》りし時に、みな迫め窘《たしな》められて、屎《くそ》出でて褌《はかま》に懸《か》かりき。故、そこを号《なづ》けて屎褌《くそばかま》といふ。（いまは久須婆といふ）。また、その逃ぐる軍を遮《さ》へて斬れば、鵜《う》のごとく河に浮きき。その河を号けて鵜河《うかは》といふ。またその軍士《いくさ》を斬りはふりき。故、そこを号けて波布理曾能《はふりその》といふ。

（『古事記』中巻　崇神記）

「そこで、建波邇安王軍は、総崩れとなって逃げ去った。そして、大毘古命軍は逃げる軍勢を追いつめて、久須婆《くすば》の渡に着いた時に、皆攻め苦しめられて、屎が出て褌にかかった。それで、その地を名づけて、屎褌《くそばかま》といった（今は久須婆という）。また、その逃げる軍勢の行く手をはばんで斬ると、その死体が鵜のように河に浮かんだ。それで、その河を名づけて鵜河という。また、その戦士たちをばらばらに斬り散らした。それで、そこを名づけて波布理曾能《はふりその》という。」

久須婆は、今は樟葉または楠葉ともいわれ、大阪と京都の間の枚方市にある地名です。高層マンションが建ち、特急電車も止まる、京阪沿線有数の都会となりました。二十六代の継体天皇の樟葉宮で知られる地名ですが（『日本書紀』の継体紀による。『古事記』に樟葉宮の記述は見られない）、このような逸話も持っていたのです。

大毘古命軍は「死体が鵜のように浮かんだ」とか、「戦士たちをばらばらに斬った」という記述でも明らかなように、凶暴な軍隊です。その凶暴な軍勢に追いかけられた建波邇安王軍の残党は恐怖のあまり粗相をしてしまったというところでしょうか。恐怖心をよく表しているといえます。しかし、「くそばかま」から「くすば」は少し無理があるといわれています。とにかく、府下でも有数の都会に変身した樟葉にとっては名誉でない話なのです。

『日本書紀』では「褌より屎落ちしところを屎褌といふ。今樟葉といふは訛《よこなま》れるなり」とあり、殆ど同じといっていいでしょう。

（7）不老長寿をもたらす橘

『古事記』の香りの話はどうもあまり芳しくなく、屎尿の話ばかりで、顰蹙《ひんしゅく》をかいそうです。品のよくない話をわざわざ取り上げているのでは決してありません。香りに注目して抽出していくと、はからずもこういう結果になってしまったのです。けれども『古事記』には芳しい話もあります。先に述べた十代の崇神天皇から少し進んで、十一代・垂仁《すいにん》天皇の時のことです。

天皇《すめらみこと》、三宅連等《みやけのむらじら》が祖《おや》、名は多遅摩毛理《たぢまもり》をもちて、常世国《とこよの》に遣《つかは》して、ときじくのかくの木実《このみ》を求めしめき。故《かれ》、多遅摩毛理、遂《つひ》にその国に到《いた》り、その木実を採《と》りて、縵八縵《かげやかげ》、矛八矛《ほこやほこ》をもちくる間に、天皇、既に崩《さ》りましき。しかして、多遅摩毛理、縵四縵、矛四矛を分けて大后に献《たてまつ》り、縵四縵、矛四矛をもちて、天皇の御陵《みはか》の戸に献り置きて、その木実をささげて叫《さけ》び哭《な》きてまをさく、「常世の国のときじくのかくの木実をもち参上《まゐのぼ》りて侍《はべ》り」とまをして、つひに叫び哭きて死にき。そのときじくのかくの木実は、これ今の橘ぞ。

（『古事記』垂仁記）

［垂仁天皇は、三宅の連らの祖先である多遅摩毛理を、常世国に派遣して、「ときじくのかくの木実」を求めさせた。そして、多遅摩毛理が、ついに常世国に着き、その木実を採って、その葉がついたままの橘の枝と、葉を取り去って実だけの橘をたくさん持って帰ってくる間に天皇はすでに崩御されていた。それで多遅摩毛理は葉と実のついた橘の枝と、葉を取りさって実だけの枝の半分を大后に献上し、残りの半分を天皇の御陵の入り口に置いて、その中の橘の木実を手に持って高く捧げ、大声で絶叫慟哭していうことには「常世国のときじくのかくの木実を持って参上し、お側におります」と申し上げて、とうとう絶叫して死んでしまった。その時を定めず常に香る木実というのは、今の橘のことである。］

橘（写真／竹前朗）
多遅摩毛理が常世国より持ち帰ったとされる橘。樹高は二～四m、果実は三センチほどである。

不老長寿は、いつの時代も人間の究極の望みです。人やこの世を支配したい、贅沢をしたいという欲望を持って、権力争いを繰り返してきたのですが、争いに勝ち、余裕が生まれると、この状態を永遠に続けたいと思うようになります。しかし、人間は老いることから逃れることができません。そこで何とかして不老長寿を手にいれたいと思い、悩むようになります。十一代の垂仁天皇の世になって漸く政権が安定し始めたようです。垂仁天皇の父・崇神天皇は「初国《はつくに》を知らす御真木天皇《みまきのすめらみこと》」という称辞が捧げられています。「初国を知らす」とは、「初めて国家というものを領有支配すること」という意味があります。それまでは事実上、国家と呼べるものではなくて、地方豪族の少し規模の大きい部族ぐらいの力しかなかったのでしょうか。二代の綏靖《すいぜい》天皇から九代の開化《かいか》天皇までは欠史八代といってその存在を疑う人もいるのです。ともあれ、十代の崇神天皇から政権が安定してきたということでしょう。その後に即位した垂仁天皇の世はさらに安定していたはずです。目の前の争いを次々に克服していかねばならない時代から、とりあえず長期政権を目指す余裕が生まれてきたのでしょう。

「常世国」とは、海の彼方にある永生の国で、現世に幸福をもたらす理想の国と考えられた、憧れの地でした。天照大御神が天の岩戸に籠った時に「常世の長鳴鳥《ながなきどり》（神の使いの鶏）」が登場しますが、その「常世」であり、また神武天皇の兄の御毛沼命が「浪の穂を踏みて常世国に渡りまし」ともありました。多遅摩毛理が選ばれたのは、彼が新羅系帰化人の子孫であったので、海路に詳しかったからでしょう。韓国の南にある観光地で知られる済州島を常世国と想定する人もいます。具体的に何々島と比定するのは困難と思いますが、日本から見て、西のほうの海の彼方と考えていたのでしょう。

さて、この「ときじくのかくの木実」とは、いったい何でしょう。後に「今の橘」と種明かしをされているので、柑橘系の何かであろうと思われます。「ときじく」は、『古事記』では「登岐士玖能迦玖能木実《ときじくのかくのこのみ》」、『日本書紀』には「非時香菓《ときじくのかくのみ》」と記されていることから、「非時《ときじく》」すなわち「時を定めず常にある、四季に関わらず年中ある」の意味と思われます。問題は「かくの木実」です。やはり『日本書紀』に「香菓、此をば箇倶能未（かくのみ）」と記され、「香」が用いられているので「香りの良い果物」、「登岐士玖能迦玖能木実」「非時香菓」で「四季に関わらず、年中ある香りの良い果物」と解釈されてきました。しかし、一方では「かく」は「輝いている」の意味とする説もあり、それだと「年中輝いている果物」となります。いずれにしても、「ときじく—時を定めず常にある」の意味に変わりはありませんから、橘は永遠の命―不老長寿をもたらす果実と考えられていたのでしょう。橘は古代の人々に最も愛された植物でした。『古事記』『日本書紀』あるいは『万葉集』の中でもたくさん出てきます。そして、この多遅摩毛理の常世国訪問譚は『日本書紀』にも『万葉集』にも出てきます。

まず『日本書紀』を見てみましょう。

> 九十年の春二月《きさらぎ》の庚子《かのえね》の朔《ついたちのひ》に、天皇《すめらみこと》、田道間守《たぢまもり》に命《みことおほ》せて、常世国に遣《つかは》して、非時《ときじく》の香菓《かくのみ》を求めしむ。香菓、此れをば箇俱能未《かくのみ》と云ふ。今橘と謂《い》ふは是なり。
>
> 九十九年の秋七月《ふみづき》の戊午《つちのえうま》の朔《ついたちのひ》に、天皇、纏向宮《まきむくのみや》に崩《さ》りましぬ。時に年百四十歳《みとしももあまりよそぢ》。冬十二月《しはす》の癸卯《みづのとう》の朔壬子《ついたちみづのえねのひ》に、菅原《すがはらの》伏見陵《ふしみのみささぎ》に葬《はふ》りまつる。明年《くるつとし》の春三月《はるやよひ》の辛未《かのとひつじ》の朔壬午《ついたちみづのえうまのひ》に、田道間守、常世国より至《かへりいた》れり。
>
> （『日本書紀』垂仁紀）

『古事記』の「多遅摩毛理」は『日本書紀』では「田道間守」と記されています。『日本書紀』には『古事記』には見られない田道間守の出発した年と帰国した年を明記しています。それによると、田道間守が常世国訪問に費やした歳月は十年ほどで、天皇は『日本書紀』では百四十歳で亡くなったのですから、百三十歳の頃に出発したのです。古代の天皇はとても長生きです。例えば、神武天皇は『古事記』の記述によると百三十七歳、『日本書紀』では百二十七歳で一致しませんが、いずれにしても大変な長命です。これは医学の進歩した現代でも珍しい長生きですので、実際にこれほど長生きしたとは信じがたいことです。天皇は常人とは異なる偉大な能力を持っているので、このような長生きも可能なのだということでしょうか。また、年齢の数え方が現代と違っていたという説もあります。春から秋で一年、秋から春で一年、つまり、春秋二歳の年をとっていたというのです。とすると、七十歳近い年令となって、さほど不思議な年齢ではありません。百三十歳という歳になって天皇は何を求めたのでしょうか。そもそもどうして橘だったのでしょうか。橘は「不老長寿」の食べ物といわれていますが、『古事記』や『日本書紀』に、不老長寿という言葉を使っているわけではありません。常世国という永生の国にあり、しかも「時を定めず良い香りを放っている（輝いている）」ということから、それを食すれば人間も「時を定めず―何歳になっても若さを失わずにいられる」と考えるのは当然といえますから、「橘を求める―不老長寿を願う」と理解したのでしょう。

すなはち、もてもうでいたる物は、非時《ときじく》の香菓《かくのみ》、八《や》竿《ほこ》八《や》縵《かげ》なり。田道間守、是《ここ》に、泣《いさ》ち悲歎《なげ》きて曰《まを》さく、「命《おほみこと》を天朝《みかど》に受《うけたまは》りて、遠くより絶域《はるかなるくに》に往《まか》る。万里浪《とほくなみ》を踏《ほ》みて、遥かに弱水《よわのみづ》を度《わた》る。是《こ》の常世国は、神仙《ひじり》の秘区《かくれたるくに》、俗《ただびと》の臻《いた》らむところにあらず。ここを以て、往来《ゆきかよ》ふ間に、自《おの》づからに十年《ととせ》に経《な》りぬ。豈期《あにおも》ひきや、独峻《ひとりたか》き瀾《なみ》を凌《しの》ぎて、更本土《さらにもとのくに》に向《まうでこ》むといふことを。しかるに聖帝《ひじりのみかど》の神霊《みたまのふゆ》に頼《よ》りて、僅《わづか》に還《かへ》り来《まうく》ることを得たり。今天皇既に崩《かむあが》りましぬ。復命《かへりことまう》すこと得ず。臣《やつかれ》生けりといふとも、また何の益《しるし》かあらむ」とまをす。すなはち天皇の陵に向《まゐ》りて、叫《おら》び哭《な》きて自《みづか》ら死《まか》れり。群臣《まへつきみたち》聞きて皆涙を流す。田道間守は、此れ三宅連の始祖《はじめのおや》なり。

（『日本書紀』垂仁紀）

『日本書紀』の田道間守は、常世国への旅の苦労を詳しく語ります。これは『古事記』にはなかったことです。「とても普通の人の行けるところではなくそのため十年もかかってしまった。再び帰ってこれるとは思っていなかったが、天皇の霊力で何とか帰ることができたのに、天皇はすでにお亡くなりになっていて、報告申し上げることができない。生きていてもなんになろうか」と、田道間守は嘆くのです。この後、天皇の陵の前で死んでしまいます。これを見て、泣かない者はありませんでした。

『古事記』に比べれば、随分詳しくなっています。では、持ち帰ってきた「非時の香菓」はどうなっていたのでしょう。『古事記』では「縵八縵、矛八矛」となっていました。『日本書紀』では「八竿八縵」とあります。「縵」は同じですが、「矛」が「竿」となっています。

『日本書紀』上（日本古典文学大系）の注では「竿」は「串刺しの団子のように串に刺した形状」、「縵」は「乾し柿のように橘子を縄にとりつけた形状」をいうとあります。矛と竿は似ていますから、あまり違いはないようです。後世の解釈が少し違ってきたのかもしれません。

橘は『延喜式』によれば、内膳司の新嘗祭供御料や諸節供御料にその名が見えますので、特別に大切なものとされていたことがわかります。その強い生命力が橘の魅力だったのでしょうか。

今は日本を代表する花は「桜」ということには誰も異論を唱えないでしょうが、古代は何といっても「橘」でした。内裏の紫宸殿には「左近の桜、右近の橘」として植えられています。今の京都御所は桓武天皇が遷都した時の内裏とは位置も建物の内容もかなり変わっていますが、「左近の桜、右近の橘」は途絶えていません。雛人形の飾りにも「左近の桜、右近の橘」が欠かせぬ道具として添えられています。また、文化勲章の意匠も橘の果実と花と葉が使われています。このように、日本人の精神に無意識に存在するものが「橘」といえるでしょう。

問題は、橘が初めて「記紀」に登場した時に、香りが意識されていたかどうかです。「かく」が「輝く」なのか、「良い香り」なのか、今少し検討しなければなりません。橘が称えられたのはその強い生命力です。何故、生命力旺盛と考えられたのでしょうか。常緑がその美点の一つでしょう。松もその常緑故にめでたいものと称えられています。松も橘も花が咲き、実を結びますが、花も実も橘がより華やかで、それが古代において愛好された理由でしょう。そして、橘は夏から早春まで枝に実があるので、ほぼ一年中あるとされたことも美点ということになります。

この「ときじくのかくの木実」が「橘」というのですが、ではこの橘は柑橘類のどれにあたるのかは、諸説あります。現在は多くの柑橘類があり、品種改良されているので、比定することは困難です。今私たちが、最も口にすることの多い「蜜柑」も明治の頃に日本にやってきた新しい品種なのです。多遅摩毛理の持ち帰った橘を私たちが見ることは不可能と思われますが、万葉植物園にいけば見られる「ニッポンタチバナ」という説もあります。蜜柑の木は小喬木《こきょうぼく》といわれ、あまり大きくなりません。一方、ニッポンタチバナはとても大きく、十メートル以上になります。実は小さく直系二〜三センチです。とても酸っぱく、美味しいとはいえません。しかし、今私たちが口にする蜜柑が甘すぎるのです。改良を重ねた現在の蜜柑を基準に、酸っぱくて食べられないというのは当てはまらないといえます。砂糖など無縁であった古代の人には十分美味しかったと思います。西宮一民氏による『古事記』（新潮日本古典集成）の注では「橙」の類とされていますが、筆者も「橙」説に強く引かれます。蜜柑の果実が夏から早春まで枝にあるといっても、冬の始め頃は瑞々しく橙色に輝いている果実も次第に輝きをなくし、表皮が茶色くなっていきます。それとともに瑞々しさが失われ、表皮が堅くなり爪も入らないほどになるのです。

橘の歌一首　并せて短歌

水分がないのですから当然味も落ち、皮を向いてもあるのは種と薄皮だけという状態です。ところが、橙はそのようなことはありません。花が散って結実し、始めは小さく緑であった果実が、大きく橙色になってきて、新しい年を迎えます。しかし、新たな春がやってきますと、再び果実は緑となり、瑞々しさは損なわれません。そして、夏が来て花が咲くと、その花の側に去年の大きな果実が枝に残っているという不思議な光景が展開されるのが、橙なのです。その色の変化こそ、永遠の命の現れでした。この繰り返しが、最長何年くらい繰り返されるのか確かめていないのでわかりません。二年にわたるだけでも十分驚きでした。この橙と同じものが古代も存在したかはわかりません。橙に近いものはあったのではないでしょうか。ちなみに、この橙は食べても酸っぱいだけで、およそ食品にはなりません。ポン酢として利用されるぐらいですが、やはり古代の人には美味しかったのではないでしょうか。また、京都・冷泉家の庭には「左近の梅・右近の橘」が植えられています。この橘の実は収穫せずにいると落ちるものもありますが、枝にいつまでも残るものもあり、残った実は年を越し、花が咲いて新しく青い実をつけたその側で赤々とした実をつけていることもあるといいます。その実は瑞々しく丸々としています。去年の果実がなっている傍らで白い花が咲き、やがて小さい緑の実をつける—赤い実と緑の実と白い橘の花が同時に見られるという非常に不思議な光景を見ることができるのです。この不思議な光景を古代の人々は不滅の生命力を持つものとして見ていたのではないでしょうか。勿論、果実は美味しいとは思えません。しかし、私たちの小さい頃は、家の庭に植えられていた夏蜜柑を、食生活が豊かでなかったので、食べることもありました。そして、時代とともにその酸っぱさから嫌われ、絶滅しそうになっています。老舗菓子店の依頼で特に栽培されているところ以外には見られぬと聞きました。その菓子店の尽力がなければ、とうに滅びていたというのです。僅か二、三十年でこの変化です。多遅摩毛理の橘を探すことは絶望的ですが、今も橘や橙にその面影を見ることができるといえます。

では、今度は『万葉集』を見てみましょう。『万葉集』には、橘に触れた箇所がたくさんありますが、今は田道間守に限って見ることにします。『万葉集』の中で大伴家持が田道間守について詠んでいます。

かけまくも　あやに恐《かしこ》し　天皇《すめろき》の　神《かみ》の大御代《おほみよ》に　田道間守《たぢまもり》　常世《とこよ》に渡り　八矛《やほこ》持ち　参《ま》ゐ出来《でこ》し時　時じくの　かくの菓実《このみ》を　恐くも　残したまへれ　国も狭《せ》に　生《お》ひ立《た》ち栄《さか》え　春《はる》されば　孫枝《ひこえ》萌《も》いつつ　ほととぎす　鳴く五月《さつき》には　初花《はつはな》を　枝に手折《たを》りて　娘子《をとめ》らに　つとにも遣《や》りみ　白たへの　袖にも扱《こき》入れ　かぐはしみ　置きて枯らしみ　あゆる実は玉に貫《ぬ》きつつ　手に巻きて　見れども飽かず　秋付《あきづ》けば　しぐれの雨降り　あしひきの　山の木末《こぬれ》は　紅《くれなゐ》に　にほひ散れども　橘の　成れるその実は　ひた照りに　いや見がほしく　み雪降る　冬に至れば　霜置けども　その葉も枯れず常磐《ときは》なす　いやさかばえに　然《しか》れこそ　神の御代《みよ》より　宜《よろ》しなへ　この橘を　時じくの　かくの菓実と　名付けけらしも

（巻十九・四一一一）

反歌一首

橘は　花にも実にも　見つれども　いや時じくに　なほし見がほし　（巻十九・四一一二）

閏《うるふ》五月二十三日に大伴宿禰家持作る

［口に出して申すのも　はなはだ恐れ多い　古《いにしえ》の天皇の御代に　田道間守が　常世国に渡り　八矛を持って　帰朝した時　非時《ときじく》のかくの果実《このみ》として　恐れ多くも　お残しになったところ　国中に生い立ち茂り　春になると　新しい枝が出、ほととぎすの　鳴く五月には　初花を　枝ごと折って　おとめらに　贈ったり　（白たへの）袖にもしごき入れ　良い匂いなので　枯れるまで置いたりし、落ちた実は　玉として緒《お》に通し　手に巻いて　見ても飽きない。秋になると　時雨《しぐれ》が降って　（あしひきの）山の梢《こずえ》は　紅《くれない》に染まって散るが　橘の　なったその実は　いちめんに照り輝き、一段と見事で　雪の降る　冬ともなれば　霜がおいても　その葉も枯れず　変わることなく　いよいよ輝きを増し　それだからこそ　神代の昔から　ふさわしく　この橘を　非時のかくの果実と　名づけたらしい。

反歌一首

橘は　花でも実でも　見たけれども　ますます年中　なおも見たいものだ。

閏五月二十三日に　大伴宿禰家持が作ったものである。］

田道間守という表記をしているので、『日本書紀』の影響を受けていると思われますが、家持の時代は一般的には田道間守と表記したのかもしれません。また、原文では「香久乃菓子」とあり「かく」を「香久」と記しているので、家持は「香りの良い」と理解していたかのようですが、歌の終わりのほうでは「可久」という字を用いているので、そうとも言い切れないようです。

何よりも家持の歌の特徴は、橘の「ときじき」素晴らしさを詳しく詠っていることです。「春には新しい枝が出て、夏には花が咲き、女性に優しい家持は女の子に贈ったり、袖にしごき取った花を袖にいれて楽しみ、良い匂いなので枯れるまで置く」と、花を称えます。花の芳香を称えているのは「かぐはしみ」という言葉を用いているので、間違いないでしょう。「かぐはし」は「香」に「くはし」という語が接続して生まれた言葉で、「くはし」は「妙し」で「美しさ・素晴らしさ」を表す言葉です。「花ぐはし」という花の美しさを称える言葉もあります。ここは香りの素晴らしさを賞美しています。花が咲き、そして実がなります。まだ、十分成長しない小さい実の内に落ちるものもあります。「あゆる実」です。しかし、捨てるようなことはしません。落ちた実も見捨てず拾い集めて、糸に通し、「釧《くしろ》（腕輪）」として飽かずながめました。緑色の堅い小さな実は、そのかすかな芳香とともに娘子を優しく飾ったことでしょう。秋になり、周囲の木々の葉は色づいても、橘の葉は緑のままで、その中で実は茜色を濃く増していき、緑色に囲まれると一段と色が映えて、まるで一つ一つが燃える太陽のようになつかしく見えたと思います。そして、冬になると、雪が降っても、霜が置いても、葉の緑は変わることなく、いよいよ輝きを増すのです。家持の橘讃歌は、恋人を称えるように橘を称えています。家持だけではなく、この時代は多くの人が橘に対して、同じような思いを抱いていたのです。

「記紀」の多遅摩毛理（田道間守）の話では、専ら橘の果実について述べられていて、花には言及されていません。次の「応神記」で漸く花が称えられていますので、花についてはその時に述べることにしましょう。

応神天皇（十五代）は、日向国の髪長比売《かみながひめ》の類い稀な美貌の評判を聞いて、上京を命じます。髪長比売という名を聞くだけで、その美しさが想像されます。髪長比売が難波津に入港するという噂を聞いて、皇子の大雀命《おおさざきのみこと》（後の仁徳天皇）は見に行きました。そして、その美しさに一目で魅了されます。髪長比売のことが忘れ難くなった大雀命は、老臣の建内宿禰《たけうちのすくね》を通じて、父・天皇に髪長比売を譲るようにお願いしたところ、天皇は快諾され、豊明《とよのあかり》の節会《せちえ》の日に歌とともにお与えになりました。その歌に橘の花が詠われています。

いざ子ども　野蒜《のびる》摘《つ》みに　蒜《ひる》摘みに　我が行く道の　かぐはし　花橘《はなたちばな》は　上《ほ》つ枝《え》は　鳥居枯《とりゐがら》し　下枝《しづえ》は　人取り枯《が》らし
三《み》つ栗《くり》の　中《なか》つ枝《え》の　ほつもり　赤《あか》ら嬢子《をとめ》を　いざささば　よろしな　（『古事記』応神記）

［さあお前たち、野蒜を摘みに行こう。蒜を摘みに私が行く道に咲いている香りの良い花橘の木は、上のほうの枝は鳥が止まって枯らしてしまい、下の枝は人が取って枯らしてしまい、（三つ栗の）誰も手を触れていない中ほどの枝に残っている蕾のような、紅顔の嬢子を妻にと誘うなら、それはよいことだよ。］

この歌には二つの「香」に関わるものが詠われています。一つは「野蒜・蒜」です。現在でも「ノビル」と呼ばれ、かつては路傍に自生していましたが、今は山野に行かなければ見られなくなりました。わざわざ栽培して食べることはありませんが、今も山菜料理として食べられていますので、古代は美味だったのではないでしょうか。韮と共通する匂いを持っていますので、韮と同じく生命力の強い食べ物とされていたと思われます。歌の舞台は春から初夏にかけての頃でしょう。若菜摘みを詠っています。『万葉集』の巻頭を飾る雄略天皇の「籠《こ》もよみ籠もち掘串《ふくし》もよみ掘串もち…（巻一・一）」の歌も「野蒜」の新葉を摘んだり、「掘串（へら）」で根（地下の鱗茎《りんけい》）を掘る歌といわれています。この歌は、若菜摘みに連れ立って行く道で、可愛い初々しい花橘のような嬢子に出会い、求愛することを勧めているのです。「この歌のように大雀命よ、髪長比売に求愛するがいい」と父・応神天皇の詠いぶりには古代の大らかさが溢れています。ただし、これは新嘗祭《にいなめさい》の豊明の節会で歌われています。新嘗祭が行われる旧暦の十一月は、若菜摘みとは季節があいません。また、橘の花も咲いていません。『日本書紀』にもほぼ同じ歌がありますが、こちらははっきりと髪長比売が参上したのは「九月中旬」と記されているので、実景的な歌ではなくて、若菜摘みに出掛けて可愛い花橘のような芳しい香りに包まれているような嬢子に出会って、求愛するという歌があり、求愛を主題としたこの場に相応しいということで、季節と関わりなくこの歌を用いたのでしょうか。

『日本書紀』にも同じ話があるということは既に述べたのですが、『日本書紀』は「十三年の春三月に、天皇、専使《もはらのつかひ》（その事だけのための使者）を遣《つかは》して、髪長媛（髪長比売）を徴《め》さむ」とあり、天皇は治世四十一年、百十歳で崩御されたというのですから、髪長比売をお召しになったのは八十歳頃となります。髪長比売は恐らく十代の嬢子でしょうから、年齢的にも相応しいと大雀命にお譲りになったのでしょうか。そう考えるのは現代人の偏見で、古代は年齢はあまり考慮にいれなかったのかもしれません。歌謡は少し歌句に異同はありますが、「蒜」も「かぐはし花橘」も詠われています。

（8）神を打つ蒜

応神天皇と大雀命（仁徳天皇）の父子の間で詠われた歌に野蒜（蒜）が出てきましたが、『古事記』でもう一度、野蒜が出てくる場面があります。古代を代表する英雄倭建命《やまとたけるのみこと》にまつわる話です。応神天皇は十五代の天皇で、倭建命は十二代・景行天皇の皇子ですので、話は少し逆戻りします。応神天皇は倭建命の孫に当たります。倭建命は熊襲《くまそ》征伐の後休む間もなく、今度は蝦夷《えみし》を打ちに東の旅に出ました。蝦夷を討ち果たした帰途、相模《さがみ》国と駿河《するが》国の境《さかい》の足柄《あしがら》の坂に着きました。

御粮《みかりて》食《は》むところに、その坂の神、白き鹿《か》になりて、来立《きた》ちき。しかしてすなはち、その咋《く》ひ遺《のこ》したまへる蒜の片端《かたはし》もちて、待ち打ちたまへば、その目に中《あた》る、すなはち打ち殺さえき。

（『古事記』景行記）

［食事をしているところに、その坂の神が、白い鹿の姿になって倭建命のそばにやって来た。そこですぐ倭建命は食べかけの蒜の片端で白い鹿を打ちなさったところ、鹿の目に命中し、すぐに鹿は殺されてしまった。］

蒜は韮に似た臭気を持っていますが、その臭気が邪気を払う力を持っていたのです。その力は神を打ち果たすほどの強い力でありました。倭建命は何が襲ってくるかわからない異境に来て、邪気を祓う力を取り込むために、「蒜」を食していたのでしょう。この鹿に姿を変えた神は倭建命に仇《あだ》なす目的で近づいて来たようです。『日本書紀』では、さらに詳しい話になっています。東征の帰途、日本武尊（『古事記』では倭建命）は信濃《しなの》国に入り、険しい山々を進みます。

既に峯にいたりて、飢ゑて、山の中に食《みをし》したまふ。山の神、王《みこ》を苦しびしめむとして、白き鹿《か》になりて王の前に立つ。

王異《あや》しびたまひて、一箇《ひとつ》蒜をもちて白き鹿を弾《はじ》きたまふ。すなはち眼にあたりて殺したまふ。ここに王忽《たちま》ちに、道を失ひ、出《い》でむところを知りたまはず。時に白狗《しろきいぬ》、自《おの》づからに来《まゐき》たりて、王を導きまつらむとする状《さま》あり。狗に随《したが》ひて行《い》でまし、美濃《みの》に出づることを得たまふ。（中略）これより先に、信濃坂《しなののさか》をわたる者、多《さは》に神の気《いき》を得《え》て瘼《を》え臥《ふ》せり。但し白き鹿を殺したまひし後よりは、この山をこゆる者、蒜を噛《か》みて人と牛馬《うしうま》に塗《ぬ》れば、自《おの》づからに神の気《いき》にあたらず。

（『日本書紀』景行紀）

［王《みこ》（日本武尊）は漸く峰に行き着き、空腹をおぼえて、山の中で食事をとられた。その山の神は王を苦しめようとして、白い鹿に化身して王の前に立った。王は不思議に思って、一箇蒜で白い鹿を弾かれた。それが眼に命中して鹿を殺しておしまいになった。するると、王はたちまち道に迷って、出口がわからなくなってしまわれた。その時に、白い犬がどこからともなく現れて、王をご案内しようとする様子であった。犬について行かれて、美濃に出ることがおできになった。（中略）これより以前には、信濃坂を越える者は、多く神の邪気にあたって病み臥した。ところが、白い鹿を殺された後からは、この山を越える者は、蒜を噛んで人や牛馬に塗ると、自然に神の邪気にあたらなくなった。］

白き鹿に姿を変えた神と出会う場所は「信濃国」となり、『古事記』と違っていますが、蒜で神を打って殺すところは同じです。『古事記』では、この神の変身した白き鹿を蒜で殺したところまでしか語られていません。『日本書紀』では続きがあって、この後道に迷ってしまいますが、今度は白き狗が出て来て道案内をしてくれたので、無事美濃国に出ることができたと書かれています。この白き狗も神であったのでしょう。そして、その後に「今まで信濃坂を越える人は神の邪気にあたって病に倒れたが、この後、蒜を噛んで人や馬に塗れば、邪気を避けることができるようになった」とあります。蒜の異臭が邪気を祓い、神をも凌ぐ強い力を持っていたことを伝えています。強い力で尊ばれた蒜も、その力の源である臭気故に橘と違って、歌材とはなりえなかったようです。『万葉集』では、僅かに一首詠まれたにすぎません。

酢《す》・醤《ひしほ》・蒜《ひる》・鯛《たひ》・水葱《なぎ》を詠む歌

醤酢に　蒜つきかてて　鯛願ふ　我にな見えそ　水葱の羹《あつもの》　（長忌寸意吉麻呂《ながのいみきおきまろ》　巻一六・三八二九）

［酢・醤・蒜・鯛・水葱を詠んだ歌

醤油に酢をまぜ、そこに蒜をきざんでまぜて、それに鯛をつけて食べたい。そんな私に見せるなよ。水葱の汁なんか。〕

醤も酢も当時は高級な調味料。それに蒜を薬味としてまぜ、鯛につけて食べる、今でも十分御馳走です。作者は姓《かばね》は忌寸であまり身分は高くないようですから、一度宴会で食して以来の憧れの料理だったのではないでしょうか。醤酢に蒜を少しきざんで入れるだけで風味は増し、味は倍加したことでしょう。この歌は題詞にあるように「酢・醤・蒜・鯛・水葱」の五つの素材を詠み込んだ一首を作るように課題を出された意吉麻呂が、即座に詠んだ歌です。意吉麻呂はこのように即興の歌、滑稽な歌をとても見事に詠む歌人でした。この歌は後にいう俳諧《はいかい》歌といえるでしょう。平安時代になっても、蒜に対する俳諧的意識はかわりません。和歌に詠まれることは殆どなくなりました。まして、勅撰和歌集に所収されるなどは非常に珍しいことでした。

次の『後拾遺和歌集』の歌は、蒜の詠まれた稀な例です。

蒜食《く》ひて侍《はべ》りける人の、今は香《か》も失せぬらむと思ひて人のもとにまかりたりけるに、なごりの侍るにや、七月七日《ふみづき》につかはしける
君が貸す　よるの衣を　たなばたは　返しやしつる　ひるくさくして
（皇太后宮陸奥《こうたいごうぐうみちのく》　巻二十・一二〇五）

〔蒜を食べた人が　もう蒜の香りも消えてしまっただろうと思って、ある人のところに行きましたところ、まだ蒜の香りが残っていたのでしょうか、七月七日におくりました歌
あなたが貸した夜着《よぎ》を、織姫《おりひめ》は返したでしょうか。蒜の匂いが残っているので臭いといって。〕

俳諧歌の中の一首です。優美を第一義とした正調の和歌ではなく、知的なひねりを表現した和歌で、滑稽性を伴う歌が多くあります。この歌でもそもそもその香りによって、「蒜」は優美な歌材の範疇から逸脱しているのですが、はっきりと「ひるくさくして」と歌うことによって「織女に夜の衣を貸す」という物語的な歌が一転して、卑俗な歌になってしまいました。『後拾遺和歌集』が編纂された頃は、衣に香を薫き染めることも貴族たちの間にかなり浸透していました。蒜臭い衣との落差は非常に大きいものであったことでしょう。この蒜臭い人物は女性でしょうか。織女に衣を貸すのですから、その衣は女物と思われます（下衣なら男性用でも）。蒜臭い友人を前にして、扇で覆いながら顔をしかめている作者の様子がしのばれます。

『古事記』や『日本書紀』では、その強い独特の香りから邪気を祓う、強い力をもたらす食べ物として尊ばれた「蒜」が、『万葉集』では、薬味として用いられました。そして、平安時代になると、その香りによって優美でない卑俗なものとして忌避されていったことが窺えます。

(9)『古事記』の香り

『古事記』には「芳香」「悪臭」どちらも豊富に漂っていました。どちらかといえば、「悪臭」のほうが多いかもしれません。それらの香りは人の手の加わらないものから発せられる香りばかりでした。香木は自然のものですが、それを薄く切ったり粉末にしたりするという人の手が加わった状態で香りを楽しみます。『古事記』では、その程度の人の手も加わらない香りが殆どでした。『古事記』の世界では、芳香であれ、悪臭であれ、特異な香りは強い力・不可思議な霊力を持つと考えたのです。香りは目に見えないものですから、不可視の霊力という点で、神と同じ存在であったとされたのかもしれません。現代ではパワースポットが話題になり、そこを訪れるのが人気を集めていますが、不可視の霊力に強く魅かれるのは、古今変わらないといえます。『古事記』の香りの多くは、その後描かれなくなりますが、その中から「橘」の香りだけは長く称美の対象となっています。果実の香りから花橘の香りへと称美の対象は移りますが、現代に至るまで変わらずその香りは愛好されています。

平安時代前期には、

五月待つ　花橘の　香をかげば　昔の人の　袖の香ぞする

（『古今和歌集』読人不知　巻三・一三九　夏）

［五月を待って咲く花たちばなの香りを嗅ぐと、昔の人の袖の香りがすることだよ。］

の一首に結実し、そして、この歌を本歌として、

風に散る　花たちばなに　袖しめて　我が思ふ妹《いも》が　手枕《たまくら》にせん　（『千載和歌集』藤原基俊　巻三・一七二　夏）

［風に散る花たちばなの香りを袖に染み込ませて、私が思う人の手枕の替わりとしよう。］

橘の　にほふあたりの　うたた寝は　夢も昔の　袖の香ぞする　（『新古今和歌集』俊成卿女　巻三・二四五　夏）

［花たちばなの匂うあたりでうたたねをすると、夢の中まで昔の人の袖の香りがすることよ。］

などの優れた歌が生まれました。その萌芽が既に『古事記』にあったといえるでしょう。

注

1『古事記』（こじき、ふることとふみ）　その序によれば、和銅五年（七一二）、太朝臣《おおのあそみ》安万侶、つまり、太安万侶によって献上された、現代に伝わる日本最古の歴史書である。上・中・下の全三巻にわかれる。原本は存在していない。

2太安万侶（おおの・やすまろ）　生年不詳～養老七年（七二三）七月六日。子孫とされる多人長によれば、『日本書紀』の編纂にも加わったという。民部卿・従四位下で死去。

3稗田阿礼（ひえだの・あれ）　生没年、出自など不詳。『古事記』の序文によれば、天武天皇に舎人として仕えていた。一度目や耳にしたことは決して忘れなかったので、その記憶力の良さを見込まれて『帝紀』『旧辞』などの誦習を命ぜられた。その時、二十八歳であったと記されている。元明天皇の詔により、太安万侶が阿礼の誦する（声を出してよむ）ところを筆録し、『古事記』を編んだ。『日本書紀』『続日本紀』に名は見えない。

4雉子の鳴女（きじのなきめ）　霊木に登っていたのにも関わらず天若日子に射殺されるが、その雉子の胸を通した矢が、高天原の天照大御神のもとに逆さまに射上げられて、天若日子の胸を突き刺し、死に至らしめるのは、桂が無力でなかったことを物語っていると考えられる。

5『倭名類聚抄』（わみょうるいじゅしょう）　平安時代中期に作られた辞書。承平年間（九三一～九三八）、勤子内親王（醍醐天皇皇女）の求めに応じて、源　順《みなもとのしたごう》が編纂した。今日の国語辞典の他、漢和辞典や百科事典の要素を多分に含んでいる。

6『爾雅』（じが）　中国最古の類語辞典・語釈辞典。春秋戦国時代以降に行われた古典の語義解釈を漢初の学者が整理補充したものと考えられている。漢唐の古文学や清朝考証学において非常に重視され、後には十三経の一つに挙げられている。

第三章

『風土記』の香り

―地名は匂ふ―

（1）『風土記』の成立

太安万侶《おおのやすまろ》によって『古事記』が編纂されたのは、和銅《わどう》五年（七一二）の一月のことでした。それからわずか一年余り経った和銅六年（七一三）の五月二日に、元明《げんめい》天皇は次のような詔《みことのり》をお出しになりました。

> 五月二日、畿内と七道諸国の郡《こほり》・郷《さと》の名《な》は好《よ》き字をえらんでつけよ。郡内に産出する銀《しろかね》・銅《あかがね》・彩色《さいしき》（絵具の材料となる鉱物）・植物・鳥獣・魚・虫などのものは、詳しくその種類を記し、土地が肥えているか、やせているか、山・川・原野の名称のいわれ、また古老が伝承している旧聞や、異《かわ》ったことがらは、史籍に記載して報告せよ。
> （『続日本紀』和銅六年五月二日の条）

これは日本全国の国・郡・郷の名の表記を、好字に改めること（例―木国を紀伊国に改める）と、地形・産物・地名起源・伝説などを記して撰進せよという詔でした。この詔によって撰進されたものを『風土記』というのですが、この名は平安時代中期の漢学者・三善清行《みよしきよゆき》の※1『意見封事《いけんふうじ》十二箇条』が初見とされています。できた当初は「風土記」と呼ばれていなかったかもしれません。

元明天皇は女帝で、年齢もこの頃は五十歳を過ぎていたのに、とても精力的でした。夫・草壁皇子や息子・文武天皇に先立たれて、やむをえず皇位についたとはとても思われません。老境にありながら日本の歴史に残る事業を次々と行っています。国土のありさまをつぶさに知り、また各地が好き勝手に名前をつけていたのを、整理統一して、外国（といっても中国ですが）に胸を張って国土を紹介したいと考えていたのでしょう。

私たちは歴史の時間に『風土記』撰進を和銅六年（七一三）と習うだけでしたので、和銅六年に『風土記』ができあがったように理解していました。しかし、実際は、和銅六年は撰進の命令が出された年であって、命令が出された直後にできあがるわけはありませんから、実際に私たちが今日見る『風土記』が完成するのはずっと後のことなのです。日本にはその頃、六十

平城宮跡に建つ朱雀門（写真提供／奈良文化財研究所）
外国使節の送迎、歌垣などが行われ、正月には天皇がこの門まで出向き、新年のお祝いをすることもあった。

以上の国がありました。中央から派遣された官僚や現地採用の官僚たちが政治を執り行っていたのですが、彼らの教養や学識は国ごとにばらつきがあり、一定でなかったと思います。命令が出てすぐに作業にとりかかれる国もあれば、すっかり困ってしまう国もあったでしょう。ですから、完成した年は国ごとに異なり、できあがるのに十年二十年を要したかもしれません。とうとうできあがらなかった国もあったといわれています。

『風土記』の現存するものは、唯一の完本である『出雲国《いずものくに》風《ふ》土《ど》記《き》』〔天平《てんぴょう》五年（七三三）撰上〕をはじめ、常陸《ひたち》・播磨《はりま》・豊後《ぶんご》・肥前《ひぜん》の五風土記のみです。他に後世、他の文献に引用された形で部分的に残った逸文が数多くあります。

『風土記』がこのように完本がたった一本しか残らなかったのは何故でしょうか。『出雲国風土記』を見てみますと、神社の名前や、植物や鳥獣の名前を列挙しているところがかなりあります。常陸以下の『風土記』にはそれが少ないかあるいは全くありません。文学的に面白いのは「山・川・原野の名称のいわれ」や、「古老が伝承している旧聞や、異った事がら」でしょう。ですから、面白くもない名前を列挙した箇所は伝承の過程で削除されていったのではと思うのです。あるいは、あまりに時間がかかりすぎて（『出雲国風土記』は撰進の命が出てから二十年以上かかっています）しまい、完成を待たずに撰進したのかもしれません。

『風土記』は一般に地誌といわれ、面白くなさそうですが、「地名のいわれや古老の旧聞や異った事がら」の中には、なかなか興味深い話がたくさん含まれています。

（2）地名は臭《くさ》い

『風土記』には香りに関わる記述はあまり多くありません。『出雲国風土記』が撰進された天平五年頃はすでに香木は渡来していましたが、都の貴族たちにも十分普及していないのですから、ましてや地方にあるはずもありません。また、香りに関心を抱くような余裕のある生活を楽しんでいる人などは、なかなかいなかったでしょうから、出てくる香りの記述も、自然の香りが強く匂う時に香りを意識するという、随分単純で素朴なものです。では、『風土記』で香りに関わる記事を挙げてみましょう。

①常陸国信太郡《しだのこおり》

風俗《くにびと》の諺《ことわざ》にいはく、葦原《あしはら》の鹿は、その味はひ爛《くさ》れるごとく、喫《くら》ふに山の宍《しし》に異なれり。二つの国の大猟《おほかり》も、絶え尽くすべくもなしといふ。

［土地のいいならわしにいうことには、葦の生えた湿地で獲れる鹿は、その味が熟しすぎているもののようで、食べると山で獲れる鹿の肉と違ってうまいという。常陸・下総二つの国でこぞって狩りをしても、取り尽くすことができないという。］

①は鹿の味について述べたところで、山野を問わず鹿がたくさんいて、それを大切な食料としていたようです。「爛」の字には「ただれる、くさる、栄えきってくずれる」などの意味があります。「熟しきって腐る一歩手前」といったところでしょうか。現代でも、果物は十分熟すと甘みがまして随分美味しくなり、それは堅い青い未成熟のものとは比較にならないことは、誰でも身近に体験することです。獣肉については残念なことですが、「腐る直前」という状態はなかなか経験できないので、それがいかに美味であるかは想像するしかありませんが、「腐る直前」が最も美味であるとは聞いたことがあります。鹿の肉に親

しんでいた古代の人はその味には少しうるさかったということでしょうか。そして、葦の生えている湿地で獲れる鹿は「腐る直前」の味がして、山で獲れる鹿に比べて随分美味しいといっています。それを「爛れる」という言葉で表しています。その「爛れる」状態は匂いによって判断したのは間違いのないところでしょう。いつもの山で獲れる鹿の肉と違うことを真っ先に匂いによって「何かいつもと違うぞ」と感じ、食べてみたら随分美味しかったので特に言い伝えておいたと思われます。「臭い」とはいっても顔を背けるような種類のものではなく、納豆やチーズのように、慣れない内は不快であっても、その味に慣れ、美味しいと思うようになると、食欲を誘ういい香りと感じるようになる、そういう香りではなかったのかと思います。古代の人も香りによって食物を判断していたのです。それは現代でも変わらない素朴な方法です。

この「葦原の鹿」の話は地名と結びついていませんが、次にあげる三つの話は、いずれも「臭い」と地名が結びついたものです。すなわち「山・川・原野の名称のいわれ」にあたるものです。

②播磨国餝磨郡《しかまのこおり》

巨智《こち》の里《さと》（草上村《くさのかみのむら》・大立丘《おほたちのをか》）（中略）
草上《くさのかみ》といふ所以《ゆゑ》は　韓人山村《からびとやまむら》らが上祖《かみつおや》、柞《なら》の巨智賀那《こちかな》、この地《ところ》を請《こ》ひて田を墾《は》りし時《とき》に、聚草《くさむら》ありて、その根《ね》尤《いと》臭《くさ》かりき。故《かれ》、草上《くさのかみ》と号《なづ》く。

［巨智の里（草上村・大立丘）（中略）
草上というわけは、韓の国の人である山村氏の祖先、柞の巨智賀那が、ここの土地の所有を願いでて許され、田を開墾した時に、草むらがあって、その根はとても臭かった。それで草上と名づけた。］

「草上」は、開墾しようとして草を掘り返していると、草の根がとても「臭かった」ということから「草上」という名がついたというのです。草の根というのは、どんな草でも特有の匂いがありますが、これは強い匂いであったということでしょう。

古代の人は植物の根には随分敏感でした。根が有用か有害かを常に判断していたというわけです。紫草や茜などは、その根を染料に用いています。紫草は根が紫芋のような濃い紫色をしていますし、茜は人参のように鮮やかな朱色です。開墾するために草を掘り返して根の色が鮮やかであったり、匂いが変わっていたりすると、とりあえず観察したのでしょう。そうして有用有害を判断し、生活を豊かにしていったのです。その際にも匂いは重要な判断の基準になっていました。この草上の草の根は臭い匂いがしたが、それだけで特に何か役に立つというものではなかったので、地名に名を残すだけとなりました。もともとは「久佐乃加三」と表記されています。

③播磨国賀毛郡《がものこおり》

起勢《こせ》の里《さと》。土《つち》は下《しも》の中《なか》。臭江《くさえ》・黒川《くろかわ》。（中略）臭江《くさえ》。右臭江と号《なづ》くるは、品太《ほむだ》の天皇《すめらみこと》のみ世に、播磨国の田の村君《むらぎみ》、百八十《ももやそ》の村君ありて、己《おの》が村別《むらごと》に相闘《たたか》ひし時に、天皇、勅《みことのり》して、この村に追《お》ひ聚《あつ》めて、悉皆《ことごと》に斬り殺したまひき。故《かれ》、臭江といふ。その血、黒く流れき。故、黒川と号《なづ》く。

［起勢の里。土品は下の中。臭江・黒川。（中略）臭江。右について臭江と名づけたわけは、応神天皇《おうじんてんのう》のみ世に、播磨国の村の長、百八十の長がいて、それぞれ村ごとに集落内で闘いあっていた時に、天皇がご命令して、争う者をこの村に追い込んで集めて、ことごとく斬り殺しなさった。そこで臭江といった。その死体の血が黒く流れた。そこで黒川と名づけた。］

先ほどは草の根の匂いでしたが、今度は随分残酷な匂いです。応神天皇は集落内で争いごとが多く、なかなか治まらないことに腹を立て、一カ所に追い集め、皆殺しにしました。そのことから「臭江」という名がついたというのは、死骸《しがい》の臭気《しゅうき》によるものです。生臭い死骸の臭気は、長い間その土地を覆《おお》っていたことでしょう。また、その死骸から流れた血で川が黒く染まったので黒川という名がついたとありますので、集められた場所は川原であったことがわかります。そのことから「臭江」（江は川の意味）といわれました。応神天皇は仁徳《にんとく》天皇の父であり、『古事記』で仁徳天皇に髪長比売《かみながひめ》を譲った天皇です。髪長比売を譲る場面では大らかな包容力ある人物として描かれていますので、この残虐行為には驚いてしまいます。しかし、支配者として時にはこのような決断もしなければ、国は治められないということで、優しいだけでは無能な支配者ということになるでしょう。『風土記』の編者も、この行為については何ら批判はしていません。

『古事記』にも血の匂いが記されているところがありました。仲哀《ちゅうあい》天皇と神功《じんぐう》皇后の間に産まれた皇子（後の応神天皇）をつれて、建内宿禰《たけうちのすくね》が若狭《わかさ》国に来た時のことです。建内宿禰の夢に角鹿《つぬが》（今の敦賀《つるが》）の気比《けひ》神宮《じんぐう》の神が現れ、「私の名を皇子に差し上げ、名を易《か》えたい」といいます。承知しますと、神は「明日の朝、浜においでになってください。名を易えたお礼をさしあげましょう」といいました。翌朝、浜に行きますと、鼻の傷ついた入鹿魚《いるか》が浦一面を覆いつくすように集まってきていました。皇子は「神は私に食料の魚をくださったのだ」といって、神の名を「御食津大神《みけつおおかみ》」と名づけました、これが今の気比大神《けひのおおかみ》ですとあります。

また、その入鹿魚の鼻の血、臰《くさ》し。故、その浦を号《なづ》けて血浦《ちぬら》と謂《い》ひき。今は都奴賀《つぬが》と謂ふ。

（『古事記』仲哀記）

［また、そのイルカの鼻の血が臭かった。それでその浦を名づけて血浦といった。今は都奴賀という。］

この「都奴賀」が現在の「敦賀」です。「敦賀」の名には血の匂いがするということになりますが、人の死骸の腐敗した匂いや、人を斬り殺して流れた血の匂いほど、残虐には思えません。

④豊後国直入郡《なおりのこおり》

球覃《くたみ》の郷《さと》。この村に泉あり。同じき天皇《すめらみこと》、行幸《いでま》しし時に、奉膳《かしはで》の人、御飲《みもひ》に擬《せ》むとして泉の水を汲《く》ましむるに、即ち蛇龗《おかみ》（於箇美《おかみ》と謂《い》ふ）ありき。ここに、天皇のりたまひしく、「必ず臭くあらむ。な汲み用《もち》ゐしめそ」とのりたまひき。これによりて、名を臭泉《くさいづみ》と曰《い》ひ、よりて村の名となす。いま球覃の郷《さと》といふは訛《よこなま》れるなり。

［球覃の郷。この村に泉がある。同じ天皇（景行天皇）がおいでになった時に、お食事の用意をする人が、お飲み物にしようと泉の水を従者に汲ませたところ、そこには蛇龗（於箇美という）がいた。この時、天皇がおっしゃったことには、「きっと臭い匂いがす

るはずだ。決して汲んで使ってはならない」と仰せられた。これによって名を臭泉といい、これによって村の名とした。今、球覃の郷というのは、訛っているのである。」

次は、泉の話です。豊後国に景行天皇（十二代）が行幸した時のことです。飲料水にしようとした泉に蛇龗《おかみ》（於箇美）がいました。蛇龗とは「水神」、蛇体で雨を降らせる神と信じられていました。しかし、蛇体といわれていますが、その正体は、山椒魚説、イモリ説などがあります。山椒魚もイモリも水に棲息しているので、どちらがいても不思議ではありません。泉の主《ぬし》と認め、水を汲むことで騒がしくして神の怒りをかって、祟りがあってはいけないので、水を汲むことを禁止するために、「この水は臭い─飲料水に適さない」とわかりやすく「臭い」といったのでしょう。「くさいづみ」が訛って「くたみ」となり、「球覃」と表されるようになりました。地名のいわれを述べたところには「訛れる」という表現が多く用いられています。説明が苦しくなると、全部「訛れる」結果ということで片づけようとしているように思われます。

このように、古代において「臭い」というのは、人がいろいろな物事を判断する上での重要な基準、物差しになっていたことが明らかです。①の「常陸国信太郡」の「鹿肉」の例以外は「臭い」と地名が結びついています。元明天皇の詔にあった「山・川・原野の名称のいわれ」にあたるものです。

さて、『風土記』には、このような「臭い」話ばかりではありません。実は「芳しい《かぐわ》」話もあるのです。次にその「芳しい」話を紹介しましょう。

（3）芳《かぐわ》しき百《もも》の花《はな》

『風土記』にある、「芳しい」香りの話は、春の花の香りであったり、夏の蓮であったり、また浄《きよ》い泉の香気であったりと、素朴な自然の香りばかりです。古代の人々は様々な香りを観察し、重要な情報を得ていたと思われます。

①常陸国茨城郡《うばらきのこおり》

それこの地《ところ》は、芳菲《はなかを》る嘉《よ》き辰《とき》、揺落《もみちお》つる涼《すず》しき候《ころ》、駕《のりもの》を命《おほ》せて向かひ、舟に乗りて游《あそ》ぶ。春《はる》はすなはち浦の花千《ちぢ》に彩《いろど》り、秋は是《こ》れ岸《きし》の葉《は》百《もも》に色づく。

［そもそもこの地は、花かおる春のよい時節、紅葉散る涼しい時候など、乗り物を命じて出向き、またあるいは舟に乗って遊ぶ。春はまず入り江に咲く花が目もあやに彩りを見せ、秋はさて川岸の黄葉が濃淡様々に色づいて美しい。］

「芳」は、もともとは「草花の香りが盛んに発散されるさま」を表し、そこから「良い香りがする、芳しい」の意味となりますが、のちに「優《すぐ》れた」ことをほめる場合にも用いられるようになることについては、後に述べることとします。ここでは、もともとの「良い香りを発散している」という意味でしょう。「菲」は「花が咲き誇っている、盛んに咲いている状態」を表しますから、「芳菲」で「良い香りを盛んに放ちながら花が咲き誇っている」という意味になります。「芳菲」は『文選《もんぜん》』にある言葉なので、多分その影響を受けたのでしょう。この後も美文がつらなっているのは、漢文の影響を強く受けているといえます。また「嘉月」は三月をさす言葉で、「辰」は「時」を表しています。「芳菲る嘉き辰」で「三月の多くの花が咲き誇り、良い香りを発散している時」を表し、次の「揺落つる涼しき候」と対句をなしています。春といえば「梅」の香りという固定化はまだ見られず、様々な花が咲き乱れる季節という認識に過ぎないのです。『風土記』の書かれた頃は、梅はまだ平城京の一部の貴族の邸宅に植えられていたに過ぎず、一般的でなかったのです。けれども、春というのは様々の花の香りが混然一体となって楽しい気分にさせる季節、楽しくさせてくれるのは、花の姿よりも香りと思っているのでした。「嘉月」は旧暦の三月ですので、春も終わりに近づき、世の中はすっかり暖かくなり、うららかな時なのです。

これは「この地」すなわち前文に出てくる「高浜」、今の霞ケ浦付近の春と秋の素晴らしい自然を賞賛しているところなのです。古代において、人を快適にしてくれる素晴らしい自然の一つの重要な要素が香りであることを物語っているといえるでしょう。

②常陸国香島郡《かしまのこおり》

春その村を経《ふ》れば、百《もも》の艸《くさ》に艶《にほ》へる花あり。秋その路《みち》を過ぐれば、千《ちぢ》の樹《き》に錦《にしき》の葉あり。神仙《かみ》の幽居《かくりす》める境《さかひ》、霊異《くしび》の化誕《あ》るる地《ところ》といふべし。佳麗《うるは》しきことの豊かなるは、悉《つまびら》かに記すべからず。
その社《やしろ》の南に郡家《こほりのみやけ》あり。北は沼尾《ぬまお》の池なり。古老《ふるおきな》のいへらく、神世《かみよ》に天《あめ》より流れ来《こ》し水沼《みぬま》なり。生《お》へる蓮根《はちす》は気味太《かをれるあぢはひいた》く異《こと》にして、甘《あま》きこと他所《あたしところ》に絶《すぐ》れたり。病《や》める者《ひと》、この沼の蓮《はちす》を食《く》らはば、早く差《い》えて験《しるし》あり。鮒《ふな》・鯉《こひ》多《さは》に住めり。前に郡《こほり》の置かれし所にして、多《さは》に橘《たちばな》を蒔《う》う。その実味《みうま》し。

［春にその村を通ると、様々な草が美しく咲き匂い、秋にその路を過ぎると、いろいろな木々に錦のようなきらびやかな黄葉《もみじば》がある。仙人が世を避けて住む所、優れた霊力を持つ神が姿を変えて生まれてくる土地とでもいうべきであろう。美しいものの満ちているさまはすべてを記すことができない。
その社の南に、郡の役所がある。社の北は沼尾の池である。古老が次のようなことをいった。この池は神代に天から流れてきた水沼である。生えている蓮根は匂いと味が非常に珍しく、甘いことといえば他の場所で生えるものと比べ物にならない。病気の人が、この沼の蓮を食えば早くよくなって効き目が顕著である。鮒と鯉がたくさん棲んでいる。以前に郡の役所が置かれた所であって、たくさん橘が植えてある。その実は美味しい。］

蓮（写真／竹前朗）
古名「はちす」は、花托の形状を蜂の巣に見立てたとする。「蓮」のほかに「荷」の字をあてる。

こちらは、同じ『常陸国風土記』の香島郡の話です。「春その村を」以下は、鹿島神宮の社の周囲を描写したところの一部なのですが、そこは「百の艸に艶へる花あり」とあります。「にほふ」はもともと視覚的な意味の言葉ですから、「多くの花が色美しく咲いている」のであって、「多くの草花が咲いて盛んに匂いを放っている」とまではいえないかもしれません。しかし、殆どの花は咲けば匂いを放ちますので、多くの花が咲いているという表現は、ごく自然に「咲く」だけでなく「香る」を意味します。この箇所は後に秋の紅葉が出てきて、先の「芳菲る嘉き辰」ととても似ています。この頃の人々にとって理想郷とは、春には花が咲き乱れ、芳しい香りを放ち、秋は木々の木の葉が錦のごとく色づくところだったのでしょう。ここは続いて後に、この地の素晴らしさは一々記すことができないほどで、仙人や神が住まわれるところとは、こういうところをいうのであろうとまでいっています。

この鹿島神宮の周囲の描写に続いて、北にあった沼尾の池について述べています。この池は神代の昔、天から流れてきた沼であり、ここに生えている「蓮根」は「気味太く異にして」とあり、さらに「甘きこと他所に絶れたり」とされています。天から降って来た池なので、他の池とは異なり、霊妙なる力を備えている、その一つの現れとして、この池に生える蓮根は「香り」と「味」が絶妙であるといいます。そして、病気の人がこの蓮根を食べると、たちどころによくなるというのです。天から降ってきたが故に霊妙なる力の存在を認め、香りに霊異の具体的現れをみています。香りは霊異を表すのに非常にわかりやすいものであったのでしょう。

『風土記』において「蓮」の香りについて述べているところが、もう一カ所あります。『肥前国風土記』の高来郡です。

③肥前国高来郡《たかくのこおり》

土歯《ひぢは》の池　俗《くにひと》、岸《きし》を言《い》ひて比遅波《ひちは》と為《な》す。郡《こほり》の西北《いぬゐ》のかたにあり。（中略）荷《はちす》・菱多《ひしさは》に生《お》ふ。秋七八月《ふみつきはつき》に、荷の根甘《あま》し。季秋九月《ながつき》には、香《か》と味《あぢはひ》と、共に変りて、用ゐるに中《あた》らず。

［土歯の池。俗に岸のことをヒヂハといっている。郡の役所の西北のかたにあり。（中略）蓮・菱がたくさん生えている。秋七、八月に蓮の根が非常に甘い。季秋九月には、香りも味もともに変わり、食用にすることはできない。］

高来郡というのは今の長崎県諫早《いさはや》市周辺のことらしいのですが、そこに土歯の池という池がありました。今は田になって池はなくなってしまいました。その池は海岸に近くて、いつも潮が岸を越えて入ってくるところでした。それで、ひぢ（ひづ＝ぬれる、つかる）＋波（は＝なみ）の池といわれたのです。汽水的であったのでしょうか。その水の特異性からか、荷（蓮）・菱という食料になる水生植物が多く育ち、特に七、八月の蓮根は非常に美味であるというのです。ところが、晩秋の九月になると、香りも味も変わってしまって食べることはできないのでした。多分、えぐみが強くなって、食べても苦くて美味しくないのでしょう。土歯の池でとれる蓮根を食用としていた人たちは、その匂いで食べる時期を判断していたと思われます。「香り」は有用か否かを判断する情報を発信していたのです。

『常陸国風土記』沼尾の池の蓮は「気味太く異にして」とあり、土歯の池の蓮は「香と味と共に変りて」とあり、どちらも香りについて注目しています。古代の人は蓮の味については、香りを基準にしていたようです。蓮は様々な種類があり、花の香りも濃厚な香りを持つものから、殆ど香りのないものまで様々です。このように『風土記』の蓮の香りは、花ではなく蓮根の香りですが、蓮根はさほど強い香りがするとは思えませんので、蓮根の味の善し悪しを香りによって判断していたとすれば、古代の人々は香りに鈍感であったというのは当たっていないということになります。

（4）橘の旅

『古事記』に垂仁天皇の御代に「多遅摩毛理《たぢまもり》（田道間守）」が「常世国」に「ときじくのかくの木実（橘）」を求めに行くという話がありました。『風土記』にも橘が二度出てきます（人名地名を除く）。

①常陸国行方郡《なめかたのこほり》

郡家《こほりのみやけ》の南の門《かど》に一つの大きなる槻《つきのき》あり。（中略）郡《こほり》の側《かたはら》の居邑《むら》に、橘《たちばな》の樹生《きお》へり。

[郡役所の南の門に一本の大きな槻木がある。（中略）郡役所の側の村里に、橘の樹が生えている。]

②常陸国香島郡

前《さき》に郡《こほり》を置ける所にして、多《おほ》く橘《たちばな》を蒔《う》ゑて、その実味《みうま》し。

〔以前に郡の役所の置かれた所であって、たくさん橘を植えてあり、その果実は美味しい。〕

この二つの例はいずれも『常陸国風土記』に見えます。しかし、他の現存する『風土記』には橘の記事はありません。橘は暖かい地を好むもので、現存する『風土記』の中で最も北の「常陸国」にのみ、「橘」の記事があるのは不思議です。垂仁天皇の御代より、数百年は経っているので、橘は遙々常陸国まで旅をして根づいたとしても時間的には十分納得のいくことではありますが。両例とも役所の近くや役所のあった場所に植えられていたのも、何か特別な意味があったことを思わせるものです。

また『万葉集』巻二十に常陸国の※2防人《さきもり》「卜部広方《うらべのひろかた》」の歌として、次の歌があります。

橘の　下吹く風の　かぐはしき　筑波の山を　恋ひずあらめかも　（巻二十・四三七一）

〔橘の木蔭を吹く風の芳しい、筑波の山を、恋い慕わずにいられようか。〕

『風土記』の二例は「樹が植えてある、実が美味しい」といっているだけで、香りについては触れていません。しかし、『万葉集』は「芳しい」と、花の香りを風が運んでいることを詠んでいます。防人歌が詠まれたのは『万葉集』の最末期であるので、防人の歌といえども、香りに注目するようになっていたのでしょうか。あるいは、橘好きの編者・大伴家持の手が加わっていると考えることもできます。ともかく、常陸国に橘が根づき、初夏には芳しい花の香りを慕う人々が大勢いたということです。

（5）芳しい泉

先に（2）の④で、景行天皇が行幸した時に蛇龗（於箇美《おかみ》）の住む臭い泉の話をしました。『風土記』には臭い匂いの泉だけではなく、芳しい香りの泉についても触れています。こちらは倭建命東征に関わる話です。

①常陸国茨城郡《うばらきのこおり》

郡の東《ひむがし》十里に桑原《くははら》の岳《をか》あり。昔倭武《やまとたける》の天皇《すめらみこと》、岳の上に停留《とどま》りたまひて、御膳《みけつもの》を進奉《たてまつ》りたまふ。時に、水部《もひとりべ》をして新たに清井《ゐ》を掘らしめたまふに、出泉《いづみ》浄《きよ》く香り、飲喫《の》むに尤好《いとよ》かりしかば、勅《みことのり》したまひしく、「能《よ》く渟《たま》れる水哉《かな》。俗《くにひと》、与久多《よくた》麻礼流弥津可奈《まれるみつかな》と云《い》ふ。」とのりたまふ。是《こ》れによりて今、田余《たまり》といふ。

「郡の役所の東十里のところに、桑原の岳がある。昔倭武の天皇（『古事記』では倭建命、『日本書紀』では日本武尊）が、岳の上にしばらく留まられて、土地の神に食事を献じたもうた時に、水部に命じて新たに清い井を掘らせなさったところ、泉が清浄で香気があり、飲むのに絶好であったので、仰せられたことには、「よく溢れ流れる水だなあ（土地の言葉で、よくたまれるみずかなという）。」と仰せになった。このことによって里の名を今、田余という。」

茨城郡は常陸国の国府庁が置かれていた、常陸国の中心であったところです。そこに倭建命がおいでになり、桑原の岳というところで休息しました。ここでは「倭武天皇」と称されていて、この常陸国では倭建命は天皇として崇められていたようです。先の景行天皇の時とよく似ていて、食事の用意をするために水を求めました。景行天皇の時は既にある泉の水を汲ませました。既にあった泉ですから、そこには蛇靇（於箇美）が住んでいたというわけです。こちらは清井を掘らせたとありますから、泉らしきものが見当たらなかったので、新たに命じて掘らせたのです。新しい泉ですから何も住んでいませんでした。それどころか、その泉は「浄く芳しく」て、飲むのに絶好でした、つまり、とても美味しかったということです。ここでも香りが飲むのに適切かどうかの判断の根拠となっています。倭建命の仰せによって掘られた泉が清冽で芳しいということは、倭建命の徳を表すことになるのでしょう。それで倭建命の徳を伝えるために、泉の話が長く伝えられたようです。常陸国の人々は遠く都からやってきた皇子を天皇そのものとして崇め恐れたのでしょうか。

そして、この常陸国から遠く離れた肥前国にも霊泉の話が伝えられています。

②肥前国基肄郡《きののこおり》

酒殿《さかどの》の泉《いづみ》郡《こほり》の東《ひむがし》にあり。この泉は季秋九月《ながつき》に、殆《やす》く白き色に変り、味《あぢ》は酸《す》く、気《か》は臭《くさ》くして、喫飲《の》むこと能《あた》はず。孟春正月《むつき》、反《かへ》りて清く冷《さむけ》く、人始めて喫飲《の》む。よりて酒井《さかゐ》の泉といひき。後の人、改めて酒殿の泉といふ。

［酒殿の泉。（郡の役所の東にある）この泉は晩秋の九月に、白い色に変わり、味が酸っぱく匂いが臭くなって、飲むことができなくなる。初春の正月にもとに戻って清く冷たくなり、人はやっと飲めるようになる。これによって酒井の泉といった。後の人が改めて、酒殿の泉といっている。］

肥前国の基肄郡（現在の佐賀県の一部）の東のほうに「酒殿の泉」という、いかにも水が美味しそうな名前の泉がありました。晩秋の九月になると水が白い色に変わり、味が酸っぱく「香りが臭く」なって飲むことができなくなります。春が来て、正月には元通りに濁りがなくなり、冷たく、美味しくなって飲むことができるというのです。九月から十二月までの四カ月間は飲めないということです。しかし、残りの月は美味しく飲めるのですから、暑い夏も冷たい水が飲めたのです。暑い季節に冷たく濁らない状態で、涼しい秋になって何故濁り出すのかはよくわかりません。不思議なことです。この美味しさから「酒井の泉、酒殿の泉」と呼ばれたのでした。「酒井・酒殿」といっても、味が酒のようであったとか、酒造りに適しているとかいうことではなく、鉱物質を多く含む複雑な味で、美味であることを称賛した命名なのです。後の『続日本紀』で出てくる「養老滝」はこういう話が次第に潤色されていったのでしょう。

泉の水が異常な匂いとなってくることを合図に飲むことを止め、匂いが消えてしまうのをひたすら待ちました。つまり、ここでも香りは重要な判断の基準として有効であったのです。

（6）埋もれた『風土記』―埋もれた香り

和銅六年の五月に、元明天皇は全国に『風土記』撰進の詔を出したのですが、先に述べたように、何時、どこの国が撰進したのかはわかっていません。完本として残っているのは『出雲国風土記』のみで、他に常陸・播磨・豊後・肥前の合計五つの『風土記』が残っているだけです。他にどんな『風土記』が書かれたのか知りたいものです。幸いなことに、逸文《いつぶん》という他の文献に引用されて部分的に姿をとどめている多くの『風土記』があります。その全ての逸文を信用するわけにはいきませんので、現存する五つの『風土記』と同等に扱うことには慎重でなければなりません。今は参考として見てみることにしたいと思います。

①大隅国《おおすみのくに》　醸酒《じょうしゅ》（※3『塵袋《ちりぶくろ》』巻九）

大隅国には、一家《あるいへ》に水と米とを設《まう》けて、村に告げめぐらせば、男女一所にあつまりて、米を嚼《か》みて酒槽《さかぶね》に吐《は》きいれて、ちりぢりに帰りぬ。酒の香《か》の出でくる時、また集まりて、嚼みて吐きいれし者ども、これを飲む。名付けて口嚼《くちかみ》の酒と云《い》ふ。

［大隅国では、ある家に水と米を準備して、村中に告げ回ると、男女が一カ所に集まって、米を噛んで酒専用の容器に吐き入れて、散り散りに帰る。酒の香りがしてきた時に、また集まって、噛んで吐き入れた者たちが、これを飲む。名づけて口噛みの酒という。］

これは『塵袋』という書物に引用されたものですが、なかなか面白い話です。古代は酒を「蒸《む》した米《こめ》を醸《か》んで造《つく》った」といわれています。『万葉集』にも「君がため醸みし待酒安の野に一人や飲まむ友なしにして」（巻四・四五五）という歌があります。古代の酒は米を蒸して、それを醸み吐き出して発酵させて造ったということです。唾液が重要な役割をするらしく、唾液と混ぜることで単なる腐敗ではなく発酵となり、酒になったのでした。今から思いますと、とても飲めたものではなく、飲みたくない酒です。ところが、かつて古典関係の人間が集まってこの古代の酒造法の話をしていた時に、堅物で有名な方が、「若い女性の唾だったら飲んで見たいな。婆さんならかなわんが」というのを聞いて意外でしたが、そういうものかもしれません。この『大隅国風土記』の逸文には、古代の酒造法が記されています。男女が集まって、皆で米（蒸した米でしょう）を醸み、それを酒槽に吐き出し、そのまま放って帰ってしまいます。「酒の香」の出てくる時に再び集まって酒槽に吐き出したものを飲むというのです。これを「くちかみの酒」と称したとあります。若い男女にとっては歌垣にも似て楽しい一時ではなかったかと思います。

この「口嚼《くちかみ》の酒」の飲み頃を示すものは、やはり香りでした。「酒の香の出でくる時」とあります。芳しい酒の香りが漂い出すのを待ちかねている様子が想像されます。経験で何日を要するかはだいたい推定できたと思いますが、暑い寒いとか、雨が降る降らないといった気候条件によって微妙に違うでしょうから、やはり、香りが一番の決め手であったでしょう。

『風土記』逸文は、このようにとても面白い記事が数多くありますが、逸文自体が、本当に和銅六年の詔によって編纂された『風土記』の引用であるのかについては疑問がありますので、全てを紹介するのは控えたいと思います。ただし、丹後国の「浦嶋子（浦島）」についてはとても興味深く、また香りの記述もありますので、紹介することにしましょう。

いわゆる私たちが幼い頃より絵本で親しんだ「浦島太郎」の話は、実はとても古いのです。『日本書紀』の雄略《ゆうりやく》天皇の二十二年（四七八）に、「瑞江浦嶋子《みずえのうらしまのこ》」の釣った亀が女になり、ともに「蓬萊山《とこよのくに》」に行き、「仙衆《ひじりたち》」に出会ったとあります。また『万葉集』でも、浦嶋子を題材にした長歌と反歌（巻九・一七四〇、一七四一）が詠まれていますので、『丹後国風土記』の逸文の真偽はともかく、浦嶋子の話は随分古くからあったものなのです。この[※4]『釈日本紀《しゃくにほんぎ》』に引用された浦嶋子の話はとても長いものですので、香りに関する部分のみ紹介することにします。

②丹後国与謝郡《よさのこおり》　日置里《ひおきのさと》　筒川村《つつかわのむら》（『釈日本紀』巻十二）

（上略）女娘《をとめ》の父母共相《かぞいろもろとも》に迎《むかへ》へ、をろがみて坐定《ゐしづま》りき。ここに、人間《ひとのよ》と仙都《とこよ》との別《わき》を称説《と》き、人と神とたまさかに会へる喜びをかたる。すなはち、百品《ももしな》の芳《かぐは》しき味《あぢ》をすすめ、兄弟姉妹《はらからたち》等は杯《さかづき》をあげてとりかはし、隣の里の幼女等《わらはども》も紅《に》の顔《おも》して戯《たはぶ》れ接《まじ》る。

［（上略）乙女の父母がともに浦嶋子を迎え、挨拶を交わして座についた。乙女の父母は人の世と仙人世界との違いを説明するとともに、人と神との奇遇の喜びを語った。そして、数々の馳走を勧めた。兄弟姉妹たちも酒を酌み交わした。隣村の幼女たちも血色の良い顔をして一座に加わった。］

（中略）たちまちに玉匣《たまくしげ》を開きみれば、すなはち目に見ざる間に、芳蘭《かぐは》しき體《すがた》、風雲《かぜくも》にしたがひて蒼天《あめ》に飛びかけりき。（中略）
［（中略）突然に美しい箱を開けてしまった。すると突如目には見えないが芳しい香が風雲とともに天上に昇っていった。］

常世辺《とこよべ》に　雲たちわたる　水の江の　浦嶋の子が　言《こと》持ちわたる
神女《かむをとめ》　遥《はる》かに芳《かぐは》しき音《こゑ》を飛ばして　歌ひしく
大和辺《やまとべ》に　風吹き上げて　雲放れ　退《そ》き居《を》りともよ　吾《わ》を忘らすな（下略）
［常世のある方角に向かって雲が棚引いている。水江の浦嶋の子の言葉を持って雲が棚引いている。
神の乙女が雲の彼方を飛びながら、美しい声で歌った、その歌は、
大和の方角に向かって風が吹き上げ、その雲とともにあなたと離れて別れてしまっても、あなたは私を忘れないでね。］

この浦嶋子の話は、もともとは[※5]「伊預部馬養《いよべのうまかい》」いう人が書いたもので、この人は持統《じとう》・文武《もんむ》朝に活躍し、大宝律令《たいほうりつりょう》の撰定に功績があったというのですから、大変な知識人でした。残念なことに伊預部馬養の書いた「浦嶋子」物語は残っていませんが、この逸文は彼の作品を参考にしたらしいのです。馬養は漢文を自由自在に読み書くことのできた知識人ですから、それを参考にした逸文も、漢文の影響の強い文になっていて、香りの記述にもそれが見られます。

浦嶋子は舟に乗り、一人で釣りをしていましたが、三日三晩経っても魚は一匹も釣れず、ようやく五色の亀を釣りました。その亀は美しい乙女となって浦嶋子を蓬山《とこよのくに》（蓬莱山のこと）に誘います。そこで、乙女の両親や兄弟姉妹に歓待され、宴が催されます。その宴の場面で「百品の芳しき味をすすめ」とあるのです。宴の御馳走の素晴らしさを「百品芳味」という言葉で表しています。簡潔な表現ですが、様々な数え切れない品々のそれぞれが美味であり、香りも御馳走の一つのように芳しい香りを放っていたのです。味と香りの素晴らしさを「芳味」と言い表しているのです。

やがて、三年が経ち、故郷と両親のことが気掛かりになった浦嶋子は、別れを惜しみつつ、玉匣を持って乙女と別れ、故郷に帰ります。「再び逢おうと思うなら、この玉匣を決して開けてはいけません」というのも、三年と思っていたら実は三百年だったというのも、ついに禁忌を破って玉匣を開くのも、お馴染みの話の通りです。「たちまちに…」は玉匣を開いた瞬間で

あります。「芳蘭しき體」とは「若く美しい浦嶋子の姿」で、玉匣には浦嶋子の若さが閉じ込められていたのでした。浦嶋子の若さを「芳蘭」という語で表現しています。「芳…」というのは漢文特有の表現なのでしょうか、『懐風藻』や『万葉集』にも多く見られます。それについては、また後に取り上げましょう。ここでは「蘭」は「芳しい香りを放つ草」の総称で、特定の花をさすのではないと思います。「芳蘭」は浦嶋子の輝くばかりの若さとその若い体が放つ芳香、初々しい雰囲気のようなものを含んでいて、容姿のみを指しているのではないでしょう。

最後に浦嶋子が泣きながら「常世辺に…」の歌を詠うと、神女が「遥かに芳しき音を飛ばして」返歌を詠ったとあります。「芳しき音」とは神女のこの世のものとは思われぬ「美しい声」ということで、この場合は「芳しき」は声を称賛する言葉ということになります。

このように、丹後国逸文の浦嶋子の話では「芳味・芳蘭・芳音」という語が用いられています。「芳」が香りだけではなく、「賞め称える」語として用いられているのは、『懐風藻』や『万葉集』の漢文の序などに頻繁に見ることができます。漢文の影響下にある表現なのでしょう。この「浦嶋子」の作者が漢文に通じている知識人であることがよくわかります。もともとは香りのみを賞める語であった「芳」が様々に応用されていく過程を見ることができて、とても興味深いことです。

（7）『風土記』の香り

『風土記』の香りも『古事記』と同じく、人の手の加わらない香りでした。しかし、『古事記』と共通する香りは少なく「橘」くらいですが、異なる香りがたくさん登場しました。悪臭としては、肉の腐敗臭に近い香り、草の根、腐った死体、血の匂い、泉や池の水の香があります。芳香としては、春の花、蓮根、酒、食物があります。また、匂いによって食の安全を判定していました。蓮根や鹿肉も匂いによって味を判定しています。生命に関わる重要な情報が香りにあると経験的に学び、知識として蓄え、伝えていったのです。

そして、橘についても、その香りを愛でるというよりは、果実の旨さに注目しています。つまり、香りも実用的に利用していたのでした。芳香を、生活を豊かにするために用いるのは、まだまだ時間を要するのです。「芳菲《はなかを》る嘉《よ》き辰《とき》」「百品《ももしな》の芳《かぐは》しき味《あぢ》」「芳蘭《かぐは》しき體《すがた》」「芳《かぐは》しき音《こゑ》」など、漢文の影響が見られる表現があり、この『風土記』を記した人が当時の一流の教養を備えていたことが想像されるのです。『風土記』の香りは素朴ではありますが、豊かであり、またところどころに作者の教養が溢れ、なかなかに楽しいといえるでしょう。

注

1 意見封事十二箇条（いけんふうじじゅうにかじょう） 平安時代中期の学者・三善清行が、延喜十四年（九一四）、醍醐天皇に提出した政治意見書である。「三善清行意見封事十二箇条」ともいう。

2 防人（さきもり） 白村江の戦いにおいて、唐・新羅の連合軍に大敗したことを契機に、唐が攻めてくるのではないかとの憂慮から、九州沿岸の防衛のために設置された、辺境防備の兵である。任期は三年で、諸国の軍団から派遣されるが、任期は延長されることがよくあり、食料・武器は自弁であった。大宰府がその指揮にあたった。遠江以東の東国から徴兵され、後に九州からの徴発となった。八世紀末には一部を除き、廃止となった。

3 『塵袋』（ちりぶくろ） 鎌倉時代後期成立。全十一巻。文永・弘安年間（一二六四〜八八）頃の成立。編者は釈良胤とされるが、不明。事物の起源、語義・語源、字訓の由来などを問答形式で説明した、百科事典的な書物。

4 『釈日本紀』（しゃくにほんぎ） 鎌倉時代末期、文永十一年〜正安三年（一二七四〜一三〇一）頃に成立したと推定される『日本書紀』の注釈書。著者は卜部兼方（懐賢）。全二十八巻。『風土記』『古語拾遺』『先代旧事本紀』など、多くの史料を駆使し、注釈をつけているため、現在では散逸している書物を逸文として残しており、兼方の厳密な『日本書紀』の原文解釈とともに、史料として高い評価を受けている。

5 伊預《（予）》部馬養（いよべの・うまかい） 七世紀後半の学者官僚で『律令』撰定、史書編纂に係わり皇太子学士を勤め、『懐風藻』に神仙思想を基にした漢詩「従駕応詔」一編を残している。

第四章

『日本書紀』の香り

―香木の煙上る淡路島―

（1）『日本書紀』の成立

『日本書紀』は、奈良時代から平安時代にかけて次々と編纂された※1六国史《りっこくし》（官撰の六部の国史）の最初に成立したことで、六国史の中でも特別なものとして扱われてきました。『続日本紀』に、※2元正《げんしょう》天皇（四十四代）の養老《ようろう》四年（七二〇）の五月二十一日の条に、

是《これ》より先、一品舎人親王《いっぽんとねりのみこ》、勅《みことのり》を奉《う》けたまはりて日本紀《にほんぎ》を修《あ》む。是《ここ》に至《いた》りて功成《くうな》りて奏上《さしあ》ぐ。紀《き》三十巻系図《けいづ》一巻なり。

［これより先に、一品舎人親王は、勅を受けて日本紀の編纂にしたがっていたが、この度それが完成し、紀（編年体の記録）三十巻と系図一巻を奏上した。］

という記事があります。かなり前から編纂が始まっていて、漸く養老四年に完成したというのです。いつ頃から始まっていたのかというと、はっきりしたことはどこにも記されていないのでわかりませんが、『続日本紀』二（新日本古典文学大系）の脚注によると「天武朝（天武紀十年三月条）に始まる編修事業がここに至り完成した」とあります。天武十年は六八一年ですから、ざっと四十年かかったということになるのでしょうか。また、舎人親王は天武《てんむ》天皇の皇子で、『日本書紀』の完成の後※3「知太政官事《ちだいじょうかんじ》」という要職についた高官でしたが、たった一人で編修したはずはないので、他に多くの人が携わっていたと思いますが、それもよくわかっていません。『続日本紀』の和銅《わどう》七年（七一四）二月十日の条に「従六位上の紀朝臣清人《きのあそみきよひと》と正八位下三宅臣藤麻呂《みやけおみふじまろ》に詔《みことのり》し、国史《くにつふみ》（日本書紀か）を選修させた」とあるので、この二人が編修に携わっていたらしいといわれているのですが、それ以外のことは明らかではありません。最近では研究が進み、外国人も加わっていたといわれています。

また、和銅四年（七一一）に始まり和銅五年（七一二）に完成した『古事記』も、出発点は「天武朝」とされています。つまり『古事記』『日本書紀』は、出発点は同じであり、ある時期は平行して編修作業が行われていたということなのでしょうか。

何よりも大掛かりに『日本書紀』編纂が行われているのに、何故あわてて似たようなものを『古事記』を作らねばならなかったのかという疑問が生じます。しかし、一見似たようでありますが、実は全く違った何かがあって、そのために必要とされたのかもわかりません。また、書名の問題があります。『続日本紀』では「日本紀」と記されているのに、今私たちは『日本書紀』と呼んでいます。どちらが本来の書名なのかということについてもあれこれと言われていますが、いまだ解決していないようです。このように、『日本書紀』にも様々な興味深い問題があります。しかし、こういう細かい専門的なことにこだわらなくても、『日本書紀』は十分に楽しめる書物です。六国史の中でも『続日本紀』以下の歴史書に比べて、『日本書紀』はまだまだ文学性を残していて、古典文学として読んでもとても面白いのですが、今は香りについてのみ見ていくことにしましょう。

『古事記』と『日本書紀』と接近した時代によく似た二つの書物を作らねばならなかった、何か重大な理由があるのか、この二つの書には何か決定的な違いがあるのかと述べました。詳しいことはわかりませんが、香りに関して決定的な違いがあります。それは『古事記』には香木・香炉の記事が一切見られないのですが、『日本書紀』には数多くあることです。これが香りに関わる大きな違いです。このことについては後に詳しく述べますので、まずは『古事記』と『日本書紀』には、香木に関わっての大きな違いがあるということだけにとどめましょう。

（2）香木を炷《た》く人々

『日本書紀』は神代から持統天皇まで、『古事記』は神代から推古天皇までの記事を載せています。神代から推古天皇までは共通していますので、内容も重複しているものがたくさんあります。表現も内容も全く同じというわけではありませんが、大筋では一致しています。それを重ねてここで述べることは冗漫になりますし、共通する香りについては第二章で触れました。ここでは、『古事記』に見られない、『日本書紀』独自の記事を取り上げることにしましょう。

前節で述べたように、『古事記』と『日本書紀』の大きな違いは、香木や香炉の記述の有無であるといいました。まず、香木から見ていきましょう。

三年の夏四月に、沈水《ぢむ》、淡路島《あはぢのしま》に漂着《よ》れり。その大きさ一囲《ひといだき》なり。島人、沈水といふことを知らずして、薪《たきぎ》に交《か》てて竈《かまど》に焼《た》く。その烟気《けぶり》、遠《とほ》く薫《かを》る。すなはち異《け》なりとして献《たてまつ》る。

（『日本書紀』推古天皇三年四月）

［三年の夏四月に、沈水香木《じんすいこうぼく》が淡路島に漂着した。その大きさは周囲三尺（一メートルほど）であった。島の人は沈水香木であることを知らないで、薪に交ぜて竈で焚いたところ、その煙が遠くまで薫った。そこで不思議に思ってこれを献上した。］

伊弉諾神宮の境内に建つ香碑
香り文化の更なる発展を願って、平成七年に建てられた香碑。

香木・香道に関する書に必ず引用される香木渡来の記事です。これが、香木が日本に初めて渡ってきた公式の記録ということになります。

現在も香関係の本には必ずこの香木渡来の記事が引用されています。淡路島の伊弉諾神宮境内に香木渡来一四〇〇年を記念して、平成七年（一九九五）に香碑《こうひ》が建てられるなど、香道に関わる人なら誰でも知っている記事です。

さて、香木渡来は、推古天皇三年（五九五）のことでした。『古事記』は推古天皇までの歴史を記しているので、この記事はあっても不思議ではないのですが、推古天皇の治世は三十七年（『古事記』による）という長い期間であったのに、『古事記』の記録はわずか数行でしかありません。推古天皇の前の崇峻《すしゅん》天皇も数行ですが、こちらは治世が四年（『古事記』による）です。『古事記』は終わりに近づくと何かとても急いでいたようです。ともかく『古事記』には香木の記事はないのです。意図的な削除か関心がなかったのかはわかりません。しかし、香木は仏教と切り離せない密接な関係にあり、仏教とともに、日本に渡来していたと思われます。欽明天皇の十三年（五五二）の冬十月に、百済《くだら》の聖《せい》明王《めいおう》が使者を派遣し、「釈迦仏《しゃかぶつ》の金銅像《こんどうぞう》一躯《いっく》、幡蓋若干《ばんかいじゃくかん》、経論若干巻《きやうろんじやくかんくわん》を献《たてまつ》る」とあります。これが※4仏教渡来の公式記録となっています（これは『日本書紀』の記録で、他の文献では宣化天皇三年〈五三八〉という説もあります）。香木よりも四十年以上前に仏教が渡来していたのでした。この時の聖明王の贈り物の中には、残念ながら香木の名は見えません。この品々は特に重要なものだけ明記され、それに付随する細々したものは記載されていないと思います。香木も一囲もある大きなものでなくても既に日本に渡って来ていた可能性があります。仏教の渡来も欽明天皇七年とすると、更に十数年前に遡ることができます。『日本書紀』の仏教渡来の記事は公的なもので、実際はもっと以前から仏教は日本にもたらされていたといわれています。そうすると、香木の渡来も遡ることになるでしょう。『古事記』は欽明天皇の記事も推古天皇ほどではありませんが、簡略で、仏教渡来も全く記されていません。

『日本書紀』の香木渡来の記事をもう少し詳しく見てみましょう。すると、不思議なことがいくつかあります。沈水香木は、東南アジアやインドで産出するジンチョウゲ科の樹木で、本来木質は軽くて柔らかいのですが、木の一部に何らかの事情で突然変異が起こり、樹脂が沈着したものを指します。水に沈むことから沈水香木といわれるようになりましたが、略して「沈水香、沈水、沈香」などと呼ばれています。「伽羅《きやら》」は、この沈水香木の最高の品を指す語で、後に色々の語について最高の品質を意味する接頭語として用いられるようになりますが、それはずっと後世のことで、『日本書紀』が完成した時代はまだ「伽羅」という語は使われておりません。

香木は、東南アジアやインドの限られた地域でしか産出しないものです。現在はベトナムが有力な産出国ですが、インド、フィリピン、インドネシアも香木を産出していました。暑い国でしか採れないものです。今では生物工学（バイオテクノロジー）が発達し、麝香《じやこう》や竜脳《りゆうのう》などの香料は人工的に作られ、利用されていますが、香木だけは人工的に栽培することは今のところ不可能のようです。いつか可能となるかもしれませんが、まだまだ遠い先のことでしょう。

この水に沈む香木が何故遠い東南アジアから、遥々海の上を漂い、日本までやってこれたのでしょうか。中国経由としても、そこには東シナ海や太平洋が広がっています。香木は木全体が香木として使えるのではなくて、一部ですから、香木でな

蘭奢待とも呼ばれる黄熟香（正倉院宝物）
「薫烟芳芬として行宮に満つ」と『明治天皇記』に記され、香人垂涎の的となっている。

いところをくり抜いて、例えば木の真ん中をくり抜いて運んだとすると浮かぶでしょうから、大きいけれど中が空洞という状態で漂着したと思われます。

正倉院宝物として知られる「蘭奢待《らんじゃたい》」も長さが百五十六センチで、最も太い部分の周囲は、『日本書紀』にいうところの「一囲」ありますが（重さは十一・六六キログラム）、中に空洞の部分があります。これは誰かがくり抜いて持ち去ったのではなくて、運び易くするために削り取ったので、渡来の時点からなかったといわれています。

中が空洞なら水に浮かぶでしょうから、船で異国に運ばれる途中に嵐にあって船が遭難し、荷物が海中に投げ出され、はるばる日本に漂着したということになります。では、何故漂着したところが、淡路島なのでしょう。かなり大きなものですから淡路島に流れ着くまでに発見されていそうに思えるのです。淡路島にたどり着くには、紀伊水道、友ケ島水道を通らなければなりません。少し不自然に思われます。香木の渡来したところを淡路島にしたかったという意図が働いているのではないでしょうか。淡路島は国史の上で大変重要な島です。後の世には四十七代・淳仁《じゅんにん》天皇が流されたり（淡路の廃帝といわれた）、下国として赴任することを迷惑がられたりと、あまりよい印象を与えていませんが、特別な国として遇されていた国なのでした。

伊奘諾尊《いざなきのみこと》・伊奘冉尊《いざなみのみこと》、天《あめ》の浮橋《うきはし》の上に立《た》たし、共《とも》に計《はか》りて曰《のたま》はく、「底下《そこつした》に、豈国《あに》無けむや」とのたまひ、廼《すなは》ち天《あめ》の瓊矛《ぬぼこ》を以《も》ちて、指《さ》し下《おろ》して探《さぐ》りたまひ、是《ここ》に滄溟《あをうなはら》を獲《え》き。其《そ》の矛《ほこ》の鋒《さき》より滴瀝《しただ》る潮《しほ》、凝《こ》りて一島《ひとつのしま》に成《な》れり。名《な》づけて磤馭慮《おのごろ》島《じま》と曰《い》ふ。

（『日本書紀』神代紀）

［伊奘諾尊・伊奘冉尊は天浮橋の上にお立ちになって、相談していわれたことには「下界の底のほうに、もしや国はないだろうか」と仰せになって、すぐに天の瓊矛を差し下ろして探られると、そこに青海原があった。その矛の先からしたたり落ちた潮が凝り固

まって一つの島となった。名づけて磤馭慮島《おのごろじま》という。」

『日本書紀』によれば、伊奘諾尊・伊奘冉尊の二柱の神が初めて作った島が磤馭慮島《おのごろじま》となっています。この磤馭慮島は現在の淡路島の南端にある「沼島《ぬしま》」といわれています（他に、「絵島」「友が島」などの説があります）。伊奘諾尊・伊奘冉尊二神はこの磤馭慮島に降り立ち、遘合《みとのまぐわい》（結婚）をして次々に大八島の国土を生んでいくのですが、最初に生んだのが、淡路島でした。この辺りは『古事記』も同じです。つまり、淡路島というのは日本の故郷、原点といえる特別な場所なのでした。日本で香木が最初に漂着する地を淡路島とすることで、香木に霊的な付加価値を与えようという意図が働いたのではないでしょうか。

　この漂着した香木を浜辺で拾った島人が、薪として竈で焚きました。通常用いていた薪とあまり変わらない状態、つまり島の人にとってはただの枯れ木と思われたということです。ところが、燃やしてみると「烟気遠薫《けぶりとほくかをる》」であったのです。香木を燃やすと「烟の気―香り―が遠くまで漂っていった」のでした。現在は一囲もあるような香木を、正倉院宝物の蘭奢待《らんじゃたい》や紅塵《こうじん》を除いては見ることも不可能ですし、あったとしてもそれを一度に燃やすなどということはありえません。香木は「馬尾蚊足《ばびぶんそく》」という言葉があるように、ミリ単位の小片を直接火を点けるのではなく、間接的に暖めて香りを楽しむ、それでも充分に大勢の人が香りを楽しむことができるのですから、一囲もある香木ならばどれほどの強烈な香りであったか、想像もできないほどです。直接火を点けるのはとても惜しい気持ちがします。香道では煙りが立つと、香木の香りが正しく聞けないとして中断し、煙が出ないように修正して改めて聞くくらいですから、香木本来の香りは残念ながら煙の匂いに圧倒されてしまったと思います。しかし、これは日本に香道が成立するよりもはるか昔のことです。ミリ単位の香木を刻んで楽しむことのほうが、想像できないことといえるでしょう。ともかくも、この巨大な香木に火を点けた結果、辺り一帯に彼らが今まで経験したことのない香りが漂ったのです。それを「異」と考えました。これは普通ではない、何か不思議なものに違いないと思って島の人は朝廷に献上したのでした。この献上された香木はその後、どう扱われたのか、気になるところですが、『日本書紀』では記していません。しかし、他の文献にはその後の香木の運命が記されていますので、そちらを見てみることにしましょう。

平安時代の前期に原型が成立したといわれる※5『聖徳太子伝暦』という聖徳太子の伝記は、太子の生涯について書かれています。上下二巻あり、作者はわかっていません。その上巻に、次のようなことが書かれています。

三年春三月。土左の南の海に、夜大きに光るものあり。また声ありて雷の如し。三十箇日を経たり。夏四月。淡路島の南の岸に着く。嶋人沈水を知らず。もつて薪に交《か》てて竈《かまど》に焼く。太子使ひを遣りて献ぜしむ。その大きさ一囲なり。長さ八尺なり。その香り異薫なり。太子観《み》そなはして太きに悦ぶ。奏して曰く「是れ沈水香なりといへるなり。この木の名栴檀香木なり。南天竺国の南の海の岸に生ひたり。夏月もろもろの蛇この木に相繞《まつは》れり。冷やかなる故なり。人矢もつて射る。冬月蛇蟄《かく》れる。すなはち折りてこれを採る。その実は鶏舌《けいぜつ》。その花は丁子《ちようじ》。その脂《あぶら》は薫陸《くんろく》。水に沈むこと久しきは沈水香となす。久しからぬは浅香となす。今陛下釈教を興隆したまふ。肇めて仏像を造りたまふ。故に釈梵感得し、この木を漂送したまふ。すなはち勅《みことのり》あり。百済の工に命じて檀像を刻造し、観音菩薩高さ数尺を作らしめたまふ。吉野比蘇寺のおくに、時々光を放つ。

『日本書紀』の記述と比べてみると、『聖徳太子伝暦』には次の事項が付け加えられています。

①三月に土佐の国の南の海で発見。三十日かかって淡路島に漂着する。
②長さ八尺。
③聖徳太子が献上させ見る。
④聖徳太子は香木の知識があり、天皇に説明する。
⑤天皇は百済の工に仏像を造らせる。
⑥その仏像は吉野比蘇寺に安置され、時々光りを放つ。

『日本書紀』が成立してから百年以上経って、香木も次第に貴族階級に浸透していったようですが、これを読むと香木の知識がかなりあやふやであったことがわかります。『日本書紀』では「淡路島に周りが三尺ほどある沈水香が漂着し、島人が薪として焼くと煙が薫ったので不思議に思って献上した」だけでした。しかし、『聖徳太子伝暦』では「土佐国の海に光るものがあって、夜は雷のような音がし、一カ月後に淡路島に着いた」という書き出しに始まります。これは『日本書紀』欽明《きんめい》天皇十四年五月の「泉郡《いづみのこほり》の茅渟海《ちぬのうみ》の中に、梵音《ぼんおん》（仏教の音楽）あり。震響《しんきやう》、雷声《らいせい》のごとく、光彩《くわうさい》、晃曜《くわうえう》にして日色《ひのいろ》の如し。（中略）この時に、溝辺直《いけべのあたひ》、海に入りて、果して樟木《くすのき》の海に浮かびて玲瓏《てりかがや》くを見つ。遂に取りて天皇に献《たてまつ》る。画工《ゑたくみ》に命《おほ》せて仏の像二躯《く》を造らしめたまふ。今し吉野寺《よしのでら》に、光を放つ樟《くす》の像なり」という記事の影響を受けたものでしょう。こちらは「楠（樟）」が主題です。樟は関東以西に見られ、常緑樹で大木に育ちます。全体に芳香があり、樟脳の原料となっています。今も神社には必ずといっていいほど見ることができます。古代より霊木とされていたようです。香木は日本では育たないので、もともとは樟の話であったものを、沈水香木の霊力に相応しいと置き換えて伝えたのでしょう。※6『日本霊異記《にほんりやういき》』などにも類似の話があります。また、三十日かかって淡路島に到着したというのは、その間、光りながら音を出しながらであったとしたら、突然に淡路島に漂着したというよりは遙かにその価値を高めることになります。『日本書紀』では「大きさ一囲（約三尺）」とあるだけでしたが、「長さ八尺」と長さが加えられ大きさがより具体的になっています。三尺は一メートル弱、八尺は二メートル以上あります。現存する「蘭奢待」の大きさが長さ百五十六センチ、太いところで直径四十センチほどです。直径四十センチは周囲が百二十センチくらいですから、「蘭奢待」よりかなり背が高く、ほっそりとしているということになります。

『聖徳太子伝暦』は聖徳太子の威徳を讃えるために書かれたものですので、日本では決して見ることができないのに、この不思議な香木のことを詳しく知っていたという、聖徳太子の霊力を伝える話としたのです。しかし、この香木についての太子の発言はなかなか面白いものです。

枯木神社（写真提供／淡路島観光協会）
淡路島にあるこの神社には、漂着した香木（沈香木）をご神体として祀っている。

①沈水香《じんすいこう》というもので、もともとは梅檀《せんだん》香木というものである。
②南天竺の南の海で採れる。
③木が冷たいので、夏蛇がまつわりつく。
④その木に矢を射て、冬蛇がいなくなった時に、矢を目印にその木を採取する。
⑤実は鶏舌《けいぜつ》。花は丁子《ちょうじ》。脂は薫陸《くんろく》という。
⑥水に長く沈むものは沈水香といい、長く沈まないのは浅香という。
⑦天皇が仏教の興隆に尽力し、初めて仏像を造ったことに、帝釈天と梵天が感得し、この沈水香木を贈られた。

①では、沈水香と梅檀香木は同じとしていますが、全く別のもので、梅檀は白檀《びゃくだん》をはじめとして紫檀・黄檀・赤檀・黒檀などの総称ですが、香木としては多く白檀を指し、白檀の別称としている辞書もあります。梅檀は常温でも芳香を放ちますが、沈香は常温でも勿論芳香はありますが、温めることによって格段の芳香を放つことが大きな違いです。『日本書紀』の天智天皇十年（六七一）九月の「法興寺に財宝を寄進した」記事に「沈水香・梅檀香」の名前が見えます。沈水香・梅檀香の二つの名前は知っていたのですが、平安時代になっても、具体的には知らない人も多かったのか、こうした誤りが生まれたのでしょう。

②では、沈水香の生産地についての記述です。天竺はインドのことで、沈水香の産地の一つであるから間違ってはいません。しかし、『聖徳太子伝暦』の書かれた時代に、インドについての地理的知識があったかどうかはわかりません。「想像のつかない遙かな遠いところ」ぐらいに考えていたのかもしれません。

③・④については『日本書紀』にも見えないので、依拠した文献は不明です。

⑤については、この文脈では栴檀香の木の部分は香木となりますが、実は鶏舌・花は丁子・樹脂は薫陸であるという意味になります。しかし、「鶏舌」と「丁子」はともに丁子の蕾を乾燥させて作るもので、釘の形に似ているので「丁子・丁香」と呼ばれ（丁は象形文字で、釘をよこから見た形）、また、鶏の舌に似ているので「鶏舌・鶏舌香」とも呼ばれたのです。つまり、この二つは同種異名というわけです。また、薫陸は乳香のことで、「南蛮樹脂」という異名からもわかるように、樹脂の凝固したもので、脂という指摘は正しいのですが、沈香の木から分泌されるものではありません。

正倉院には「蘭奢待」の他にもう一つ有名な「紅塵」という名の香木があり、これは「全浅香」とされています（蘭奢待は黄熟香という）。水に沈むという性質から命名された「沈水香」に比べて「水に浮く」ことによって「全浅香」といわれるといいます。ですから、⑥については、正しいといえるでしょう。

⑦は、聖徳太子の徳を讃えるために日本では採れない、貴重な「香木」を利用したものと思われます。

『聖徳太子伝暦』は『日本書紀』の「欽明天皇十四年五月」や「推古天皇三年四月」の記事に依拠しながら、それ以後日本に伝来した香の材料や、知り得た知識を加え、脚色していったのです。その知識には誤りも多いので、作者が実際どれほど香木に接していたかは疑問です。しかし、香木が聖徳太子を聖人化することに寄与したということだけは確かでしょう。

三年と申すはる沈はこのくにゝはじめてなみにつきてきたれりしなり。土左のくにのみなみのうみに、よごとにおほきにひかるものありき。そのこゑいかづちのごとくにして、卅日をへて、四月にあはぢのしまのみなみのきしによりきたれりき。おほきさ人のいだくほどにて、ながさ八尺よばかりなんはべりし。しま人なにともしらず。おほくたかたなくめでたし。これをみかどにたてまつりき。そのかうばしき事たとへんきゞになんしける。太子みたまひて、「沈水香と申すものなり。このきを栴檀香といふ。

紅塵とも呼ばれる全浅香（正倉院宝物）
蘭奢待とならんで、天下第一の名香である。東大寺（大仏）に香薬として献上されたものか。

南天竺《なんてんじく》のみなみのうみのきしにおひたり。この木ののびやかなるによりて、なつになりぬればもろもろの虵《くちなは》まとひつけり。そのときに人かのところにゆきむかひて、その木にやをいたてて、ふゆになりて虵あなにこもりてのち、いたてしやをしるしにて、これをとるなり。その実は鶏舌香《けいぜつかう》。そのはなは丁子《ちやうじ》。そのあぶらは薫陸《くんろく》。ひさしくなりたるを沈水といふ。ひさしからぬを浅香《せんかう》といふ。みかど仏法をあがめたまふがゆへに、釈梵威徳《しやくぼんいとく》のうかべをくり給なるべし」と申たまひき。みかどこの木にて観音をつくりて、ひそでらになんをきたてまつりたまひし。ときどきひかりをはなちたまひき。

（※7『水鏡』推古天皇三年）

［三年と申した春、沈は日本に初めて波に乗ってやってきたのである。土佐国の南の海に、毎晩非常に光るものがあった。その音は雷のようであって、三十日経って、四月に淡路島の南の岸に流れ着いた。大きさは人が抱えるほどであって、長さは八尺余りほどもあった。島の人は何であるかわからずに、多くは薪にしてしまった。その香ばしいことは、たとえようもなく素晴らしい。これを帝に献上した。聖徳太子はこれをご覧になって、「これは沈水香と申すものである。この木を栴檀香という。南天竺の南の海の岸に生えている。この木はのびやかなので、夏になると様々な蛇がまといついている。その時に、人がその場所に出かけて、その木に矢を射立てて、冬になって、蛇が穴に籠った後で、射立てた矢を目印にして、これを採るのである。その実は鶏舌香。その花は丁子。その油は薫陸。長い時間が経ったものを沈水という。あまり時間が経っていないものを浅香という。帝が仏法を崇拝なさるので、帝釈天・梵天・大威徳明王が海に浮かべてお贈りになったのであろう」と申し上げた。帝はこの木で観音をお造りになって、比蘇《ひそ》寺に置き申し上げなさった。時々その仏像が光をお放ちになった。］

これは、「大・今・水・増」――いわゆる「四鏡」の一つ『水鏡』の一節です。先ほどの『聖徳太子伝暦』と殆ど同じことがわかります。『水鏡』は『聖徳太子伝暦』を資料として書かれたと思われますが、※8『扶桑略記《ふそうりやくき》』を基にして書かれたともいわれています。この辺りの先後関係は成立年代と関わって複雑なうえ、香りの話と離れてしまいますので、あまり深入りしないことにします。

『日本書紀』の「推古三年四月」の沈水香の淡路島漂着記事は、このようにその後の香木の話の基となり、様々に脚色され伝わっていきました。それを読むと、当時の日本人のほとんどが見ることのできなかった香木に、どれほど深い憧れを持っていたかがわかります。

この淡路島に漂着した香木についての後日談があります。仏教興隆のため、百済の工人に命じてこの香木で観音像を作り、吉野比蘇寺に安置しました。比蘇寺は、吉野郡大淀町比曽にある、世尊寺であるといわれています。また、法隆寺夢殿観音菩薩像が、この秘佛であると伝えられ、太子はこの像の削り残りの香木を炷き、瞑想したと伝えられていますが、調査によりこの仏像の材は、「楠」と判明したので、淡路島に漂着した香木との繋がりは切れてしまったのです。また、香道志野流の祖・志野宗信の選定した六十一種名香において、「蘭奢待」に次いで名が挙げられている「法隆寺」という香木がこれだともいわれています。

『日本書紀』には香木の記事がもう一カ所あります。先ほど少し触れましたが、初めて香木が渡来した推古天皇三年（五九五）から八十年ほど後の、天智《てんじ》天皇の時代のことです。仏教伝来から百二、三十年経っています。仏教はすっかり皇族をはじめ政府の高官の間に浸透していたようです。寺も多く建てられ、僧尼の数も増え、それに伴い、仏事も盛んに行われるようになっていたと思われます。

この月に、天皇《すめらみこと》、使《つかひ》を遣《つかは》して、袈裟《けさ》・金鉢《くがねのはち》・象牙《きさのき》・沈水香《ぢむかう》・栴檀香《せんだんかう》と諸《もろもろ》の珍財《めづらしきもの》を法興寺《ほふこうじ》の仏《ほとけ》に奉《たてまつ》らしめたまふ。

（『日本書紀』天智天皇十年十月）

［この月に（十月）に、天皇は使者を派遣して、袈裟・金鉢・象牙・沈水香・栴檀香や多くの珍しい財宝を法興寺の仏に奉納された。］

天智天皇十年（六七一）の九月に、天皇は病にかかりました。病は重く十月になっても回復の兆しが見えません。平癒祈願のため、法興寺に多くの財宝を寄進しました。法興寺は、願主は蘇我氏で、推古天皇元年に完成した寺で、その頃、最も規模の大きい寺でした。法興寺は、今も明日香村に残る飛鳥寺のことで、規模は比べようもないほど小さくなりましたが、飛鳥大仏が創建当時のままに微笑んでいます。天智天皇の平癒祈願のために、多くの寺々に財物を奉納したのでしょうか、最も規模の大きい法興寺をその代表として取り上げたのでしょう。袈裟や金鉢、象牙などとともに、「沈水香・栴檀香」の二つの香木の名があります。ここに名前を上げた以外に「諸の珍財」とありますので、多くの数えきれない珍しい財宝が寄進されたのでしょうが、その中で特に貴重なものの名を挙げているのです。珍しいというのは、日本では入手できない渡来品ということです。こうして寺に寄進されたのは、香木が専ら仏事に用いられていたからでしょう。推古天皇の時代に渡来して以来、沈水香は日本に少しではありますが、次々に渡ってきました。それでもまだまだこの頃は極めて貴重であったはずです。「栴檀香」はインドやインドネシアを産地とし、樹皮の色により黄檀・白檀・紫檀・黒檀・赤檀などの様々な色がありました。このうち白檀は扇子に作られたり、茶道で用いられたりと、沈水香よりもずっと馴染み深いものとなっています。また、紫檀や黒檀は桐と並んで家具に使われ、よく知られています。法興寺に献上されたのは、このうちのどれかわかりませんが、沈水香とともに献上されているので、香木として使用するためと考えて、白檀かそれよりさらに珍しい牛頭赤檀《ごずせきだん》かと思われます。現在、栴檀といえば、『万葉集』の「妹が見しあふちの花は散りぬべし我が泣く涙いまだひなくに」（山上憶良　巻五・七九八）に詠まれた「楝《あふち》」を指しますが、全く別のものです。

天智天皇の頃はまだ香木はとても貴重なものでありました。その貴重な香木を献上し、病気平癒を祈願しましたが、祈りは空しく、天皇は十二月の三日にその激しい生涯を終えられました。四十六歳と伝えられています。

（3）香炉の誓い

仏教伝来以来、ごく一部の限られた人々ですが、仏事に親しむようになり、次第に香木に親しんでいったようです。そして、香木の香りの魅力にめざめていくのですが、七世紀はまだ仏事中心でありました。『日本書紀』の中で、香木が渡来してから後の記述に「香炉」が登場してくることから、香木は細かく刻まれ香炉で熱せられて香りを放ち、仏事の場を、香りで浄化するという使われ方をしていたことが想像されます。

庚辰《かのえたつのひ》に、大寺《おほてら》の南庭《みなみのおほば》にして、仏《ほとけ》・菩薩《ぼさつ》の像《ざう》と四天王《してんわう》の像《ざう》とを厳《よそ》ひ、衆《もろもろ》の僧《ほふし》を屈請《くつせい》して、大雲経等《だいうんきやうら》を読《よ》ましむ。時に、蘇我大臣《そがのおほおみ》、手づから香炉《かうろ》をとり、香焼《こりた》きて発願《ほつぐわん》す。

辛巳《かのとみのひ》に、微雨《こさめふ》降る。

壬午《みづのえうまのひ》に、雨《あめ》を祈《こ》ふこと能《あた》はず。故《かれ》、経《きやう》を読《よ》むことを停《や》む。

八月の甲申《きのえさる》の朔《つきたちのひ》に、天皇《すめらみこと》、南淵《みなぶち》の河上《かはかみ》に幸《いでま》して、跪《ひざまづ》きて四方《よも》を拝《をろが》み、天《あめ》を仰《あふ》ぎて、祈りたまふ。すなはち、雷《いかづち》なりて大雨降《ひさめふ》る。遂《つひ》に雨ふること五日、天下《あめのした》をあまねく潤《うるほ》す。天下の百姓《おほみたから》、ともによろこびて曰《まを》さく、「至徳《いきほひ》まします天皇なり」と曰す。

（『日本書紀』皇極天皇元年七月～八月）


［七月二十七日に、大寺（百済大寺）の南庭で、仏と菩薩の像と四天王の像を安置し、多くの僧を招請して、大雲経などを読ませた。その時、蘇我大臣（蝦夷）は自分の手で香炉を取り、焼香して祈った。

二十八日に小雨が降った。

二十九日は降らなかった。そこで、経を読むことを止めた。

八月の一日に、天皇は、南淵の川上に行幸され、ひざまずいて四方を拝み、天を仰いで祈りなさった。すると、雷鳴が轟き、大雨が降った。ついに雨が五日間降り、天下を遍く潤した。ここに国中の民は喜んで、「徳の高い天皇でいらっしゃいます」と申し上げた。］

話は前節と前後しますが、香炉が初めて『日本書紀』に登場するのは、天智天皇の母である皇極天皇の御代です。皇極天皇は夫であった舒明天皇の崩御後、即位したのですが、即位した年は春頃から天候不順が続いていました。そして、六月十六日に小雨が降った後、日照りが続き、七月に入っても全く降らないので、まず中国風の雨乞いをしましたが、二十五日になっても全く効き目はありませんでした。そこで、大臣・蘇我蝦夷《そがのえみし》が大勢の僧を招き、大雲経という雨乞いのお経を大勢の僧が読むという仏教式の雨乞いを行いました。そこに初めて香炉が登場します。蘇我大臣は「自らの手で香炉を取り」というところです。

香木が仏教とともに日本にもたらされた時に、その使用法も伝えられたはずですので、香炉も伝わっていたでしょう。

「香焼きて」とあり、「香」を「こり」と訓《よ》んでいます。香木は「香」が「凝り固まって」できたものであると考えていたことから、このように訓むようになりました。香木の芳香が邪気を祓い、祈りの場を浄化するとして仏教では尊ばれ、その考えが日本にもたらされていたのです。蘇我大臣は取って置きの貴重な香木を用い雨乞いに成功することによって、自らの力を誇示しようとしたのです。もったいぶって大袈裟に香炉を手に取り、香を焼く姿が目に浮かぶようです。その妙なる不思議な香りに、固唾を呑んで大臣の一挙手一投足に注目していた人々は、驚いたことでしょう。天皇をも凌ぐ強大な権力を持っていた蘇我大臣が、豊かな財力を惜しみなく使って行った華麗で厳かな雨乞いは、二十八日に少しの雨を降らせただけで、失敗に終わりました。そして、八月になって皇極天皇が行った簡素な雨乞いは雷鳴と豪雨をもたらし、五日間降り止まず、天皇の徳を天下の民は称えたのでした。

次に、皇極天皇の皇子・天智天皇の八年（六六九）に、香炉の名をみることができます。

冬十月の丙午《ひのえうま》の朔乙卯《つきたちきのとうのひ》に、天皇《すめらみこと》、藤原内大臣《ふぢはらのうちのおほおみ》の家に幸《いでま》して、親《みづか》ら所患《やまひ》を問ひたまふ。（中略）辛酉《かのととりのひ》に、藤原内大臣、薨《みまか》りぬ。甲子《きのえねのひ》に、天皇、藤原内大臣の家に幸す。大錦上《だいきむじやう》蘇我赤兄臣《そがのあかえのおみ》に命《みことのり》して、恩詔《めぐみのみことのり》を奉宣《のりたてまつ》らしめ、よりて金《くがね》の香炉《かうろ》をたまふ。

（『日本書紀』天智天皇八年十月）

［冬十月の十日に、天智天皇は、藤原鎌足の家に行幸なさって、自ら親しく病状をお尋ねになった。（中略）十六日に藤原鎌足が薨じた。十九日に、天皇が藤原鎌足の家に行幸なさり、大錦上蘇我赤兄臣に命じて恩詔を述べさせ、そして金の香炉が下賜された。］

天智天皇が大化改新以来、二十年以上にわたって、強く信頼していた藤原鎌足が、天智天皇の近江遷都後まもなく、天皇に先だって亡くなります。天智天皇八年十月十六日のことでした。『日本書紀』によれば、それ以前に天皇は使者を派遣するのではなく、自ら見舞いに鎌足邸を訪問されました。十日のことです。そして、親しく病状をお尋ねになりました。その後、十五日には皇太弟（後の天武天皇）を派遣、大織冠《たいしょつかん》（最高位）と大臣《おおおみ》の位、さらに藤原という姓《うじ》（氏）をお与えになります。しかし、天皇の祈りは届かず、藤原鎌足は十六日に亡くなってしまいました。すると、天皇は十九日に再び鎌足邸を訪問し、蘇我赤兄に命じて恩詔（弔悼《ちょうとう》）を述べさせます。さらに、弔賻《ちょうふ》として「黄金の香炉」を下賜なさいました。鎌足は長男を出家させていますので、仏教に帰依する気持ちはとても強いものであったのでしょう。香炉は天智天皇の鎌足への思いを代弁するものとして最適のものと考えられたのです。また、香炉とともに、香木も贈られたであろうことは十分に想像できます。

鎌足の死から二年後の天智天皇十年（六七一）、天皇は九月に発病され、十二月に崩御されました。十月には平癒のため、法興寺に「沈水香、栴檀香」など様々の財宝を献上なさいましたが、天皇の重病は、周囲の人を不安と緊張に陥れ、近江朝廷は動揺しました。大友皇子を鍾愛する天皇の思いを知る皇太弟・大海人皇子（後の天武天皇）は、病と称し、吉野へ去ります。十月の十九日のことでした。しかし、大友皇子とその周辺の人々は吉野へ去った大海人皇子に言い知れぬ恐れを抱いていたのでした。十一月の二十三日に、大友皇子は宮中の織物の仏像の前で、左大臣・蘇我赤兄をはじめ、五人の重臣を集め、天皇の命に従うことを誓約させます。天皇の命に従うのは当然のことなのに、わざわざ意思統一をはからねばならないのは、天智天皇という求心力を失いつつある不安定な状況を物語っているといえるでしょう。この時の誓約の場面に香炉が出てきます。

大友皇子《おおとものみこ》、手に香炉をとり、まづ起《た》ちて誓約《ちか》ひて曰《のたま》はく、「六人心を同じくして、天皇《すめらみこと》の詔《みことのり》を奉《うけたまは》る。もし違《たが》ふことあらば、必《かなら》ず天罰《あまつつみ》を被《かがふ》らむ」と云々《しかしか》のたまふ。ここに左大臣《ひだりのおほまへつきみ》蘇我赤兄《そがのあかえ》等、手に香炉をとり、次《つぎて》の随《まにま》に起《た》ち、泣《な》血きて誓約《ちか》ひて曰《まを》さく、「臣等《しんら》五人、殿下《きみ》に随《したが》ひて、天皇の詔を奉る。もし違ふことあらば、四天王《してんわう》打たむ。天神地祇《てんしんちぎ》も復《また》誅罰《つみ》せむ。三十三天《さむじふさむてん》、このことを証《あきら》め知《し》ろしめせ。子孫《しそん》当《まさ》に絶《た》え、家門《かもん》必《かなら》ず亡《ほろ》びむ」と云々まをす。

（『日本書紀』天智天皇十年十一月）

［大友皇子が手に香炉を持って、まず立って誓約しておっしゃることには「六人心を一つにして、天皇のお言葉に従おう。もし背くことがあったら、必ず天罰を被ろう」云々と仰せになった。ここに左大臣・蘇我赤兄らも、手に香炉を持って、次々と立ち上がって、涙を流して誓約していうことには「私ども五人は皇子にしたがって、天皇のお言葉に従います。もし背くようなことがあれば、四天王が打つことでしょう。天神地祇もまた罰を与えるでしょう。三十三天、このことをご承知おきください。子孫は絶え、家門は必ず滅びるでしょう」云々と申し上げた。］

重臣たちが大友皇子を天智天皇の後継とし、支持していくことを誓約する場で、香炉が重要な役割を果たしています。まず初めに大友皇子が香炉を手に誓いの言葉を述べ、次に重臣たちが手に取り、同じく誓いの言葉を述べました。大友皇子は違約すれば天罰を被るつもりだといいましたが、蘇我赤兄たち重臣は四天王、天神地祇、三十三天などの名を口にし誓いました。香炉は一つで、次々に手に取りながら、誓い合ったのでしょう。その香炉には、当時日本にあった最高の香木が、芳しい香りを放っていたのです。香木の香りで浄化し、清浄であればあるほど、そこで行われた誓約が効力を持つと考えていたのです。この誓約の後、十日ほどで、天智天皇は崩御されました。「香炉の誓い」を見定めて天皇は果たして安らかな眠りにつくことができたのでしょうか。

この「香炉の誓い」も虚しく、大友皇子は壬申の乱で大海人皇子（後の天武天皇）に破れ、自ら縊《い》死《し》し、その首が大海人皇子に捧げられるという運命が待っていたのでした。

壬申の乱に勝利した大海人皇子は飛鳥浄御原宮《きよみはらのみや》で即位します。天武天皇の死後、即位した持統天皇（天智天皇皇女で天武天皇皇后）の時代にも香炉の記事があります。

秋七月壬子《みづのえね》の朔《つきたちのひ》に、陸奥《みちのく》の蝦夷沙門自得《えみしほふしじとく》が、請《こひまを》せる金銅《こむどう》の薬師仏像《やくしぶつざう》・観世音菩薩像各一軀《くわんぜおんぼさつざうかくいちく》・鍾《かね》・娑羅《さら》・宝帳《ほうちやう》・香炉《かうろ》・幡《ばん》等《ら》の物をさづけたまふ。（『日本書紀』持統天皇三年七月）

［秋七月の一日に、陸奥の蝦夷の僧・自得が要請していた金銅の薬師仏像・観世音菩薩像を各一躯・鍾・沙羅・宝帳・香炉・幡などの物を付与された。］

持統天皇の三年（六八九）七月に、天皇は陸奥の蝦夷の僧・自得が前々から願い出ていた品々をお与えになりました。品々は仏像をはじめとする仏教の儀式に必要な物でありました。その中に香炉も入っています。仏教の儀式には欠かせぬものということでしょう。ここには見られませんが、恐らくいくばくかの香木も添えられていたものと思われます。自得はこれらを陸奥に持ち帰り、仏教の流布に貢献したのでしょう。いくらありがたい経典の話をしても、なかなか理解しがたいことであったでしょうが、この美しい香炉から漂う香木の香りは非日常空間へと誘い、仏教の宣伝に大いに役立ったのです。

今まで述べてきたように、『日本書紀』には香炉の記事が四カ所ありました。そのうち二つは贈り物として与えられたものです。一つは天智天皇から藤原鎌足に、あとの一つは、持統天皇から僧・自得に贈られたものです。その後どのように香炉が用いられたかは『日本書紀』の中では明らかではありません。しかし、鎌足の冥福を祈る仏事に、また遠い陸奥で仏教の素晴らしさの理解の一助に用いられたと想像することは許されるでしょう。残りの二つはどちらも重要な儀式に用いられました。一つは雨乞いに、一つは天智天皇、そして大友皇子への忠誠を誓う儀式でした。非日常的空間を創り出し、そこで行われる儀式を特別なものとする時に、必要とされたのです。

このような香炉の使われ方は、香炉そのものが重要な意味を持つ財宝の一つとして扱われていたことを物語るものです。しかし、貴族が香りを楽しみ、玩香として香を楽しむようになるまでは、まだまだ長い月日を必要としたのでした。

(4) 生ける埴輪爛《く》ち臭《くさ》る

『日本書紀』には香木や香炉が登場し、芳しい香りが漂い出しましたが、まだまだ悪臭も強く流れています。悪臭にも色々な種類がありますが、その最たるものは生き物が腐敗していく香りでしょう。

> 二十八年の冬十月の丙寅《ひのえとら》の朔《つきたち》にして庚午《かのえうまのひ》に、天皇《すめらみこと》の母弟《いろど》倭彦命《やまとひこのみこと》薨《かむさ》ります。十一月の丙申《ひのえさる》の朔《つきたち》にして丁酉《ひのとりのひ》に、倭彦命を身狭《むさ》桃花鳥坂《つきさか》に葬《はぶ》りまつる。ここに近習《きんじふ》の者を集《つど》へて悉《ことごとく》に生《い》けながらにして陵《みささぎ》の域《さかひ》に埋《うづ》め立つ。数日《ひかず》へて死なず、昼夜泣吟《いさ》つ。遂《つひ》に死にて爛《く》ち臭《くさ》り、犬・鳥聚《あつま》り噉《は》む。
>
> (『日本書紀』垂仁天皇二十八年十月・十一月)

［二十八年の冬十月の五日に、天皇の同母の弟・倭彦命がお亡くなりになった。十一月の二日に、倭彦命を身狭桃花鳥坂に葬った。ここに側近の寵臣たちを集めて、ことごとく生きたまま陵の境界に埋め立てた。数日をへても死なず、昼夜泣き呻きどおしであった。そのうちに死んで腐り、悪臭が漂い、犬や烏があつまってきて腐肉を食った。］

十一代の垂仁天皇の御代のことです。古からの風習として殉死が行われていました。天皇の同母の弟・倭彦命がお亡くなりになった時も、側近の者を集めて陵の周囲に生きたまま埋めたのですが、数日間昼夜泣き呻く声が絶えませんでした。声が途絶えると、腐り始め、悪臭が漂い、犬や烏が集まって腐肉を食うという残虐な場面が展開されたのです。人間以外にも馬なども埋められていたようですから、その匂いは実に凄まじいものでありました。死臭は長く消えることなく、風が吹いて匂うたびに悲しみを誘ったに違いありません。

垂仁天皇はこの泣き呻く声を聞いて心を痛められ、今後は殉死を禁じられました。その後、皇后・日葉酢媛命《ひばすひめのみこと》がお亡くなりになった時に、野見宿禰《のみのすくね》が出身地である出雲国より土部《はにべ》を呼び寄せ、埴輪《はにわ》を作り、陵墓に埋めることを提案し、天皇は大変お喜びになりました。野見宿禰は力士の元祖として名が知られている人ですが、こういう一面もあったのです。このことにより、野見宿禰は土部臣《はじのおみ》と名乗るようになったということです。『日本書紀』にはこんな残虐で悲しい匂いも漂っているのでした。垂仁天皇の漢風諡号《しごう》はこの殉死を廃止したことによるものといわれています。

次に紹介します、茨田池《まむだのいけ》の異変もかなりの悪臭と思われます。

この月（七月）に茨田池《まむだのいけ》の水、おおきに臭《くさ》りて小さき虫水に覆《おほ》へり。その虫、口黒くして身白し。八月の戊申《つちのえさる》の朔《つきたち》にして壬戌《みづのえいぬのひ》に、茨田池の水、変《かへ》りて藍汁《あゐのしる》のごとし。死にたる虫水に覆《おほ》へり。溝瀆《うなて》の流《みづ》、また凝結《こほ》り厚さ三四寸ばかり、大《おほ》き小《ちひさ》き魚《いを》の臭《くさ》れること、夏《なつ》に爛《ただ》れ死にたるがごとし。これによりて喫《くら》ふにあたらず。（中略）この月（九月）に茨田池の水、漸《やくやく》に変りて白き色に成りぬ。また臭《くさ》き気《か》なし。（中略）この月（十月）に、茨田池の水、還《かへ》りて清《す》む。

（『日本書紀』皇極天皇二年七月～十月）

「この月に茨田池の水がたいそう腐って、小さな虫が水面を覆った。その虫は口が黒く身が白かった。八月の十五日に、茨田池の水の色が変わって藍の汁のようになった。死んだ虫が水面を覆い、溝の流れも凝り固まって、厚さ三、四寸ほどになり、大小の魚が腐っているのは、夏に腐って死んだ時のようであった。このことで魚を食べることはできなかった。九月には、茨田池の水は次第に色が変わって白くなった。また臭気もなくなった。十月には、茨田池の水はもとに戻って澄んだ。」

茨田池は北河内、現在の寝屋川市にあった池らしいのですが、池は残っていません。郡名に茨田郡があり、仁徳天皇十一年（三二三）の条に茨田堤という名が見えますので、その近くにあったのでしょう。姿を消し、池跡すらもはっきりとわからないのは、池といっても自然にできた浅い、いわば低湿地程度のもので、次第に埋められ、姿を消していったのかもしれません。皇極天皇二年（六四三）の秋の七月から十月にかけて四カ月間にわたって、その茨田池の異変を詳しく記しているのです。まず七月に水が腐りました。「大臭」と書き表していますので、大変臭い「香り」がしたのでしょう。腐った原因でしょうか、小さい虫が水面を覆ったとあります。八月の十五日には池の水は「藍汁」のように変わりました。藍の汁とは藍染めの液のことで、殆ど黒に近い色です。死んだ虫は口が黒く身が白いのですから、白と黒が混じって藍色に見えたのでしょう。水もどろっとしていたように想像されます。死んだ虫が水を覆い、魚が死に腐っていました。茨田池から流れる溝も虫や魚の腐った死骸が、水の表面を十センチ以上の厚さで覆っていたとあります。旧暦の八月の十五日は秋ですが、まだそれほど涼しくはありません。かなり暑い日もあります。これが事実なら、すさまじい匂いが辺り一面に漂い、近寄れない状態だったでしょう。この異変は多分に虚構らしいのです。これらしいことはあったかもしれません。しかし、その小さな事件も白髪三千丈の中国文献に倣《なら》って潤色したようです。この自然の異変は人事の異変の兆しとする考えもありますが、ではこの後どういう人事の異変があったのでしょうか。この辺りは、蘇我《そがの》蝦夷《えみし》・入鹿《いるか》父子の横暴が書かれているところです。十一月には聖徳太子の遺児で有力な皇位継承者である山背大兄王《やましろのおおえのみこ》が入鹿によって滅ぼされています。

九月になりますと、少し落ち着きを取り戻し、池は「藍汁」の色から、白き色になりました。本来は透明であるのですから、すっかり元通りというわけではありません。しかし「臭気—くさきか」はなくなり、そして十月になって茨田池の水はすっかり澄み還り、異変は終わりました。この茨田池の異変に「香り」は重要な鍵となっています。「臭る」が二回、「臭気」が一回です。秋とはいえ、十分に暑い季節に虫や魚が死んで池に浮かび腐っている様子は、真っ先に私たちにその凄まじいほどの臭気を連想させるでしょう。魚は新鮮でも生臭いものです。それが腐った匂いというのは、僅かの時間も過ごせないほどの悪臭なのです。この茨田池の異変はちょっとした病気が発生し、虫や魚が次々に死んでいった、それがあまりにひどい臭いであったので、噂が大きくなり、都に届く頃には死骸の厚さも何倍にもなっていたというところなのかもしれません。蝦夷・入鹿父子の横暴は続き、大化の改新はまだ二年も先のことでした。

(5) 妖しき香りの菌あらわる

倭国《やまとのくに》の言《まを》さく、「このころ、菟田郡《うだのこほり》の人押坂直《おしさかのあたひ》、一童子《ひとりのわらは》を将《ゐ》て雪《ゆき》の上に欣遊《うれ》しぶ。菟田山《うだのやま》に登りて、すなはち、紫の菌《むらさきのたけ》の雪より挺《ぬけい》でて生《お》ふるを見る。高さ六寸余りにして、四町ばかりに満《いは》めり。すなはち童子をして採取《とら》しめ、還《かへ》りて隣家《となりのいへ》に示《み》す。総《みな》の言はく、知《し》らずといひ、且毒物《またあしきもの》ならむと疑ふ。ここに、押坂直と童子と、煮て食《くら》ふ。大《はなは》だ気《かぐは》しき味《あぢはひ》あり。明日《くるつひ》に往《ゆ》きて見るにすべてなし。押坂直と童子と、菌《たけ》の羹《あつもの》を喫《くら》へるによりて、病なくして寿《いのちなが》し」とまをす。ある人の云はく、「けだし、俗《くにひと》芝草《しさう》といふことを知らずして、妄《みだり》に菌と言へるか」といふ。

(『日本書紀』皇極天皇三年三月)

[倭国が、「近頃、菟田郡の人・押坂直が一人の子供を連れて雪の上で楽しく遊んでいた。菟田山に登ったところ、紫色の菌が雪の中から顔を出し、生えているのを見つけた。高さは六寸余りで、四町ほどの広さにわたって密生していた。そこで子供に採らせて、帰って隣人に見せたが、皆知らないといい、また毒ではないかと疑った。ここで押坂直と子供と煮て食べた。たいそう芳しい味であった。明くる日に行ってみると、全くなかった。押坂直と子供は、菌の煮物を食べたことによって病にかからず、長生きした」と申し上げた。ある日に、ある人がいうには、「おそらく、土地の人は芝草ということを知らず、菌といったのであろうか」といった。]

この不思議な菌の話が倭国から報告されたのは、皇極天皇三年（六四四）の三月のことでした。舞台は菟田郡（奈良県宇陀市）の辺りです。三月といえば晩春ですので、雪が積もっていたというのは、今でいえば、五月に雪が降る、あるいは解けないで残っているというところでしょう。異常気象ということです。菟田山に登って不思議な菌を見つけます。紫色で、二十センチぐらい雪の中から出ていました。それは四町にわたって一面にびっしりと生えていたのです。一万坪を越える広さのようですから、見渡す限り紫色の菌が雪の上に出ていたということです。茸は見慣れていたでしょうが、この大きさと色には驚きました。とりあえず子供に採らせ、持ち帰って近くの人々に見せたのですが、皆知らないということで、毒が入っているのではという人もいました。毒茸には古代の人も手痛い目にあっていたようです。しかし、押坂直とその子供は勇敢にもというのか、無謀というのか、それを煮て食べたのです。後に「羹」といっていますので、茸汁でも作って食べたのでしょう。羹とは汁物・吸い物を指しました。煮ますと「大有気味」でした。「気味」は、各注釈は「かぐはしき」あるいは「こうばしき」と、訓んでいます。妙なる香りがして、しかも美味しかったということでしょう。「気味」は単に香りだけでも味だけでもなくて、両方の素晴らしさを言い表しているのだと思います。

押坂直と子供は、最初は菌の正体がわからないので、恐る恐るとでもいうのでしょうか、あまりたくさん採ってこなかったのです。しかし、家に持ち帰り、試食してみますと、あまりに美味しかったので、さらに採取しようと思って、再び、紫の菌が生えていたところに行ってみました。しかし、不思議なことに、昨日見渡す限りびっしりと生えていた紫の菌が、全く見当たらなかったのでした。ところが、押坂直とその子供は紫の菌を一度食べただけなのに、病気にもかからず、長生きをしました。ある人がこの話を聞いて、「それは芝草というもので、菌ではない」といいました。

芝草は「延喜治部省式」に下瑞として「芝草」の名があり「形は珊瑚に似、枝葉は連結し、あるいは丹あるいは紫、あるいは黒あるいは金色、あるいは四時に随ひ色を変ふ。一云、一年に三たび華咲く。これを食さば眉寿たらしむ」と説明されています。珊瑚のような形をしていて、赤・紫・黒・金色に色を変え、これを食べると「眉寿《びじゅ》」、つまり長生きをするというのです。これは現在「マンネンダケ」といわれているもので、漢方薬として有名な「霊芝」のことであるといいます。マンネンダケは

「表面は赤または褐色、裏は淡黄または白、枝は赤紫」と説明されたり、また「赤芝、青芝、黄芝、黒芝、紫芝」の五色あって赤芝が最も薬効があると説明されたりしています。五色そのままではありませんが（五色は青・赤・白・黒・黄で、紫は入らない）、五色に近い色であったらしく、それがこの芝草の出現が瑞相とされた理由でしょう。

この芝草は、天武天皇の八年（六七九）十二月にも出ています。

この年に紀伊国《きのくに》伊《い》刀郡《とのこほり》、芝草《しさう》を貢《たてまつ》れり。その状《かたち》菌《たけ》に似《に》たり。茎《もと》の長さ一尺《ひとさか》、その蓋《かさ》二囲《ふたいだき》なり。

（『日本書紀』天武天皇八年十二月）

［この年に紀伊の国伊刀郡が芝草を貢上した。その形は菌に似ており、茎の長さは一尺、その蓋は二囲もあった。］

こちらは、長さは三十センチ余りと、菟田山の菌に比べて大きく、蓋の大きさは二囲とあります。淡路島に漂着した香木は一囲でしたが、その二倍ということです。一囲は三尺でしたから、二囲は六尺ということで二メートル近いのですから、とても大きいことがわかるでしょう。にわかに信じがたい大きさですが、「延喜治部省式」に「珊瑚に似て枝葉連結し」とありますので、年を経ると次第に大きく成長していくものなのでしょうか。

この紀伊国産の芝草と倭国産の菌と呼ばれるものが同じものかどうかはわかりません。倭国産は菌といっていましたが、紀伊国産は初めから芝草といっていますし、大きさもかなり違いました。これらは両方とも、あるいはどちらかが、現在のマンネンダケ、すなわち霊芝かどうかも疑問です。霊芝は紅葉落葉樹の枯れ木の根本に寄生するとありますが、雪から出ていた菌はどうもそうではないようです。紀伊国産は芝草といっているので、霊芝かもしれません。

(6) 芳草と蘭沢

『日本書紀』は漢文で書かれています。そして、その編集には日本人だけでなく、外国人も関わっていたといわれています。漢文の影響を強く受けているというか、漢文の表現をそのまま使ったようなところが、香りを表現する時の用語にも見られます。

秋九月の辛巳《かのとみ》の朔《つきたち》丙戌《ひのえいぬのひ》に、天皇《すめらみこと》淡路島《あはぢのしま》に狩《みかり》したまふ。この島は海に横《よこたは》りて、難波《なには》の西《にしのかた》にあり、峰巌《みねいは》紛錯《ふんさく》し、陵谷《をかたに》相続《しやうしよく》す。芳草薈蔚《はうさうわいうつ》に、長瀾潺湲《ちやうらんせんくわん》なり。また麋鹿《おほしか》・鳧《かも》・鴈《かり》多《さは》にその島にあり。かれ乗輿《すめらみこと》しばしば遊《いでま》したまふ。

（『日本書紀』応神天皇二十二年九月）

［秋九月の六日に、天皇は淡路島で狩猟をされた。この島は、海に横たわって、難波の西方にある。峰や巌が錯綜しており、丘や谷が続いている。芳しい草が繁茂しており、川瀬の高波はさらさらと音を立てて流れている。また、大鹿・鴨・雁が、その島にはたくさんいる。それ故、天皇はしばしばお出ましになった。］

応神天皇二十二年(二九一)のことです。天皇は淡路島へ狩にお出掛けになったのですが、淡路島の描写が随分凝ったもので、難解な語が並んでいます。『毛詩』や『文選』の影響を受けていると指摘されていて、「芳草」もその内の一つでしょう。他の語に比べれば、字面で意味を推し量ることはできますが。

「芳…」という表現は、次章で述べる『懐風藻』に多く使われています。「芳」はもともと「香りが盛んに発散する」という意味ですが、評判がよいとか、名声が高いという意味に用いられ、さらに、ものごとを称賛することも表すようになりました。「芳しい草」というのは、ただ良い香りの草というのではなくて、視覚的な意味をも含み、「美しく咲いている良い香りの草」という意味と考えたほうがよいでしょう。淡路島がどれほど優れた所であるかを述べるのに、「美しい草花が咲き、芳しい香を放っている」という設定が不可欠であったのです。今でも淡路島は花の栽培がとても盛んですので、風土が花にあっているのですから、あながちでたらめに美辞麗句を並べただけとはいえないのです。

この歳《とし》に、吉備上道臣田狭《きびのかみみちのおみたさ》、殿側《おほとののほとり》に侍《はべ》りて、盛《さか》りに稚媛《わかひめ》を朋友《とも》に称《ほ》めて曰《いは》く、「天下《あめのした》の麗人《かほよきひと》は、吾《わ》が婦《め》に若《し》くはなし。茂《さかり》に、ゆるるかにして、もろもろの好備《よきことそなは》れり。あきらかに、温《うるほひあ》りて、種《くさぐさ》の相《かたち》足《た》れり。鉛花《いろ》も御《つくろ》はず、蘭沢《か》も加《そ》ふること無し。はるかなる世《よ》よりたぐひまれならむ。当時《ただいま》の独《ひと》り秀《すぐ》れたる者《ひと》なり」といふ。

（『日本書紀』雄略天皇七年）

［この年に、吉備上道臣田狭、殿のお側に伺候して、しきりに朋友に妻の稚媛の自慢をして、「天下の麗人も私の妻には及ばない。美しくしなやかであらゆる美点が備わっている。華やかでうるおいがあり、表情が豊かである。白粉や髪油も必要としない。広い世にも類を見ない。昨今ではひとり際立った美人である」といった。］

雄略天皇の御代のことです。あるお喋りな側近がいました。吉備上道臣田狭がその人です。田狭の妻・稚媛はとても美しい女性であったので、田狭は自慢せずにおれなかったのです。この妻の自慢をするところが『文選』の影響を色濃く受けているのです。世に妻自慢の人は少なくはありませんが、これほどまでに妻をほめる人はいないのではと思われるほどのほめようです。

「鉛花弗御、蘭沢無加」に注目してみましょう。「鉛花」は「おしろい」のことです。酸化した鉛に澱粉や香料を混ぜて作りました。安価なおしろいはただの米の粉でできていて、すぐに取れ、まだらになりますが、鉛でできた白粉は吸いつくように綺麗についたということです。しかし、長く使うと、鉛毒に侵されるという欠点がありましたが、明治期までは使われていました。ところが、田狭の妻は美しいので、白粉を全く使う必要がなかったといっているのです。また「蘭沢」は「髪油」のことで、香りの良い草である蘭を油に浸して髪に塗ったのでした。田狭の妻は頭髪も見事だったのでしょう、ですから、「蘭沢」を用いることはないというのです。古代でも整髪料は光沢を添えるだけでなく、香りを加える役目を持っていて、良い香りのする長い髪はとても魅力的であり、美人の条件の一つでありました。

この田狭の妻自慢は天皇の耳に入り、田狭は任那に飛ばされ、邪魔者を排除した天皇に稚媛は奪われてしまうのです。口は災いのもとということでしょうか。雄略天皇は稚媛の美しい髪の香りを十分に味わったことでしょう。

（7）はなぐはし衣通郎姫

香りは捉えどころのないもので、表現するのがとても難しいものです。例えば、「いい香り」というだけでは、その香りがカレーの匂いか、煎餅の匂いか、香水の匂いかは区別できません。周囲の状況を伝えることによって判断していくこともできますが、完全ではありません。花の香りも香水の香りも多くの種類があって、それぞれ違います。甘い香りといっても甘さの程合いが異なっています。適切に伝えることが困難なのです。

香道では香りを「聞く」といいます。「聞く」はただ香木の香りを嗅ぐのではなくて、香りの本質を理解することを含むものであるといいます。香木を味わう時、全く違ったように思えた二つの香木の香りが同じであったと知り、驚くことがよくあります。「なんで一緒なの？」と不思議に思います。香木の表面の香りだけを嗅いでいると違っているように思われるのですが、その根底にある共通項のようなものを理解できなければ、異同を識別できないのではないかと思います。その根底にある本質を嗅いで理解することを「聞く」という言葉で表したのでしょうか。現在は何となく「聞く」は上品、雅な言葉で、「嗅ぐ」は俗っぽい日常語のように理解されているようです。化粧品の宣伝にも「聞く」という語が使われるようになりました。何となく高級であるという印象を与えようという戦略と思います。因みに「嗅ぐ」は決して下品な俗っぽい言葉ではありません。

五月待つ　花橘の　香を嗅げば　昔の人の　袖の香ぞする

（『古今和歌集』　読人不知　巻三・一三九　夏）

これは第二章でも述べた、花橘を詠んだ有名な歌です。後に多くの歌の本歌となり、後世に多大な影響を与えた歌です。残念ながら作者名は伝わっていませんが、「嗅ぐ」という語が用いられています。このことからも「嗅ぐ」は下品な言葉とは思われていなかったことがわかります。

香りはなかなかうまく表現できず、他者に伝えることが難しいのですが、香道では、香りを区別するのに（つまり「聞く」ということですが）、何か自分の知っている香りに譬《たと》えて記憶しなさいといわれます。これは好きなあの香水の匂いとか、愛用している化粧品の匂いとか、灰の匂いとかに結びつけて記憶するのです。確かに具体的な対象があれば記憶しやすいですが、譬えるものがなかなかうまく見つからないのです。「ああこれは確かに記憶にある匂いに似ている、何だろう、思い出さなくては」と思うのですが、思い出すまで、待ってくれるというものではありません。また、次の香炉が回ってきて判断を促されることになります。

このように、昔から香りを表現する言葉は、あまり豊かでなかったようです。

八年の春二月に、藤原に幸《いでま》し、密《みそか》に衣通郎姫《そとほしのいらつめ》の消息《あるかたち》をみたまふ。是夕《こよひ》、衣通郎姫、天皇《すめらみこと》を恋《しの》ひたてまつりて独《ひと》りはべり。その天皇の臨《いでま》せることを知らずして、歌《うたよみ》して曰《いは》く

我が背子《わせこ》が　来《く》べき夕《よひ》なり　ささがねの　蜘蛛《くも》の行《おこな》ひ　今夕著《こよひしる》しも

（中略）

明旦《くるつあした》に、天皇、井《ゐ》の傍《ほとり》の桜《さくら》の華《はな》を見《みそこなは》して、歌《うたよみ》して曰く

花ぐはし　桜の愛《め》で　こと愛《め》では　早くは愛《め》でず　我が愛《め》づる子ら

とのたまふ。　（『日本書紀』允恭天皇八年二月）

［八年の春二月に、允恭天皇は藤原に行幸され、ひそかに衣通郎姫の様子を観察された。その夜、衣通郎姫は天皇を恋い慕って一人でいた。天皇がおいでになっていることを知らず、歌を詠んで

今夜は私の夫が来るはずの夜です。（ささがねの）蜘蛛の振る舞いが、今夜は特に目に立ちます。

（中略）

明くる朝、天皇は井の傍らの桜の花をご覧になって

美しい桜の花の素晴らしさよ。同じ愛するなら早くから愛すればよかったが、早くは愛さずにいたことよ。私の愛しい人よ。

といわれた。］

応神天皇が皇子・仁徳天皇に、髪長比売を譲る時に詠った歌には、『古事記』も『日本書紀』も「かぐはし花橘（記〈伽具波斯〉紀〈伽遇破志〉）と歌われていました。「記紀」の歌謡は表意ではなく、一字一音で表記されているので、文字から意味を推定することは不可能です。この「允恭紀」に「はなぐはし（波那具波辞）」という語が用いられていることから、「くはし」の意味が浮かび上がってきます。衣通郎姫は「美しさが衣を通して光り輝く」という意味の名前であり、その美しさが稀に見るほどであったことがわかります。衣通郎姫は允恭天皇の皇后の妹で、美しさ故に天皇に愛されましたが、異常に嫉妬深い姉・皇后の不興をかって自ら天皇の元を離れるという、やはり悲しい生涯を送っています（『古事記』の衣通郎女は允恭天皇の皇女で別人ですが、物語の女主人公に相応しい生涯を送ります）。天皇が皇后に隠れて密かに衣通郎姫に会いに行き、一夜を過ごした別れがたい朝、天皇は桜の花に譬えて衣通郎姫の美しさを称えました。その歌の中に「花ぐはし」という言葉が用いられています。「か＋ぐはし」、「はな＋ぐはし」をみると、共通する「ぐはし（くはし）」が褒め言葉であることが容易に理解できるでしょう。『時代別国語大辞典』上代編では「くはし」を「こまやかにうるわしく、すぐれていること。ウラグハシ・マグハシ等複合形容詞として用いられることが多い」と説明しています。

『古事記』において、大国主神が高志《こし》国の沼河《ぬなかは》比売《ひめ》に求婚する時に「…遠々し　高志国に　賢《さか》し女を　有りと聞かして　くはし女を　有りと聞こして…」と歌います。これは「くはし」が単独で使われています。「あなたは実に賢くて美しい女だ」と沼河比売を褒めるのです。

また『日本書紀』では、継体天皇七年（五一三）に、勾大兄《まがりのおおえの》皇子《みこ》（二十七代・安閑天皇）が春日《かすがの》皇女《ひめみこ》に「…春日《はるひ》の　春日《かすが》の国に　くはし女を　有りと聞きて　よろし女を　有りと聞きて…」と詠いかけていますが、そこにも「くはし女」という語があります。「くはし」は、女性を口説く時の最高の褒め言葉として多くの男性の口から語られたことでしょう。

『万葉集』では「…くはしき山ぞ…」（巻十三・三三三一）と、山にも冠せられています。

このように「くはし」は広く、美しいもの素晴らしいものをいう語でありました。「かぐはし」は「香りが素晴らしい」、「花ぐはし」は「花が美しく咲いている」という意味で使われていました。

しかし、「香り」の素晴らしさを称える言葉「かぐはし」は、おおざっぱで、これでは香りをなかなか適切には伝えられません。表現力の未熟さから、香りに魅かれることはあっても、うまく表現することはできず、どうしても視覚的美しさを先に述べることになり、嗅覚は後になりました。そして、忘れられてしまうものも多かったでしょう。古代の日本人は嗅覚が鈍感といわれていますが、決してそうではなくて、素晴らしい香りに出会ってもうまく表現できなかったことが、誤解を生んだのではないでしょうか。

(8)『日本書紀』の香り

『日本書紀』と、これまで述べてきました『古事記』『風土記』との大きな違いは、香木・香炉が出現したことです。香木は推古天皇三年(五九五)に渡来し、「烟気遠薫《けぶりとほくかをる》」と『日本書紀』に記されています。『古事記』は推古天皇の御代まで記していますので、この香木の記事はあってもいいのですが、記されていません。香木・香炉は仏教と深い関わりがあり、仏教伝来は欽明十三年(五五二)とされています。欽明天皇は二十九代の天皇であり、一方、推古天皇は欽明天皇皇女で三十三代の天皇です。香木は仏教とともに日本にもたらされ、推古天皇以前に既に日本に渡来していた可能性もあります。しかし『古事記』には欽明天皇から推古天皇に至るどの時代にも香木の記事を見ることはできません。香炉の記事もありません。これは『古事記』には仏教の記事が全くないということと関連するといえるでしょう。『日本書紀』にも、推古天皇三年より前に香木について触れたところはありません。

『日本書紀』には香木は「沈香」だけではなく「栴檀香(白檀)」も登場しました。香炉の記事も何カ所もあり、香りの世界が複雑に豊かになっていく兆しを見ることができます。

しかし、依然として「爛《く》ち臭《くさ》る死体」や「数多の虫の死骸の臭」によって「池の水」が「臭く」なり、魚の腐臭によって、その魚を食してはいけないと判断したとありました。また「気《かぐは》しき味」のする「紫色の菌」についても述べていました。香りが生命を守る重要な情報を伝える機能として認識されていたことがわかります。

さらに「雄略天皇紀」では「美人」の描写に「蘭沢《か》も加《そ》ふること無し」とあり、香りが美人の条件の一つとして認定され、それを必要としないほど美しいことで、麗しさの程度を表していました。また「応神紀」では、天皇が大変気に入っていた淡路島の描写に「芳草薈蔚《はうさうわいうつ》」とあり、天皇が称賛される土地の条件の一つに香りが入っていたといえます。これらは香りが対象を賞讃する格好の素材として用いられていた例と言えます。

『日本書紀』には『古事記』と同時代を描いた箇所では共通する香りを扱っていることも多くありましたが、同時代ではあっても『日本書紀』独自の記事もありました。香木がそれでしたが、八世紀以降、香木は仏事だけではなく、天皇を中心とする貴族の生活の中に入っていき、豊かな香文化を築き上げていくのです。その出発点が『日本書紀』だったのでした。

注

1 六国史（りっこくし）　勅撰の六つの国史『日本書紀』『続日本紀』『日本後紀』『続日本後紀』『日本文徳天皇実録』『日本三代実録』の総称。

2 元正天皇（げんしょうてんのう）　天武天皇九年〜天平二十年（六八〇〜七四八）　四十四代天皇。女帝（在位：霊亀元年〜養老八年〈七一五〜七二四〉）。父は天武天皇と持統天皇の子である草壁皇子、母は元明天皇。文武天皇の姉。即位前の名は氷高皇女《ひたかのひめみこ》。和風諡号は日本根子《やまとねこ》高瑞浄足姫《たかみずきよたらしひめのすめらみこと》天皇。

3 知太政官事（ちだいじょうかんじ）　八世紀前半に皇族側から太政官政治を牽制するために置かれた官。『延喜式』にも規定が見えるが実際に任じられたのは刑部親王・穂積親王・舎人親王・鈴鹿王の四人のみであった。

4 仏教渡来　『元興寺縁起』『上宮聖徳法王帝説』では、欽明七年（五三八）とある。

5 『聖徳太子伝暦』（しょうとくたいしでんりゃく）　聖徳太子伝説の集大成。藤原兼輔によって延喜十七年（九一七）に成立したとされたが、今では疑問視されている。太子の受胎以前の宣託時から上宮家の滅亡までを編年体で詳述する。

6 『日本霊異記』（にほんりょういき）　平安時代初期に、薬師寺の僧・景戒《きょうかい》によって作られた、日本で最初の仏教説話集。仏教に関する異聞・奇伝を描いた短編物語が、全部で百十二編集められている。正しくは『日本国現報善悪霊異記《にほんこくげんほうぜんあくりょういき》』という。上・中・下の三巻。

7『水鏡』（みずかがみ）　歴史物語。成立は鎌倉時代初期（一一九五年頃）と推定される。作者は中山忠親説が有力だが、源雅頼説などもあり、未詳。神武天皇から仁明天皇まで五十四代の事跡を編年体で述べている。

8『扶桑略記』（ふそうりゃくき）　平安時代の私撰歴史書。総合的な日本仏教文化史であるとともに、六国史の抄本的役割を担っている。内容は、神武天皇より堀河天皇の寛治八年（一〇九四）までの国史について、漢文・編年体で記している。『水鏡』『愚管抄』など、鎌倉時代の歴史書にもしばしば引用された。

第五章

『懐風藻』の香り

―漢詩に閉じ込められた薫風―

（1）『懐風藻』の成立

『懐風藻《かいふうそう》』は、日本で初めて編纂された漢詩集です。編纂された年は、「時に天平勝宝三年歳辛卯に在る冬十一月《てんぴょうしょうほうさんねんほしかのとうやど》」と序文の終わりに記されているので、疑問の余地はありません。天平勝宝三年は西暦七五一年にあたり、二年余り前には聖武《しょうむ》天皇は退位され、光明皇后との間に儲けた孝謙《こうけん》女帝が即位し、東大寺の盧舎那仏《るしゃなぶつ》開眼供養会が行われる前年にあたります。平城京が最も華やかな時でありました。『古事記』が和銅五年（七一二）に完成し、『風土記』が和銅六年（七一三）以来、各地で撰録が進み、多くの『風土記』が完成し、都に届けられていたでしょう。そして、養老四年（七二〇）には、見事な漢文で書かれた『日本書紀』が撰上されたのです。律令も作られ、それに基づいて国が治められています。文字を持たなかった日本人も漢字を学び、かなり自由に使いこなせるようになっていました。「記紀」には二百四十首（「記紀」で重複するものを含む）ほどの歌謡が収められていますが、それらは漢字の音だけを借りて日本語で表されています。いわば英語で書かれた文章の間に、ローマ字の和歌が書かれているということです。アルファベットで書かれていますから、ちらっと見ると違和感はなさそうですが、じっくり読み始めると、あれっと思うのではないでしょうか。神代以来の物語は漢文に翻訳して書かれているのですから、そこだけ日本語というのは少し奇妙な印象を与えなかったものかと思います。たとえ奇妙であったとしても、日本人が心情を吐露した歌謡を漢詩に翻訳するのは難しく、何よりも歌う（曲にのせて歌う）ことができなくなってしまいます。

彼らは漢詩を作らなかったわけでは決してありません。天智天皇の時代から盛んに作られていたといわれています。中国には和歌とは違った形の漢詩というものがあって、知識人は作っていたということを知れば、学習好きの日本人が真似をしない筈はありません。最初は物珍しさから稚拙なものを作っていたでしょうが、だんだん本気になって単なる真似から脱出して独創的なものを作ろうと心掛けたことでしょう。そうして漢詩に親しむようになった日本人は、和歌を「やまとうた」、漢詩を「からうた」として区別していました。ともに「うた」ですが、日本式、中国式と区別して両方を楽しんでいたのです。八世紀半ばに達すると、漢詩集を作ることができるほど、漢詩の蓄積があり、編纂意識を刺激された有能な知識人が『懐風藻』

を編纂したのでした。

『懐風藻』には序文があり、これによって編纂年次だけでなく、多くのことがわかります。漢詩は天智天皇の頃より盛んに作られ、百篇以上の詩が作られましたが、壬申の乱で灰燼に帰してしまいました。しかし、すべてが滅びたのでなく、大友皇子の詩が二篇、『懐風藻』に所収されています。何かの文献に記され、難を逃れたのは幸運でしたが、大部分は失われたのです。壬申の乱より八十年ほど経って編纂された『懐風藻』には、六十四人、百二十篇の詩が収められています。作者には大津皇子や大伴旅人など『万葉集』と共通する人もいます。

いかに漢文に通じていても、漢詩を中国人のように自由自在に作ることは簡単ではありません。様々な規則があり、ただ漢字を並べるだけでは漢詩にはならないのです。『懐風藻』の漢詩は、作品のでき栄えという点ではあまり高く評価されていません。中国の作品の剽窃《ひょうせつ》とか詩句の模倣とか評されています。『懐風藻』の香りについても、そのことを念頭において見ることを忘れてはなりません。

序文には署名がないので編者の名前は明らかではありません。多くの説が提出されていますが、結論は出ていません。有力候補としては淡海三船《おうみのみふね》がいます。壬申《じんしん》の乱《らん》に敗れ亡くなった大友皇子《おおとものみこ》は、額田王《ぬかたのおおきみ》と天武天皇《てんむてんのう》の間に生まれた十市皇女《とおちのひめみこ》を妃とし、二人の間には葛野王《かどののおおきみ》が生まれていました。淡海三船はその葛野王の孫ということになります。歴代天皇の漢風諡号《しごう》も淡海三船が考えたといわれていますので、博識の人であったわけです。編者としては適切な人ではありますが、推定の域を出ないのです。

では『懐風藻』という書名は、どういう意味があるのでしょうか。序文の終わりに、

余《わ》がこの文を撰《えら》ぶ意《こころ》は、まさに先哲《せんてつ》の遺風《ゐふう》を忘れずあらむがためなり。故懐風《かれくわいふう》をもちて名付くるぞ。

[私がこの書を編集するわけは、昔の賢者哲人の残した詩風を忘れないでいるためである。そこで「懐風―遺風を思うこと」をもってこの書の名前とする。]

と書かれています。「懐」は思う、「風」は先哲の残した遺風、「藻」は「あや、飾り」あるいは「詩や歌の言葉」という意味があるので、「美しい詩の言葉」という意味です。序文にも「縟藻《じょくそう》―美しい詩文」という語が使われていますし、他にも「藻雅―詩文に巧みで風流」とか「藻思―詩や文章を作る才能」という語もあります。「先哲の詩風を忘れず思うために優れた詩を集めた」ということを表しています。それでは、これから『懐風藻』の香りを探していくことにしましょう。

（2）「芳」の楽しみ

香りを主題に『懐風藻』を見ていて気づくのは、香りや香りの表現の多彩さです。『懐風藻』以前の「記紀」や『風土記』は勿論のこと、『懐風藻』より後で編纂された『万葉集』よりも、はるかに豊かです。それは、『懐風藻』の詩は中国の剽窃模倣が多いといわれていますので、八世紀になって急激に香りに対する関心が高まったり、表現技術が巧みになったわけではないと考えたほうがよいでしょう。中国の香りの表現の模倣を通じて、香りの感覚を磨き、表現が洗練されていったのです。

『懐風藻』には、「芳」を冠した語がとてもたくさん使われています。「記紀」『風土記』とは比べ物にならないほどです。「記紀」『風土記』を振り返ってみますと、『日本書紀』の応神天皇二十二年（二九二）の「芳草」、『風土記』では『常陸国風土記』茨城郡の「芳菲嘉辰」、逸文の『丹後国風土記』「浦嶋子」に見る「百品芳味・芳蘭之體・芳音」などがありました。また『常陸国風土記』は『懐風藻』にも、その漢詩が収められている藤原宇合《うまかい》とその部下である『万葉集』の著名な歌人・高橋虫麻呂が編纂に関与したといわれていますし、『浦嶋子伝』は、律令の選定に加わった漢文に通じている伊預部馬養《いよべのうまかい》の書いた『浦嶋子伝』を参考にして変わるところがないといわれています。彼らの漢文の教養がこれらの語を使わせたものと思われます。『古事記』にはありません。『古事記』は日本的感覚を重視して書かれていることが推察できます。

『懐風藻』には、『日本書紀』や『風土記』の幾倍もの「芳」を冠する語が登場します。「芳題・芳春・芳塵・芳餌・芳筵・芳梅・

芳舎・芳猷・芳序・芳辰・芳夜・芳月・芳縁・芳韻・芳苑」という豊富さです。「芳」は「艸」に「盛んにおこる」意味の「はう」を音声で表す「方」がついてできた文字で、「草花の香りが盛んに発散する」を表す語でした。そこから「かんばしい、芳しい」と、香りを称える語となり、「評判がよい、名声が高い」にも用いられるようになって、「優れた、素晴らしい」などの敬意を表し、褒め讃える意味を持つようになりました。この『懐風藻』の用例も大きく二つにわけることができます。すなわち、香り本来の意味を残しているものと、称賛の語となったものです。しかし、なかには「芳春―良い香りの花が咲く素晴らしい春」という、両方の意味を持つ用法もあります。

これらの中で最も数多く登場するのは「芳春」で、七回使われています。その用例をすべて挙げるのは煩雑にすぎますので、二例挙げることにします。

【1】「芳春」二例（七例のうち）

①[※1] 8　**花鶯《くわあう》を翫《はや》す　釈智蔵《しやくちざう》**

（上略）この芳春《はうしゆん》の節《とき》をもちて　たちまちに竹林《ちくりん》の風に値《あ》ふ。（下略）

［花に戯れる鶯を賞美する　釈智蔵

（上略）[※2]この芳しいよい春の季節に出掛けたところ、思いがけなくも竹の林を吹く風に出会った。（下略）］

②24　**春日《しゆんじつ》　応詔《おうせう》　美努連浄麻呂《みののむらじきよまろ》**

玉燭《ぎよくしよく》紫宮《しきゆう》に凝《こ》り　淑気《しゆくき》芳春《はうしゆん》に潤《うる》ふ。（下略）

［春の日に、詔《みことのり》に応《こた》えて作る　美努連浄麻呂

おだやかな気候が天子の御殿を動かず、春の温和な気配が芳しいよい春に潤い流れる。（下略）］

どちらも「芳春」は「様々な花が咲いて芳しい香りが漂う素晴らしい春」という意味と考えてよいでしょう。「花が咲いて芳

しい香りのする季節」は、やはり「春」が相応しいのです。「芳」に「夏・秋・冬」が下接することはありません。
他の五例も同様です。

【2】「芳筵」二例（三例のうち）

①49　秋宴《しうえん》　道公首名《みちのきみおびとな》

（上略）芳筵《はうえん》これ僚友《れういう》　節《しらべ》を追《お》ひて雅声《がせい》を結《むす》ぶ。

［秋の宴　道公首名
（上略）素晴らしい宴席に集まった者はすべて同僚の人たちであって、音楽にあわせてよい声でともに歌い続ける。］

②65序　秋日《しうじつ》※3長王《ちやうわう》が宅《いへ》にして新羅《しらぎ》の客《まらひと》を宴《うたげ》す　下毛野朝臣虫麻呂《しもつけののあそみむしまろ》

（上略）長王五日《いつか》の休暇《きうか》をもちて鳳閣《ほうかく》を披《ひら》きて芳筵《はうえん》を命じ（下略）

［秋の日に長屋王《ながやのおおきみ》の邸宅で新羅の客のために宴を行う　下毛野朝臣虫麻呂
（上略）長屋王は五日の休暇を得て、左保の立派な邸宅を解放して、素晴らしい宴会を開くことをお命じになり（下略）］

この二例は「素晴らしい宴」という意味で用いられています。「筵」は「竹を編んで造った敷物、むしろ」で、「敷物を敷く座席」に転用され、やがて「宴」の意味で用いられるようになります。ここは「芳香」が漂う宴会ではなく、「素晴らしい宴」という、「芳」が「称賛」の意味で用いられた例です。

【3】「芳塵」二例（三例のうち）

①14　春日《しゆんじつ》　応詔《おうせう》　大納言紀朝臣麻呂《だいなごんきのあそみまろ》

（上略）階梅素蝶《かいばいそてふ》に闘《きほ》ひ、塘柳《たうりう》芳塵《はうぢん》を掃《はら》ふ。（下略）

［春の日に、詔に応えて作る　大納言紀朝臣麻呂
（上略）御殿の階《きざはし》の白い梅は白い蝶とその白さを競い、堤の上の柳は芳しい塵を風に吹き掃う。（下略）］

この「芳塵」は「梅の芳香を包んだ花粉が、柳の枝が風に乱れるのに乗って、吹き上がっていること」を意味する語です。柔らかい柳の枝が風に揺れるに伴い、梅の香りが漂うという、早春の優美な風景を端的に表現した語です。「梅烟」は、梅の花粉が風に舞い上がるのが、烟のように見えることを表す語といいます。梅園にはそんな風景が見られるのでしょうか。

なお、紀麻呂は、持続・文武朝の宮人で、慶雲二年（七〇五）に没しているので、梅を見た可能性は低く、漢詩の模倣かもしれません。

②41　宴《うたげ》に侍《じ》す　山前王《やまさきのおほきみ》
（上略）優々恩《いういうおん》に沐《ゆあみ》する者《ひと》　誰か芳塵を仰《あふ》がざらめやも。

［宴に参加する　山前王
（上略）ゆったりと君のお恵みを受ける者で、誰一人として、芳塵（皇恩）を仰ぎみない者があろうか。］

②は①とは異なり「天子の恵み、皇恩」という意味です。「芳」が称賛を表す語として用いられた例です。これと同じく、称賛を表す語として用いられた例として「芳猷《はういう》（素晴らしい道）・芳題《はうだい》（立派な詩文・立派な詩題）・芳餌《はうじ》（よい餌）・芳苑《はうゑん》（素晴らしい庭園）・芳韻《はうゐん》（素晴らしい詩）・芳舎《はうしゃ》（立派な邸宅）・芳序《はうじょ》（よい折り）・芳辰《はうしん》（よい時）・芳夜《はうや》（心地よい夜）・芳月《はうげつ》（よい月《つき》）・芳縁《はうえん》（素晴らしい縁、仏縁）」などの多くの例があります。

称賛すべき対象が変わっても、用いることができる便利な語として重宝されていたのです。

【4】「芳猷」一例（二例のうち）

97　仲秋釈奠《ちゆうしうしやくてん》　藤原朝臣万里《ふぢはらのあそみまろ》

（上略）天縦《てんしよう》の神化《しんくわ》遠く　万代《ばんだい》芳猷《はういう》を仰《あふ》ぐ。

［仲秋に孔子を祭る　藤原朝臣万里

（上略）天が孔子の神化を認められてから久しい時が経った、永遠にその立派な道を仰ぎ見る。］

【5】「芳題」一例

序

芳題《はうだい》を撫《な》でて遥《はろ》かに憶《おも》ひ、涙《なみだ》の泫然《なが》るることを覚《し》らず。

［古人の立派な詩文を抱いて遠く昔を思うと、不覚にも涙がはらはらと落ちる。］

【6】「芳餌」一例

25　水《みづ》に臨《のぞ》みて魚を観《み》る　紀末茂《きのすゑしげ》

（上略）空《むな》しく嗟《なげ》く芳餌《はうじ》の下《もと》　独《ひと》り見《み》る貪心《どんしん》の有《あ》らくを。

［川の辺で魚を見る　紀末茂

（上略）よい餌のところには貪欲な魚がいるのを見ると、むなしく嘆くばかりである。］

【7】「芳苑」一例

38　春苑《しゆんゑん》　応詔《おうせう》　田辺史百枝《たなべふひとももえ》

（上略）琴酒《きんしゆ》芳苑《はうゑん》に開《ひら》き、丹墨英人《たんぼくえいじん》点《つ》く。（下略）

［春の庭園で、詔に応じる　田辺史百枝
（上略）立派な庭園で琴を弾き、酒を飲み、優れた英才の人たちは詩文を作る。］

【8】「芳韻」一例

65序　秋日長王《しうじつちやうわう》が宅《いへ》にして新羅《しらぎ》の客《まらひと》を宴《うたげ》す　下毛野朝臣虫麻呂《しもつけののあそみむしまろ》
（上略）西傷《せいしやう》の華篇《くわへん》を飛ばし　北梁《ほくりやう》の芳韻《はうゐん》に継《つ》がむ。（下略）
［秋の日に長屋王の邸宅にて新羅の客のために宴を行う　下毛野朝臣虫麻呂
（上略）西に帰る新羅の客との別れを惜しむ詩を作り、北梁の美しい詩に継ぐほどの立派な送別の詩を作りなさい。（下略）］

【9】「芳梅」（次節参照）

【10】「芳舎」一例

75　初春左僕射長王《しよしゆんさぼくやちやうわう》が宅《いへ》にして讌《うたげ》す　百済公和麻呂《くだらのきみやまとまろ》
（上略）芳舎塵思寂《はうしやぢんししづ》けく、拙場風響譁《せつじやうふうきやうかま》し。（下略）
［初春に左大臣長屋王の邸宅において宴を行う　百済公和麻呂
（上略）立派な邸宅には世俗の思いは静かにおさまり、風流の場では酒を飲み詩文を作る風流な遊びは盛んでかしましい。（下略）］

【11】「芳序」一例

81　讌《うたげ》に侍《じ》す　箭集宿禰虫麻呂《やつめのすくねむしまろ》
聖予芳序《せいよはうじよ》に開《ひら》き　皇恩品生《くわうおんひんせい》に施《ほどこ》したまふ。（下略）

［宴に参加する　箭集宿禰虫麻呂
天子は春のよき日に宴をお開きになり、御めぐみを万物に施しなさった。（下略）］

【12】「**芳辰**」一**例**

82　左僕射《さぼくや》長王《ちやうわう》が宅《いへ》にして宴《うたげ》す　箭集宿禰虫麻呂

（上略）即ちこれ帰りを忘《わす》るる地《ところ》、芳辰《はうしん》の賞《はやし》舒《の》ぶること叵《かた》し。

［左大臣長屋王の邸宅において宴を行う　箭集宿禰虫麻呂
（上略）とりもなおさずここは帰りを忘れてしまう場所であって、よい時節を賞美するのに言葉をもって述べがたい。］

【13】「**芳夜**」一**例**

88序　暮春《ぼしゆん》南池《なんち》に曲宴《きよくえん》す　藤原朝臣宇合《ふぢはらあそみうまかひ》

（上略）この日かも、人は芳夜《はうや》に乗り時は暮春に属《あた》る。（下略）

［三月に南池において小宴を行う　藤原朝臣宇合
（上略）この日に、人々は快い春の夜に乗じて遊び、時は丁度暮春である。（下略）］

【14】「**芳月**」一**例**

88　地《ところ》を得て芳月《はうげつ》に乗り、池に臨みて落暉《らくき》を送る。（下略）

［よい景勝の地を見つけ、春というよい月に乗じて遊び、南の池に臨んで夕日を見送る。］

【15】「**芳縁**」一**例**

105　藤江守《とうのあふみのかみ》の「裨叡山《ひえのやま》の先考《せんかう》が旧禅処《きうぜんしよ》の柳樹《りうじゆ》を詠《よ》む」の作《さく》に和《わ》す　麻田連陽春《あさだのむらじやす》

（上略）ああうるはしき我《わ》が先考《せんかう》、独《ひと》り悟《さと》りて芳縁《はうえん》を闡《ひら》く。（下略）

［藤近江守（藤原仲麻呂）の「比叡山の亡父の禅を修行した処の柳の木を詠む」の詩に唱和する　麻田連陽春

（上略）ああ深遠な我が亡父は、ここで独り仏教の真理を悟って、僧となるべき素晴らしい仏縁を開いた。（下略）］

これらの「芳猷《はういう》・芳題《はうだい》・芳餌《はうじ》・芳苑《はうゑん》・芳韵《はうゐん》・芳舎《はうしや》・芳序《はうじよ》・芳辰《はうしん》・芳夜《はうや》・芳月《はうげつ》・芳縁《はうえん》」の用例は、いずれも「芳」の本来の「芳しい香を放つ」の意味を離れ、下接する語を称賛する意味で用いられています。対象を称賛するのに使いやすい語として重宝されていたことがわかります。

【16】その他

9　秋日《しうじつ》、志を言ふ　釈智蔵《しやくちざう》

（上略）気《き》爽《さや》けくして山川《さんせん》麗《うるは》しく、風《かぜ》高くして物候《ぶつこう》芳《にほ》ふ。（下略）

［秋の日　思いを述べる　釈智蔵

（上略）空気は爽やかで山も川も美しく、風は空高く吹いて気候風物は素晴らしい。（下略）］

「芳」単独で用いられている例です。「物候」は「風物気候」のことで「芳ふ」は「花草が芳しく匂う」よりは「称賛している」と考えるのが適切です。このように「芳」は本来の意味の「香しい、芳しい」よりも、そこから派生した対象を「褒め称える」意味で用いられた例が多いことがわかりました。

（3）梅花薫る苑

「梅」は『懐風藻』の中で序・詩あわせて十五回登場しています。『万葉集』でも萩に次いで人気の高い花でしたので、奈良朝の貴族はとても梅が好きであったということです。しかし、『万葉集』では梅は詠んでも、その香りについては殆ど触れることはありませんでした。春は梅の香りなくしては夜も昼もあけぬほど、熱烈に「香り」を靡《はや》した平安の貴族に比べて、『万葉集』に見る限り、香りには心魅かれなかったようにみえます。

『懐風藻』ではどうでしょうか。梅はほころび始めた時も散っていく時も香りを放ちますので、梅というだけで十分に香りを漂わせているのですが、ここでは、はっきりと「梅の芳香」について述べているものだけに注目してみたいと思います。

①22　雪《ゆき》を望《のぞ》む　紀朝臣《きのあそみ》古麻呂《こまろ》

（上略）柳絮《りうじよ》も未《いま》だ飛《と》ばねば蝶《てふ》先づ舞《ま》ひ、梅芳《ばいはう》猶《なほ》し遅《おそ》く花早く臨《のぞ》む。（下略）

［雪景を見る　紀朝臣古麻呂

（上略）柳の綿はまだ風に飛ばないのに、蝶のように雪がまず乱れ舞い、芳しい梅はまだ咲かないのに、花のように雪が早くも梅に咲く。（下略）］

②75　初春《しよしゆん》左《さ》僕射《ぼくや》長王《ちやうわう》が宅《いへ》にて讌《うたげ》す　百済公《くだらのきみ》和麻呂《やまとまろ》

（上略）芳梅《はうばい》雪を含《ふふ》みて散り、嫩柳《どんりう》風を帯《お》びて斜《かたぶ》く。（下略）

［初春に左大臣長屋王の邸宅にて宴をする　百済公和麻呂

（上略）芳しい梅は白い雪を含んだまま散り、若葉の柳は風に吹かれて斜めにゆらぐ。（下略）］

白梅の花（写真／竹前朗）
八世紀の渡来以来、香りを称賛され続けた梅。別名に好文木、春告草、風待草、匂草がある

「梅芳」も「芳梅」も同じ意味ですが、これを見ると「梅」は「芳しいもの」という共通の理解のもとに、詠われていることがわかります。「芳」という語があってもなくても梅は芳しく咲くものという規定とともに日本に渡って来たのです。どちらの詩もまだ雪が残っていて、梅が香るのはまだ先のことですが、すでに開花を待つ意識の中で、梅は花開き、芳しい香りを漂わせているのです。

③ 38　春苑《しゆんゑん》　応詔《おうせう》　田辺史百枝《たなべのふひとももえ》
（上略）松風《しようふう》の韻《おと》詠《うた》に添《そ》へ、梅花《ばいくわ》の薫《か》身《み》に帯《お》ぶ。（下略）
［春の庭園で詔に応える　田辺史百枝
（上略）松風の音が詠に加わり、梅花の芳香が一座の人の身に染みていく。（下略）］

天子が御苑で開催された春の宴で詠われた詩です。「松風の音が詠に加わり」とありますが、松を風が吹いていく音だけではなく、詠に合わせて弾かれる琴の響きをいっているのでしょう。そして、梅の苑をそぞろ歩き、詩の想を練る人々の衣に梅の香が染みていき、暖かい春の日影が一座を包み込んでいく、穏やかな春の一日が想像されます。梅の香は重要な脇役となっています。

④ 82　左僕射長王《さぼくやちやうわう》が宅《いへ》にて宴《うたげ》す　箭集宿禰虫麻呂《やつめのすくねむしまろ》
（上略）柳條《りうでう》未《いま》だ緑を吐《は》かね、梅蕊《ばいずゐ》已《すで》に裾《すそ》に芳《かぐは》し。（下略）
［左大臣長屋王宅にて宴をする　箭集宿禰虫麻呂
（上略）柳の枝はまだ緑の芽をつけていないが、梅の花のしべはすでに着物の裾に芳しい。（下略）］

これも先と同様、宴における詩です。こちらは天子主催の宴ではなく、長屋王の邸宅で催された宴でした。長屋王の苑にも梅が植えられていました。柳はまだ芽をふいていませんが、梅の花の蕊から漂う香は、衣の裾まで芳しい、裾といっていますが、衣すべてに梅の香が染み込んでいたことでしょう。裾という後を用いたのは韻をそろえるためと思われます。

⑤88序　暮春《ぼしゆん》南池《なんち》に曲宴《きよくえん》す　藤原《ふぢはら》朝臣《のあそみ》宇合《うまかひ》

（上略）月下《げつか》の芬芳《ふんぱう》、歌処《かしよ》を歴《へ》て扇《あふぎ》を催《うなが》し、（下略）

［三月に南の池で宴をする　藤原朝臣宇合
（上略）月光の下の花の香は馥郁として匂い、歌を詠う場所をさまよって扇を用いたくなる。（下略）］

これは、先に「芳夜」で取り上げた「暮春南池に曲宴す」という詩です。作者は藤原宇合で、宇合邸で行われた宴で作られました。詩は五言絶句ですが、随分長い序がついています。序も含めてこの詩の中で、宇合は「芳」を三回も使っているのです。「月下の芬芳」という詩句も、「芬」は「芳しい、香りがよい、草の芽や花が開いて香りを漂わすさま」の意味で、「芳」はこれまでも述べたように「草花の香りが盛んに発散する」の意味でした。「芬芳」は「草が生え出て盛んに香気を発散する」という意味となり、「月光のもと、馨しい香が満ちている」ということになるのです。春ですから、これは梅の花の香りではないでしょうか。

このように『懐風藻』中の「梅」は春の夜に馥郁と漂い、また春の暖かい陽に包まれる人の衣を匂わせたのです。『懐風藻』の中では梅は盛んに香りを放っています。これらの漢詩の作者は、平城京の都に梅がさほど咲いていない八世紀の初めから活躍しています。漢詩にならい、想像によって詠んだ詩もあるかもしれません。想像であっても、憧れの梅香に魅せられ、漢詩の表現を真似て、香りを詠みました。漢詩により、香りを表す言葉を獲得したことが大いなる助けになったでしょう。香りを主題とするならば、香りを表す言葉を多く持つ、漢詩を詠むほうが容易であったのです。たとえ真似であったとしても、梅の香りを漢詩の中に閉じ込め、永遠の命を与えることができて、作者たちはきっと満足したでしょう。和歌の中に梅香を閉じ込めるのはまだ少し時間がかかるようです。

（4）菊酒を翫《はや》す宮人

菊は、現在日本で最も親しまれている花であり、秋ともなれば、菊人形展や菊の展覧会が各地で催されます。また、旧暦の九月九日は菊を主役とした重陽の節句です。着物の文様にも欠かせぬものであり、何よりも皇室の紋章にもなっていますので、日本原産の花のように思われがちですが、実は中国から渡来した花なのです。渡来したのは梅よりも遅く、『万葉集』に梅がたくさん詠われていますが、菊は一首もありません。菊を詠んだ和歌として最も古い歌は、桓武天皇によって詠まれています。

　　このごろの　時雨の雨に　菊の花　散りぞしぬべき　あたらその香を
　　　　（[※4]『類聚国史』七九七年十月十一日の条）

［この頃の時雨の雨に、菊の花は散ってしまいそうだ。惜しいことにこの雨で芳しい香りも消えてしまうのだなあ。］

これは、平安遷都（延暦十三年十月）より三年ほど経った、延暦十六年（七九七）十月十一日のことです。桓武天皇は宴を催され、酒宴も最高に盛り上がった時に、天皇自らがお詠いになりました。新しい内裏には珍しい菊の花が植えられていたのでしょうか、冬の初めですから、時雨に濡れた菊の花を詠みました。冬になり、菊もいよいよ終わりだ、それに時雨が降ればいっそう早く色あせ、香りが消えてしまう、それがとても惜しまれると、菊の香りが消えてしまうことを惜しむ天皇は、菊の花をとても好まれたようです。

菊（写真／竹前朗）
不老長寿の花とされ、鎌倉時代の初め後鳥羽上皇が菊の花の意匠を好み、「菊紋」を天皇家の家紋とした。

桓武天皇のこの詠に始まり、菊は貴族たちに愛され、梅は花の兄、菊は花の弟として親しまれていくのです。『万葉集』には菊は詠まれていませんが、『懐風藻』には詠われています。それで、菊は天平期に渡来したといわれているのですが、『懐風藻』の菊は、実際に菊を知らないけれども、漢文や漢詩によって知識で菊を知っていた人たちが詠ったのだとも考えられ、渡来は平安時代の初めとも推察されるのです。渡来の時期はこのように確かなことはわかりませんが、菊に対する思いは時代とともに変わっていきました。

さて『懐風藻』では、菊はどのように詠われているのでしょうか。

①
51　秋夜山池《しうやさんち》に宴《うたげ》す　境部王《さかひべのおほきみ》

峰《みね》に対《む》かひて菊酒《きくしゆ》を傾《かたぶ》け、水《すい》に臨《のぞ》みて桐琴《とうきん》を拍《う》つ。
帰《かへり》を忘れて明月《めいげつ》を待つ、何《なに》ぞ憂《うれ》へむ夜漏《やろう》の深《ふ》けむことを。

［秋の夜、池に臨んで宴をする　境部王
峰を眺めて菊酒をかたむけ、流水に臨んで梧桐の琴を弾じる。
よい宴なので帰りを忘れて明月の出るのを待つ、どうして夜の更けていくのを憂えようか。］

作者・境部王は、『万葉集』の但馬皇女との熱烈な恋歌で知られる天武天皇の皇子・穂積皇子の子で、『万葉集』にも一首残しています。

菊酒は「菊の花びらを浮かべた酒」と思っていましたが、どうもそうではないようです。小島憲之氏による『懐風藻・文華秀麗集・本朝文粋』（日本古典文学大系）の注には「菊の花と葉を穀類に混ぜて醸造し、九月九日に邪気を祓うために飲む酒」とあります。菊の花びらを浮かべただけの単純なものではなくて、複雑な手順と時間を要するもののようです。その香りは想像もできませんが、独特の強い香りがしたのではないでしょうか。味も美味しくて、がぶがぶ飲むものではなく、お正月の屠蘇のように、儀式としてその薬効を信じて飲むというものと想像されます。美味ならば、きっと現在までも伝わって愛飲家を楽しませているでしょうが、寡聞にして菊酒が商品となっているのは聞いたことがありません。題に「秋夜」とあるので、秋に相応しい題材として知識にあった菊酒を詠っただけかもしれません。あるいは、中国土産として入手した貴重な酒として味わっていたかもしれません。この宴は重陽の節句である九月九日に行われたのではないようです。九日ならば月は半月で夕方には出ていたのですから、明月の出るのを夜が更けるのを厭わず待つというのはあいません。望月以後が相応しいでしょう。

境部王は『懐風藻』に二首残しているのですが、他の一首は、やはり宴での詩で、こちらは梅を詠っています。梅や菊という珍しい風物を好む人であったのでしょうか。

『万葉集』の一首も、

虎に乗り　古屋《ふるや》を越《こ》えて　青淵《あをぶち》に　蛟龍《みつち》捕《と》り来《こ》む　剣太刀《つるぎたち》もが　（巻十六・三八三三）

[虎に乗り、古屋を越えて、青淵に、蛟龍を捕って来られるような、剣太刀があればよい。]

という、とても風変わりな歌なのです。

②56　七夕　吉智首《きちのおびと》

（上略）菊風夕霧《きくふうせきむ》を抜《ひら》き、桂月蘭洲《けいげつらんしう》を照《て》らす。（下略）

[　七夕　吉智首
（上略）菊の花を吹く秋風は夕べの霧を吹きはらい、月は蘭のかおる洲《しま》を照らす。（下略）]

七夕の夜、厚い霧がかかり、二星逢会を見ることができないのではと危ぶんでいると、菊の花の間を吹き抜けていく風が、霧を吹きはらい空が晴れた、月は芳しい蘭の花の咲く洲を照らし、二星の一年に一度の逢瀬を待つばかりと、菊・桂・蘭と芳しい花木を並べ、逢瀬の麗しい背景を描いています。作者・吉智首は医師でもあり、薬に親しむことを生業としていたので、香りには敏感であったのでしょう。ここでの蘭は秋ですから、藤袴と考えることも可能ですが、良い香りのする草一般を指しているとも考えられます。

③66　晩秋長王が宅にして宴す　田中朝臣浄足《たなかのあそみきよたり》

（上略）水底《みなそこ》に遊鱗《いうりん》戯《たはぶ》れ、巌前《いはさき》に菊気《きくき》芳《かぐは》し。（下略）

［晩秋に長屋王の邸宅にて宴をする　田中朝臣浄足

（上略）庭園の池の水底には遊魚が戯れ、巌の前には菊の香りが芳しく匂う。（下略）］

これも長屋王の邸宅における宴で作られた詠です。晩秋に香り高く咲き匂う菊を詠っています。庭園を飾る巌の前に植えられている菊を称えていますので、実際に見て詠っているように思われます。そう考えると、長屋王の時代には（長屋王は神亀六年に自害、同年天平と改元。七二九年）すでに菊が渡来していたということになりますが、『万葉集』の終焉までに三十年ほどあるのですから、菊が『万葉集』で一首も詠まれていないのは納得がいきません。やはり、この詩も空想の所産なのでしょうか。

④68　宝宅《はうたく》にして新羅《しらぎ》の客《きやく》を宴《うたげ》す　長屋王《ながやのおほきみ》

（上略）桂山《けいざん》余景《よけい》下《くだ》り、菊浦《きくほ》落霞《らくか》鮮《あざ》らけし。（下略）

［長屋王の邸宅にて新羅の客を迎えて宴をする　長屋王

（上略）桂の木の匂う山には残る夕日の光が映え、菊の香る浦には低くたなびく夕焼けの霞が鮮やかである。（下略）］

長屋王の邸宅は作宝楼《さほろう》と呼ばれ、宝宅は長屋王の邸宅のことです。新羅の客をもてなす宴会で作られた詩です。新羅の客もただ聞くだけでなく、やはり詩を作り、知的遊戯を楽しんだことでしょう。菊と紅葉した桂は秋の景物で、借景でしょうか、遠くの桂が赤く色づく山には夕日の光が映え一層彩やかで、作宝楼の池の浦には菊の花が香り、新羅の客を歓迎しているという意味です。

⑤71　秋日長王が宅にして新羅の客を宴す　安倍朝臣広庭《あべのあそみひろには》

（上略）この浮菊《ふきく》の酒《さけ》を傾《かたぶ》けて、願はくは転蓬《てんぽう》の憂《うれ》へを慰《なぐさ》めむ。

［秋の日に長屋王の邸宅にて新羅の客を迎えて宴をする　安倍朝臣広庭
（上略）菊を浮かべたこの酒を十分に飲んで、遠い日本においでになった旅人の憂いを慰めよう。］

ここでいう菊の酒は「浮菊」といっているので、菊の花を浮かべた酒と解釈されています。そうすると、境部王の詩にあった「菊酒」と違うものとなります。「菊酒」は「菊の花や葉を入れて醸造させた酒」と説明されていました。醸造させた酒にも菊の花や葉は浮かんでいるかもしれませんが、菊の花も変色していたでしょうから、浮かんでいたとしてもあまり綺麗とは思えません。こちらはわざわざ「浮かんでいる」ということを強調していますので、摘んだばかりの新鮮な菊の花を浮かべて視覚的美しさと新鮮な菊の香りを楽しむもの、「菊酒」は味と「熟した香」を楽しむものとなるでしょう。「浮菊の酒」も、菊の香りはしたでしょうが、味覚的にはあまり変化はないと思います。ただ、菊の強い香りが味覚に影響を与えたかもしれません。菊酒にしても浮菊の酒にしても、菊が渡来していないならば、知識だけの空想と憧れの心を用いて詠んだことになります。

⑥90　秋日　左僕射長王が宅にして宴す　藤原朝臣宇合

（上略）蘭《らん》を霑《ぬ》らす白露いまだ臭《か》も催《うなが》さね、菊に泛《う》かべる丹霞《たんか》自《おのづか》らに芳《にほひ》あり。（下略）

［秋の日　左大臣長屋王の邸宅にて宴をする　藤原朝臣宇合
（上略）白露の置く蘭はまだ香りを放たないが、菊酒に浮かんでいる赤い霞には自然と放つ匂いがある。（下略）］

秋を代表する香り高い植物である、蘭と菊を対句として詠っています。蘭にはまだ匂いがないが、菊は芳しい匂いを漂わせているというのです。今の気候では蘭を藤袴とすると、菊より早く咲くので、菊が蘭より先に匂いを放つというのは逆であると思うのですが、これは菊酒のこととすると、これでよいのかもしれません。「菊に浮かんでいる赤い霞」は「酒に浮かんでいる色の赤く変化した菊の花びら」とすると、蘭より早くてもよいのです。ただし、この詩句には「霞の中に菊が浮かんだように咲いている」という解釈もあります。いずれにしても、この詩句の香りが彩やかな秋を彷彿とさせることだけは間違いないでしょう。

これらの『懐風藻』における菊は、実に彩やかに詠われていましたが、菊酒が半数を占めていました。まだ日本に菊が渡来していなかったとすれば、貴族たちは漢文や漢詩の中だけで、菊の香りや菊酒を味わい、憧れを増幅させていったことがわかります。また、実際に中国に渡り、菊の姿・香り・味を体験した人の話を聞いて、どれほど羨んだことでしょう。

父母が　殿《との》の後方《しりへ》の　ももよ草　百代《ももよ》いでませ　我が来たるまで　（生壬部足国《みぶべのたるくに》　巻二十・四三二六）

この『万葉集』の防人歌に詠まれている「ももよ草」はどのような草かはっきりわからないのですが、『時代別国語大辞典』上代編によると「㋑きく・のじぎく・りゅうのうぎく　㋺よもぎ・むかしよもぎ　㋩つゆくさ」など、諸説が挙げられています。㋑説だとすると、家菊といわれる栽培種の菊ではなくて、路傍に自生している菊です。そんな素朴な菊でも摘んで酒に浮かべ、浮菊の酒のまねごとをしているのかも知れないと思うのです。菊に対する憧れが次第に増幅していった結果、日本にもたらされた時は争って貴族は邸内に植えたことでしょう。この菊花讃美が九世紀になり、菊花を実際に見た時に更に増幅し、やがて文学史上に名高い「寛平御時菊合《かんぴょうのおおんときのきくあわせ》」に結実するのでした。

菊が日本に渡来し、九世紀の終わりに華麗な「菊合」を開くまでに貴族の間に浸透していく土壌は、奈良時代から十分に形成されていたのです。

（5）馥郁と香る謎の花「蘭」

これまで取り上げた詩の幾つかに蘭が詠われていましたが、蘭は香り高き花として真っ先に挙げられる花でした。では『懐風藻』の蘭を見てみましょう。

蘭を詠んだ詩は『懐風藻』中で二十例近くあり、その数は、梅よりも菊よりも多いのです。『古事記』には見えませんし、『日本書紀』にはわずかに一、二例に過ぎず、その使われ方を見ても、漢文や漢詩の影響を受けていることは否めません。このことから、蘭もやはり異国の香りであったということになります。平安時代では蘭といえば、専ら藤袴の別称となっていますが、上代では、藤袴なのか、それとも香りの良い草なのか、区別しがたいのです。『万葉集』でも藤袴は一首しか詠まれていませんので、上代はまだ、藤袴＝蘭というはっきりした図式はできていないようで、香りの良い草を指す語でした。それが次第に藤袴の香りに魅せられて、蘭といえば、専ら藤袴を指すようになったのでした。

①52序　秋日長王が宅にして新羅の客を宴す　山田史《やまだのふひと》三方《みかた》

（上略）長坂《ちやうはん》の紫蘭《しらん》、馥《か》を同心《どうしん》の翼《つばさ》に散《ち》らす。（下略）

［秋の日に長屋王の邸宅にて新羅の客を迎えて宴をする　山田史三方

（上略）庭園の小山にある長く続いた坂の紫色の蘭は、その芳しい香りを一座の同じ心の人々の間に放っている。（下略）］

②89序　常陸《ひたち》に在《あ》るときに、倭判官《やまとのはんぐわん》が留《とどま》りて京《みやこ》に在《いま》すに贈《おく》る一首　藤原朝臣《ふぢはらのあそみ》宇合《うまかひ》

藤袴（写真／竹前朗）
乾燥すると茎や葉に含まれるクマリンが分解され、オルト・クマリン酸が生じ、桜餅の葉のような芳香を放つ。

（上略）風《かぜ》生《た》ちてすなはち芝蘭《しらん》の馥《か》を解《し》る。（下略）
［常陸にて、京に留まる大和判官に送る一首　藤原朝臣宇合
（上略）風が吹いて、すぐに芝蘭（芝草と蘭）の芳しい香りを知る。（上略）］

③115
南荒《なんくわう》に飄寓《へうぐう》し、京《みやこ》に在《いま》す故友《こいう》に送《おく》る　石上朝臣乙麻呂《いそのかみのあそみおとまろ》
（上略）風前蘭馥《ふうぜんらんか》を送《おく》り、月後桂陰《げつごかつらかげ》を舒《の》ぶ。（下略）
［南方の土佐に流寓して、京にいる友に送る　石上朝臣乙麻呂
（上略）風が出て蘭は芳香をもたらし、月が出て桂は樹影を地に長くひく。（下略）］

これらは、すべて蘭と「馥」がともに詠われています。「馥」は「香気が盛んである」という意味ですので、蘭が「良い香りを盛んに放つ草花」という強い固定観念が見られます。それが文献によって学んだ観念的なものなのか、実際に蘭（それは藤袴かもしれない）の香りに親しんで詠ったものなのかはわかりません。

③の作者・石上乙麻呂は、②の作者である藤原宇合の妻・久米若売《くめのわくめ》と通じた罪により土佐に配流となりました。宇合の死後まだ服喪期間中であったためといわれていますが、中央政界内部の争いによる冤罪であるともいわれています。いずれにしても、乙麻呂が土佐に流されたことに変わりはありません。土佐の辺境から蘭や桂の香りを思い、孤独を慰めたのでしょう。

③67
元日《ぐわんじつ》の宴《うたげ》　応詔《おうせう》　長屋王
（上略）柳絲歌曲《りうしかきよく》に入《い》り、蘭香舞巾《らんかうぶきん》に染《し》む。（下略）
［元日の宴　詔に応える　長屋王
（上略）しだれ柳の糸は（風につれて）歌曲に和し、蘭の香りは舞を舞う女性の被《かぶ》り物に染みつく。（下略）］

他にも「蘭香」という「蘭馥」と類似する詩句もあります。「馥」や「香」という語がともに詠われていなくても「蘭」はその

馥郁たる「香気」の魅力に言及しないものはないといってよいくらいです。

『懐風藻』で「※5芝蘭」という語が用いられていますが、この「芝蘭」について少し疑問に思うことがあります。『懐風藻』では、芝蘭は他にも「芝蘭四座（同志の四方の座席）」（65序）や「芝蘭の契（芝蘭のごとき芳しい朋友の交わり）」（89）、「芝蕙蘭蓀《しけいらんそん》（芝も蕙も蘭も蓀もすべて香草）」（92）の例があります。この「芝蘭」は「芝草」と「蘭」という二つの香草と説明されていますが、『日本書紀』で「芝草」は二回出てきましたが、菌ということでした。今でいう霊芝ともいわれていました。煮て食べると「大有気味」とあり、「いい香りがして美味しい」とも記されています。香りとも無関係ではありませんが、どうも、この『懐風藻』の「芝草」と違うように思われるのです。「食べてみよう」という気を起こさせるものではなく、ただ「とても良い香りのする草」というもののように思えてなりません。『日本国語大辞典』では「芝草」は「きのこの一種、万年茸」と説明されています。「きのこ」は良い香りではありますが、それが蘭の香りと混ざった時に、良い香りといえるのでしょうか。「蘭麝」という蘭と麝香との混ざった香りは良い香りであると思えますが。『日本書紀』にしても『懐風藻』にしても、作者たちは実際に見ていないので、良い香りというだけで、用いたように思われます。

④62　初秋《しょしゅう》長王が宅にして新羅の客を宴す　　調忌寸古麻呂《つきのいみきこまろ》

一面金蘭《いちめんきんらん》の席《むしろ》、三秋風月《さんしゅうふうげつ》の時。（下略）

「　初秋に長屋王の邸宅にて新羅の客を迎えて宴をする　　調忌寸古麻呂

この宴は一度面会しただけで、金蘭のごとく堅くゆかしい交わりをする宴の席であり、時は秋の清風名月の季節である。（下略）」

「金蘭」は「金のように固く、蘭のように芳しい朋友の交わり」を意味する語で、今も「友情」を表す言葉として親しまれています。「金」と並び賞せられるほど、蘭の香りは高く評価されていたのには少し驚きますが、古代の人が香りに寄せた思いを表しているといってよいでしょう。『懐風藻』には、他に二度「金蘭」が詠われています。

蘭に関わる詩句として、『懐風藻』には「56　蘭洲（蘭の香る洲《しま》）」「70　蘭筵（蘭のごとく芳しい同心の集まった宴）」「77　蘭期（蘭の香のごとき同心の朋友と友情を結ぶ）」「94　蘭蕙（蘭も蕙もともに香草。蘭や蕙のごとき芳しい朋友の情）」「96　楚蘭を佩《お》ぶ（忠貞の身を清く保つ）」などの語が用いられ、その香りから、いずれもよい意味を表す様々な語を生み出していきました。

⑤87　宴に侍す　藤原朝臣総前《ふささき》

（上略）斜暉蘭《しやきらん》を照《て》らして麗《うるは》しく、和風物《わふうもの》を扇《あふ》ぎて新《あら》たし。（下略）

［宴に参加する　藤原朝臣総前

（上略）夕日の光は蘭を照らして美しく、柔らかな春風がものを吹きあおって新鮮である。（下略）］

また蘭単独でも用いられていますが、このように麗しく詠われるのが常のようです。ただ、これは後に「絲柳三春《しりゆうさんしゆん》に飄《ひるがえ》る（柳は春風に翻っている）」という句が出てきますので、春に詠われた詩であることがわかります。蘭が藤袴とすると、藤袴は秋に咲く花で、花の咲く秋には人の背丈よりも大きく成長しますが、花が終わると枝葉とも枯れてしまいます。根は残っていますが、枝葉は枯れてしまうのです。春には成長途上で殆ど目立たない状態ですので、これが春に詠われているとすると、藤袴ではありえません。秋に詠われた蘭がありましたが、そちらは藤袴としてもかまわないでしょう。漢文や漢詩に登場する蘭は特定の一つを指していたかもしれません。しかし、日本人は漢文漢詩に出てくる蘭を実際に知らなかった、それで、「香りの良い草」と理解し、季節は限定しなかったのです。そのうち「香りの良い草」の一つであった「藤袴」の香りの素晴らしさに魅せられ、これこそ蘭と思い、次第に藤袴と限定されるようになったのだということでしょうか。

『懐風藻』において蘭は実に豊かに詠われています。それは想像に頼るものが多かったでしょうが、実物を知らない憧れが、かえって芳醇な蘭像を生む活力となり、豊かな表現となり、やがて藤袴に行き着くのでした。

（6）淑気薫る

『懐風藻』には「薫風」や「馨香」など「香り」に関わる言葉は、他にもたくさん出てきます。

①20　春日《しゆんじつ》　応詔　巨勢朝臣多益須《こせのあそみたやす》
（上略）薫風《くんぷう》琴台《きんだい》に入《い》り、蓂日《めいじつ》歌筵《かえん》に照《て》らふ。（下略）
［春の日　詔に応える　巨勢朝臣多益須
（上略）薫風が琴を弾く台に吹き入り、日光は歌舞の席を照らしている。（下略）］

②30　春日　宴に侍す　藤原朝臣史《ふひと》
淑気《しゆくき》天下《てんか》に光《て》らひ、薫風《くんぷう》海浜《かいひん》に扇《はふ》る。（下略）
［春の日　宴に参加する　藤原朝臣史
春のなごやかな気配が天下にみなぎり、薫風が海浜を吹きあおっている。（下略）］

ここに出てくる「薫風」は説明の必要がないほどわかりやすい言葉となっていますが、今は初夏の爽やかな風という意味で理解されています。もともとは「薫る風」ですから、「良い薫りを運んでくる風」という意味で使われていたようです。この二つはどちらも題に「春日」という言葉がありますので、夏ではなく春なのです。梅の薫りを運ぶ風かとも思われますが、②は後に「蘭生《らんふ》蘭を折《たを》る人（芳しい蘭を官人たちが手折っている）」という句が出てきますので、こちらは「蘭」を意識しているかもしれません。蘭であったとしても春ですから、藤袴ではありません。

具体的に何の香りかは示されていなくても、「薫風」という語を目にした途端、仄かな香りが頬を扇いでいくような錯覚をおこさせる楽しい言葉です。

③35　宴に侍す　刀利康嗣《とりのやすつぐ》

（上略）八音寥亮《はちいんれうりやう》奏《かな》でらえ　百味《ひやくみ》馨香《けいかう》陳《つらら》く。（下略）

［宴に参加する　刀利康嗣
（上略）様々の音楽があざやかに奏でられ、あらゆる美味しい食べ物や良い匂いのお酒が並べられている。（下略）］

こちらは「百味」と四字熟語的に用いられている「馨香」です。『浦嶋子』について述べた『丹後国風土記』逸文に「百品芳味」という似た言葉がありました。「様々、ありとあらゆる美味しい食べ物や酒」という意味です。「天使の味悪魔の香り」といわれる「糞尿を思わせる凄まじい匂いだが、味は絶妙である」という果物がありますが、物珍しさに一度は賞味しても、継続的に食べたいとは思わないでしょう。やはり食物は、味と匂いが備わっているのが理想ということです。ここでは、それが整っている食物と酒が用意され、ずらり並んでいるという羨ましい光景です。宴ですから当然でしょうか。

④81　讌《うたげ》に侍す　箭集宿禰虫麻呂《やつめのすくねむしまろ》

（上略）流霞酒処《りうかしゆしよ》に泛《う》かび、薫吹《くんすゐ》曲中《きよくちゆう》に軽《かろ》し。（下略）

［宴に参加する　箭集宿禰虫麻呂
（上略）たなびき流れる春霞は酒席に漂い浮かび、薫る春風は音楽の曲の中に軽やかに吹き入る。（下略）］

「薫吹」とは「吹」が「風」の意味で、「薫る風」すなわち「春風」という意味です。霞の漂う宴の席に、やわらかな春の風が、ともに奏でるごとく音楽に寄り添って流れていく、その風に乗って薫しい香りがかすかに揺れ動いている。「薫吹」は、そういう情景を想像させる言葉です。『懐風藻』の香りの言葉は、じつに変化に富んでいて、芳醇といえます。

また『懐風藻』で忘れてはならないのは、「気」の下接する言葉が多いことです。「秋気・商気・花気・嘉気」などですが、中でも「淑

「気」は五度も使われています。『懐風藻』の作者たちのお気に入りの言葉だったのでしょう。「気」は「か」とも訓まれ、「かをる」の語源は「気《か》+折《を》る」ともいわれていますので、「気」は香と大きな関わりがあるようです。

「淑気」の例を見ると「24　淑気芳春《しゅくきほうしゅん》に潤《うる》ふ（春日応詔）」「29　淑気も亦《また》これ新《あらた》し（元日応詔）」「30　淑気天下に光《て》らひ（春日侍宴）」「37　淑気高閣《かうかく》に浮かび（侍宴）」「55　淑気地に満《み》ちて新し（春日侍宴）」で、いずれも春の詩に用いられています。「淑」は「良い」、「気」は「かすみ、もや」という意味がありますので、「おだやかな春の気配が霞のようにたちこめている」ということで、そこから「春の温和な気配・春のなごやかな気配」と解釈されています。ただ暖かいだけでなく、「淑気」には「梅花」や「柳の新芽」の香りを含んでいたのではないでしょうか。

「秋気」は二度登場しますが「あきのか」と訓まれています。

⑤32　吉野に遊ぶ　藤原朝臣史
（上略）秋津《あきづ》秋気《あきのか》新《あらた》し。（下略）
［吉野に遊ぶ　藤原朝臣史
（上略）秋津（地名）の辺りには秋の気配が立っている。］

⑥65序　秋日長王が宅にして新羅の客を宴す　下毛野朝臣虫麻呂《しもつけののあそみむしまろ》
（上略）秋気《あきのか》悲しぶべし。（下略）
［秋の日に長屋王の邸宅にて新羅の客を迎えて宴をする　下毛野朝臣虫麻呂
（上略）秋の気配には悲哀がある。（下略）］

「秋の気配」と解釈しているのは、「春の気配」である「淑気」と「気」の用法としては同じようですが、「か」と訓まれていることで、いっそう「秋の香り」「秋の花々の香り」が漂うように思われる言葉といえましょう。「秋の気配」という点では「商気」

も同じ意味で用いられています。

⑦49　秋宴《しうえん》　道公首名《みちのきみおびとな》

望苑《ばうゑん》商気《しやうき》艶《にほ》ひ、（下略）

［秋宴　道公首名
御苑の中には秋の気配が麗しく漂い、（下略）］

「商」は五音と呼ばれる「宮・商・角・徴、羽」の一つで、陰陽五行では「金、西、秋」に当てられることから「商気」は「秋気」と同じということになります。「しゃうき（しょうき）」と訓まれています。

⑧35　宴に侍す　刀利康嗣《とりのやすつぐ》

（上略）風和《な》ぎて花気《くわき》新《あらた》し。（下略）

［宴に参加する　刀利康嗣
風はやわらいで花の香気が新鮮に匂う。（下略）］

これは「くわき（かき）」と訓まれ、「花の香気」と解されています。詩の中に「淑景風日《しゆくけいふうじつ》の春」という一節があり、春の詩ですので、梅の香りなのでしょうか。

42　春日宴に侍す　応詔　采女朝臣比良夫《うねめのあそみひらふ》

（上略）嘉気《かき》碧空《へきくう》に陳《つら》く。（下略）

［春の日　宴に参加する　詔に応える　采女朝臣比良夫

〔上略〕めでたい瑞気は青い空につらなり広がる。〔下略〕」

これも「春日宴に侍す」という題ですので、「春の気配」なのですが、天子の徳を称える詩なので、祝意を含む「嘉気」という語を用いたのでしょう。

以上「気」の下接する例を見てきましたが、表現は違っても、春と秋の二つの気配を表すものでした。春は芳しい草花が咲くのは当然と思いますが、古代の人は秋という季節を春以上に好みました。秋は藤袴・女郎花など香りの強い草花が咲き、色も萩・撫子・葛の赤や赤紫、また藤袴の薄紫、朝顔（桔梗とされる）の青紫、女郎花の黄色などが咲き、薄の白が加わって秋の野辺はとても華やかで、これらの草花の後は紅葉があるなど、現在の我々が抱く秋の印象とはかなり違うようです。

（7）『懐風藻』の香り

こうして見ると、『懐風藻』の香りの世界はとても豊かです。じつに様々な表現を使っています。上代の人々が「香り」に鈍感であったという仮説も考え直す必要が徐々に明らかになってきました。

上代の人々は「香り」に鈍感、無関心などでは決してなく、香りを具体的に伝える言葉、表現をもたなかった故に、言及することが少なく、無関心と誤解されたのです。本当に鈍感、無関心であるなら、平安の貴族が練香の作成にあれほど熱心になるでしょうか。中世の貴族や武士が香木の収集に命をかけたでしょうか。香道という世界に類のない香りの文化を形成したでしょうか。疑問に思わざるをえません。日本人は、中国から文化面でも多くの影響を受けています。それを否定する人はいないでしょうが、しかし、中国から学んだそのままに受容しているものは少ないでしょう。曲水の宴、乞巧奠も日本人に合うように脚色されて受容されていきました。中国に改められたからこそ、曲水の宴も乞巧奠も、今では庶民の隅々まで浸透し、愛好されているのです。そして、もはやその起源など忘れ去るほどに日本の文化の血肉となりました。

香りもそうではないでしょうか。漢文や漢詩から、香りに関する様々な表現を学んだ人たちは、それを真似し、一所懸命習得しようとしました。初めはぎこちなく、たどたどしいものでしたが、やがて、それを消化し、日本独自のものに変えていきます。豊かな香りの世界はすぐそこまで、手を伸ばせば触れ得るところまで迫っていたのです。

もう一つ『懐風藻』の「香」の特徴は「悪臭」を詠っていないことです。「記紀」『風土記』には多くの悪臭が取りあげられていました。印象が強烈ですので、悪臭のほうが多い印象を残しています。次章で述べる『万葉集』にも悪臭がたくさんあります。それが『懐風藻』には全くありません。そのことが却って『懐風藻』の「香り」の世界が、人工的な作り物の世界であることを物語っているのかもしれません。身近な「香り」を詠うのではなく、書物によって得た知識の世界をなぞっていただけのような気がします。

注

1 引用した漢詩の上の数字は、小島憲之校注『懐風藻・文華秀麗集・本朝文粋』（日本古典文学大系69）に付せられたもの。

2 漢詩の解釈は、本書巻末に掲げた参考文献によるが、言い換えたり、適宜省略を補ったりしている。

3 長王（ちょうおう）　長屋王《ながやのおおきみ》のこと。天武天皇十三年～神亀六年（六八四～七二九）。奈良時代の皇族。父は天武天皇の皇子の高市皇子、母は天智天皇の皇女の御名部皇女（元明天皇の同母姉）であり、皇親として嫡流に非常に近い存在であった。官位は左大臣正二位。皇親勢力の巨頭として政界の重鎮となったが、対立する藤原氏の陰謀といわれる長屋王の変で自害した。

4 『類聚国史』（るいじゅうこくし）　編年体である六国史の記載を中国の類書にならい分類再編集したもので、菅原道真の編纂により、寛平四年（八九二）に完成・成立した歴史書。もとは本文二百巻・目録二巻・系図三巻の計二百五巻であったが、応仁の乱で散逸したとされ、現存するのは六十二巻のみ。『日本後紀』の多くが失われているため、復元する資料としても貴重である。

5 芝蘭・芝草（しらん・しそう）　『日本国語大辞典』によると、「芝蘭―霊芝と蘭。転じて香りの良い草」「芝草―きのこの一種で、瑞相《ずいそう》をあらわすとされた草。万年茸。幸茸」と説明されている。

第六章

『万葉集』の香り

―咲き匂ふ花たちばな―

（1）『万葉集』の成立

『古事記』は和銅五年（七一二）に撰上、『風土記』は和銅六年（七一三）に撰録の詔が出され、『日本書紀』は養老四年（七二〇）に撰上、そして『懐風藻』はその序によって天平勝宝三年（七五一）に撰録と、序文や『続日本紀』などの文献によって、これらの作品の成立年代は明らかです。ところが、この章で取り上げる『万葉集』は、上記のどの書物よりもよく知られ、その名は人口に膾炙しているのですが、成立した年ははっきりとわかっていません。成立年代だけでなく、編者は誰なのかもよくわかりません。

今から千二百五十年ほど前に編纂されたのですが、詳しい年代や編者については何一つ確かなことはわからないのです。日本文学史に残された多くの歌集の中でも、最も謎の多い歌集であるといえるでしょう。『万葉集』関係の本は数多く出版され、研究が最も進んでいることは確かですが、どうしてこれほど謎が多いのでしょう。

『古今和歌集』に『万葉集』の成立に触れた歌があります。

貞観《じやうぐわん》御時《おほんとき》、「万葉集はいつばかり作れるぞ」と問はせ給ひければ、よみて奉りける　文屋有季《ふんやのありすゑ》
神無月《かんなづき》　時雨《しぐれ》降りおける　楢《なら》の葉《は》の　名におふ宮の　古言《ふるごと》ぞこれ　（巻十八・九九七　雑歌）

［清和《せいわ》天皇の貞観年間に「万葉集はいつ頃編纂されたのか」とご下問があったので、詠んで献上した歌　文屋有季
神無月の時雨の雨が降りまして、ひとしお紅葉の照り輝くようになる「楢」の木の葉、その「なら」という名のあの「奈良」の都の古歌の集でございます。］

貞観は、清和天皇の御代で、十八年間（八五八〜八七六）続きました。この清和天皇のお尋ねは十八年の間の何時であったかはわかりませんが、平安京に都が移って五、六十年の間に『万葉集』がいつ頃できたものか、わからなくなっていたことは

事実なのです。

文屋有季は『百人一首』の「ふくからに秋の草木のしをるればむべ山風を嵐といふらむ（『古今和歌集』巻五・二四九　秋下）」の作者で知られる、文屋康秀《ふんやのやすひで》の一族と思われますが、それ以上のことは不明です。清和天皇から直接ご下問があったとしますと、かなり身分が高かった筈ですが、文屋氏は皆微官ですので、誰かを介してのお尋ねでしょう。何故文屋有季にお尋ねになったのか、恐らく博識の人として宮中では有名であったと思われます。文屋有季にはとても名誉なことであり、その感激がこの一首を詠ませたのでした。有季はこれ以外に『古今和歌集』に歌を残していません。

また『袋草紙《ふくろぞうし》』という歌学書には、「天暦《てんりやく》五年（九五一）村上天皇の御世、勅命で、源順《みなもとのしたごう》、清原元輔《きよはらのもとすけ》、紀時文《きのときふみ》、坂上望城《さかのうえのもちき》、大中臣能宣《おおなかとみのよしのぶ》に、宮中の昭陽舎《しょうようしゃ》（梨壺）で、『万葉集』を読み解かせ、『後撰和歌集』を編纂させた」とあります。天皇が特別に部署を設けて、職員を置き、組織的に『万葉集』の解読作業をさせたということです。

平安時代中期までは、知識層は『万葉集』の存在を知っていましたが、成立もよくわからないし、内容も、歌集とはわかっていても、どんな歌があるのかまではよく知らなかったようです。あまり関心がなかったのでしょう。平安時代の初めは、貴族は専ら漢詩に関心を寄せていました。奈良時代には『万葉集』より先に『懐風藻』が編纂され、平安時代に入っても、勅撰和歌集の『古今和歌集』より百年近く早く、勅撰漢詩集※1『凌雲集《りょううんしゅう》』が編纂されています。しかも、それに続いて、十五年ほどの間に、※2『文華秀麗集《ぶんかしゅうれいしゅう》』※3『経国集《けいこくしゅう》』と勅撰漢詩集が編纂されていることから、奈良時代末期から平安時代にかけての、異常なまでの漢詩への熱中ぶりが窺えるのです。

奇妙なことですが、『万葉集』の成立より最も隔たっている二十一世紀の現代が『万葉集』を最も正確に理解していて、成立に最も近い平安時代が『万葉集』を理解していなかったといってよいでしょう。これは漢詩への傾倒に加えて、奈良時代後期の不安定な政治状況も、その理由の一つです。『万葉集』の編纂に大きく関与したのは、大伴家持であるというのは疑念の余地はありませんが、彼の不幸な晩年が『万葉集』を歴史の闇に埋めてしまいました。大伴家持が、長い年月にわたって『万葉集』を編纂したのか、ある時期に一気にまとめたのかは、どちらともいえませんが、家持は作歌に精力的に取り組んだのは三十歳前後、越中守時代です。彼は越中守時代に生涯の作品の半数を詠んでいます。越中から三十四歳で帰任し、四十二歳で最後の歌を詠みました。

三年春正月一日に、因幡国《いなばのくに》の庁《ちやう》にして、饗《あへ》を国郡《くにこほり》の司《つかさ》等に賜《たま》ふ宴《うたげ》の歌一首

新《あらた》しき　年《とし》の初《はじ》めの　初春《はつはる》の　今日《けふ》降《ふ》る雪《ゆき》の　いや重《し》け吉事《よごと》　（巻二十・四五一六）

［天平宝字三年（七五九）の春の正月一日に、因幡の国庁で国や郡の役人を饗応した時の宴会の歌一首
新しい年の初めの正月の今日降る雪のように、よいことが、後から後からますます重なってくれ。］

これが家持最後の歌であり、『万葉集』の最後の歌です。以後、六十八歳で亡くなるまでの二十六年間、家持は詠いませんでした。何故詠わなかったのかはよくわかりませんが、家持の不幸な晩年と無関係ではないと思われます。老人とされた四十歳を越えて、家持は、赴任地が南から北へとめまぐるしく変わり、その合間に政治事変に巻き込まれ、都に落ち着く暇もない日々でした。

家持四十歳の時に、※4「橘《たちばなの》奈良麻呂《ならまろ》の変」が起こり、越中国で家持を支え、歌友であった大伴池主《おおとものいけぬし》が逮捕され、獄死しました。他の大伴一族の者も処罰されました。家持はその影響か、翌年、因幡守に左遷されるのです。越中国と同じく雪深い国でありました。越中赴任の時はあれほど多くの歌を詠んだのに、今度は目新しい因幡国の風物に家持は感動しなかったのか、歌心を刺激することはなく、四五一六番歌以外に歌は残していません。その翌年の正月、因幡国庁での新年の宴会での賀歌、この「新しき年の初めの」を最後に、家持は詠うことはありませんでした。

不運は続き、四十七歳で越中や因幡よりも遥かに遠い最果ての地、薩摩国に左遷されます。まるで流刑地のようでありました。都に帰るのは五十三歳の時です。その後、相模守や下総守、伊勢守を歴任しますが、六十五歳で氷上川継《ひかみのかわつぐ》の謀反に連座し、京外追放となっています。その後、陸奥按察使鎮守将軍《みちのくあぜちちんじゅしょうぐん》や持節征東将軍《じせつせいとうしょうぐん》となり、はるばる奥州の多賀城に赴くのでした。遠くてもまだ暖かった薩摩国に比べ、厳寒の地である陸奥は、老境の家持にはどれほど辛かったでしょうか。生涯、父・旅人の官、

大納言を越えることはできず、六十六歳で漸く中納言になりました。

それにしても、何故家持の不幸な晩年が、『万葉集』の謎を生み出す原因になったのでしょうか。『万葉集』の編纂には家持一人ではなく、幾人かの人が関与したようです。家持の四十代、五十代、六十代は身辺が誠に騒々しい日々でした。作歌意欲も三十代以前に比べると衰え、歌に埋没することを許さない環境となっていました。彼の後半生は歴史上かつてなかった歌集を作るという作業に心血を注いだのでした。しかし、薩摩から陸奥と南の果てから北の果てまで旅をしなければならなかった家持の晩年は、非常に忙しいものであったでしょう。歌集をまとめるにも資料を持っていかなければならないのですから、都に帰った僅かな時間を使って編纂作業を進めるしかありませんでした。家持に依頼されて手伝う者もいたでしょうが、五年、十年は瞬く間に過ぎ去り、ある程度まとまった後に更に推敲して、より完成度の高いものをと考えている内に、また幾年かが過ぎ、はからずも陸奥多賀城に赴任することになってしまいました。そして、ついに都に帰ることはなく、家持は多賀城で六十八歳で亡くなるのです。延暦四年（七八五）八月二十八日のことでした。

ところが、同じ年の九月二十三日、桓武天皇の寵臣で長岡京遷都計画の指導者であった、藤原種継が暗殺され、家持がその事件の首謀者とされ、死後にも関わらず、「除名《じよみよう》」という処分を受け、子息・永主は隠岐に流罪となりました。家持の遺骨は家族とともに隠岐に渡ったといわれてもいますが、詳しいことはわかりません。「除名」とは、「官人の名籍を削除すること」で、重罪の官人に対する刑です。この時、田地や私有財産も没収され、『万葉集』の草稿も他の文献とともに長い眠りにつきました。

家持の名誉が回復され、『万葉集』が再び世に出るのは、それから二十一年後の、延暦二十五年（八〇六）でした。死の床にあった桓武天皇は怨霊に悩まされ、種継事件で処刑された人々を赦すという勅命を出し、その日に亡くなりました。漸く、家持や『万葉集』の名前を口にすることができるようになったのです。冥界の家持にとっても『万葉集』にとっても、じつに長い二十一年間といえるでしょう。

この全くの空白が『万葉集』の成立、編者、読み方など多くの謎を生む原因となりました。その上、世の中は漢詩文全盛で『万葉集』に寄せる関心は弱いものでした。もし和歌に寄せる関心が強く、『万葉集』を多くの人が待ち望んでいたなら、禁忌がとけた時に、伝説の『万葉集』の実物を争って読もうとした筈です。

桓武天皇逝去の後即位した平城天皇は、宝亀五年（七七四）の生まれで、家持の亡くなった時は十二歳でした。多くのことがまだ記憶に新しく、『万葉集』の作者で生きていた人も幾人かはいたでしょう。誰も聞こうともしなかったのでしょうか。そのうち、多くのことが謎となってしまいました。『万葉集』の歌の読み方さえも、忘れられていったのです。

漸く十世紀半ばになって『万葉集』に関心が寄せられはじめ、まず読み方から研究がはじまりました。梨壺の五人の解読作業です。それ以来、千年以上も研究が続いているというのに、『万葉集』の謎は残っています。それが『万葉集』の魅力でもあるのかもしれません。

日本の美学の規範は『古今和歌集』にあるといわれています。しかし、その『古今和歌集』の根底にあるものの多くは、すでに『万葉集』にあるのです。それを学びつつ、さらに豊かにして、日本の言葉の文化は発展していったのです。香りについても『万葉集』は多くのことを伝えています。前置きが長くなりましたが、それでは『万葉集』の香りの世界を見てみましょう。

（2）「芳」の運命

前章の『懐風藻』では「芳」を含む言葉―芳音・芳題・芳春―などが多く使われていました。『万葉集』で「芳」は、題詞・歌・左注あわせて五十ほどの用例がありますが、半数以上は地名「芳野（吉野）」として用いられています。残り

香具山（写真提供／橿原市観光協会）　多武峰から続く山地の端にあたり、その後の浸食作用で失われなかった残り部分といわれる。『万葉集』では９首詠まれる。

の多くは「芳音・芳旨」などの「芳」が下接する語を修飾するという用法です。

歌では「天之芳来《かぐ》山・天芳《かぐ》山」（巻三・二五七、十・一八一二）と「香具山」の表記として、用いられた例が二例あります。「香具山」は※5大和三山の中でも特に重んじられた山でした。その表記に「高い香りを放つ」という意味を持つ「芳」が用いられるということは、「芳」の字への評価と、香りの価値を物語っているといえるのではないでしょうか。他には「芳流《はる》・烏梅能芳奈《うめのはな》」（ともに巻十七・三九〇一）があります。「春・花」という表記を用いずに、わざわざ「芳」を用いて書き表したところに「高い香を盛んに放散する春・梅の花」という香りに対する意識が作用していたと思います。残りの一つは「芳理夫久路《はりふくろ》」（針袋　巻十八・四一二九）です。家持が大伴池主に針袋を贈り、その返礼に詠まれた歌に用いられました。この針袋は家持の妻・坂上大嬢が作ったと推定されていますが、そうすると、華やかな布を用いて鮮やかな裏地を伴う針袋で、その華やかさを表すために「芳」の字を用いたのではないでしょうか。

次に、題詞や左注で用いられた例を、もう少し詳しく見てみましょう。

『懐風藻』ほどではありませんが、「芳音（二例）・芳席・芳命・芳藻・芳旨・芳徳・詠レ芳」など、八例があります。「芳」は「香を盛んに発散する」という意味が原義ですが、「優れた、素晴らしい」という称賛を表す意味も持っていました。『懐風藻』では、この両方の意味で用いられていましたが、『万葉集』ではどうでしょうか。

① 伏して来書《らいしょ》を辱《かたじけ》なみし、具《つぶさ》に芳旨《はうし》を承《うけたまは》りぬ。（下略）　（官人某）

「かたじけなくもお手紙をいただき、お気持ちはよくわかりました。」

この「芳旨」は、大宰帥であった大伴旅人から、歌と書簡を受け取った、都在住の官人某の返信の中に用いられています。官人某の返信と返歌の間に旅人の歌が置かれています。旅人の歌には目録に「大宰帥大伴卿の相聞の歌二首」とありますが、この「相聞」は「互いの安否を尋ねる」の意味であって恋歌の意味ではありません。書簡や歌の内容はまるで恋人に宛てたように熱い内容ですが、相手を思う気持ちは男でも女でも変わらないということで、男性同士でも女性同士でも恋歌と間違えそうな歌を贈答するのはよくあることでした。「旨」は、ここでは「手紙に書かれていた旅人の官人某への思い」を意味し、「芳」を冠することで、敬意を加えたのです。「芳」は香りの意味を離れ、「旨」を称えています。この歌には日付はありませんが、神亀五年（七二八）七月二十一日の日付のある歌と、天平元年（七二九）十月七日の歌の間に配置されているので、この一年あまりの間の歌と思われます。

② 跪《ひざまづ》きて芳音《はうおん》を承《うけたま》はり、嘉懽《かくわん》交《こもごも》深《ふか》し。（下略）　藤原房前《ふささき》

[謹んでお手紙を賜り、幸いと喜びがともに深くて感激いたしております。（下略）]

旅人が藤原房前に、桐の日本琴に添えて書簡と歌（巻五・八一〇・八一一）を贈りました。これは、それへの房前の返書の冒頭部です。「芳音」は「相手の書簡を敬う語」として用いられていて、やはり、これも「芳しい」という意味から離れています。

③ 松浦《まつら》川に遊ぶ序

（上略）下官《やつかれ》対《こた》へて曰く「唯々《をを》。敬《つつし》みて芳命《はうめい》を承はらむ」といふ。（下略）

[（上略）私は答えて「はいはい、謹んで仰せに従いましょう」と言った。（下略）]

「私（下官）」は肥前国の松浦川（今の玉島川）を逍遥し、釣をする輝くばかりに美しい娘子《をとめ》たちに出会います。そして、その娘子たちに「どちらの郷《さと》のどなたのお嬢さんなのか」と尋ねると、娘子たちは身の上を語った後、なんと「私」に求婚しました。この「私」は、後の歌（巻五・八五五）の題詞に出てくる「蓬客（旅をする人）」のことです。旅をして、たまたま松浦川に来たという設定になっています。蓬客と娘子たちの物語は勿論創作で、作者は大伴旅人でしょう。美女に求婚されて断る人はいないでしょうから、蓬客も唯々諾々と返事をします。その返事の言葉に「芳命」が用いられています。「命」は「命令の言葉」、「芳

命」で、「ご命令、仰せ」という意味でしょうか、娘子たちの求婚の「仰せ」に喜んで従いましょうということです。直接には香りの意味はありませんが、娘子の美しい声と嬉しい言葉は実に「芳」がぴったりです。

④⑤（上略）跪《ひざまづ》きて封函《ふうかん》を開き、拝《をろが》みて芳藻《はうそう》を読む。（中略）兼《さら》に垂示《すいじ》を承《うけたま》はるに、梅苑《ばいゑん》の芳席《はうせき》に群英《ぐんえい》藻《あや》を摛《の》べ（下略）（吉田宜《よろし》）

［（上略）ひざまづいて状箱を開き、素晴らしいお手紙や歌の数々を拝読しました。（中略）なお、またお見せいただいた、梅苑の素晴らしい宴席で多くの優れた方々が歌を詠まれ（下略）］

旅人は先の「松浦川」の序や歌、そして、その前にあった「梅花歌群」の序や歌を奈良の都にいる吉田宜に贈りました。「芳藻」や「芳席」は吉田宜の返信の中にあります。「藻」は『懐風藻』の題にもある「藻」で、「美しい詩や歌の言葉」という意味で「芳」を冠してさらにそれを称えています。「じつに素晴らしく美しい歌文」ということです。『懐風藻』には同じ言葉はありませんが、強いていうなら「芳題」がそれに近いでしょうか。また「芳席」は「素晴らしい宴会の席」で、「大伴旅人宅に集まり、梅花の宴を催し、歌を詠んだ、そのまことに羨ましい、是非とも参加したかったと悔やまれる宴の席」です。こちらは梅花の宴ですので「芳席」には梅の「芳香」が少しは漂うように思われます。

⑥ 忽《たちま》ちに芳音《はういん》を辱《かたじけな》みし、翰苑雲《かんゑんくも》を凌《しの》ぐ。（下略）　大伴池主《いけぬし》

［思いがけなく、お手紙をいただきましたが、優れた文章は雲をつくばかりに高尚です。（下略）］

先の藤原房前の書簡にも「芳音」が用いられていました。大伴家持が越中国に赴任して迎えた最初の冬に、慣れない雪国での生活の影響か、大病を患いました。その病が癒えかけた頃に、部下で一族でもある大伴池主に手紙（巻十七・三九六五・三九六六）を贈ります。これはそれに対する池主の返書の中に用いられている言葉です。意味は房前と同じく「相手の書簡を敬う」で、訳せば「お手紙」となるでしょう。

⑦（上略）常に芳徳《はうとく》を思ふこと、いづれの日にか能《よ》く休まむ。（下略）
［（上略）絶えず御徳を思うことは、いつの日に止むことでしょう。（下略）］

家持が越中守として赴任して来た時に越中掾《じょう》であった池主は、一年あまり後に越前国に転任します。それからさらに一年ほど経った時に池主は、家持に歌を添えた手紙（巻十九・四〇七三～四〇七五）を送りました。その序の中で家持の「徳」を称える語として「芳徳」を用いています。家持と池主の友情から考えて、お世辞やおざなりの挨拶と思えない言葉のように思われるのです。

以上の例は、いずれも『懐風藻』の用例と変わらないものでした。しかし、一つだけ異なるものがあります。

⑧芳《か》を詠む
高松の　この峰も狭《せ》に　笠立てて　満ち盛りたる　秋の香《か》の良さ　（巻十・二二三三）
［高松山のこの峰も狭いほどにたくさん笠を立てて、盛りになっている秋の香りの良いことよ。］

巻十は歌を四季に分類しています。これは「秋の雑歌」に所収された歌ですが、詠まれているのは「松茸」といわれています。歌の中では「香《か》」が用いられていますが、題詞では「芳《か》」と表記されています。大和言葉で詠う歌には「芳」よりも「香《か》」が相応しいと考えたからでしょうか。「匂い松茸、味しめじ」という言葉があるように、松茸はあの素晴らしい香りが魅力ですが、それは万葉時代も変わらなかったようで、「満ち盛りたる秋の香《か》」と詠われました。それはまことに「芳」の字で書き表すのに相応しい香りであったのでしょう。

『万葉集』の「芳」はその殆どが下接する語を称えるものであり、「芳しい香りを放つ」という原義を生かした用例は一例でした。また、多くは序や題詞の中で用いられています。歌は「大和言葉」で詠われるものなのですから、中国直輸入の語が馴染まなかったのは当然のことです。そして、これらの語は、旅人や家持、そして彼らと親しく交流した人たちによって使われたものでした。八世紀前半の大伴家周辺で愛好されたということでしょうか。『万葉集』は家持が大きく編纂に関与したのですから、家持関係の資料が多くなるのは当然のことです。『懐風藻』にもたくさん出てきましたので、八世紀前半の知識人に愛好された語だったのでしょう。『万葉集』では、たまたま家持周辺の人の文が所収されたということで、他の人たちも使っていたのでしょうが、伝えられる機会がなかったと思われます。

（３）香木の香り・麝香の匂い―悪臭に消される香木の香り

香《かう》・塔《たふ》・厠《かはや》・屎《くそ》・鮒《ふな》・奴《やつこ》を詠む歌

香塗れる　塔にな寄りそ　川隈《かはくま》の　屎鮒《くそぶな》食《は》める　いたき女奴《めやつこ》　（長忌寸意吉麻呂《ながのいみきおきまろ》　巻十六・三八二八）

［香を塗った塔に近寄るな。川の隅《すみ》に集まる屎鮒など食っている汚い女奴め。］

『万葉集』で唯一、香木が詠まれている歌です。長忌寸意吉麻呂は、持統・文武朝に活躍した歌人で、旅の歌と戯笑歌を得意としました。この歌は、歌材になりにくい物を歌題とし、いかにうまく詠むかということを楽しんでいるのです。七世紀の終わり頃には後の俳諧歌に繋がる、このような滑稽性のある歌が詠まれるようになりました。題詞にある「香・塔」と、それに続く「厠・屎・鮒・奴」は相反するもので、一方は尊いもの、他方は汚く醜く臭いものであり、これを一首の中に矛盾なく詠み込むのは、とても難しかったでしょう。長忌寸意吉麻呂はそれを破綻なく詠んでいます。題詞にある「香」は「沈香」でしょうか。これだけでは「香木・粉香・香油」などの、どれを指すかはわかりません。正倉院に「沈香末塗経筒《じんこうまつぬりのきょうづつ》」という宝物があり、これは「沈香の粉末を漆で練ったものを塗り、植物の種と丁子を埋め込んで」文様を表したものです。皮に漆を塗っただけの漆皮箱《しっぴばこ》はまだ鮮やかな光沢を残していますが、こちらに光沢は全くありません。意吉麻呂が頭に描いた「香を塗った塔」も、この経筒のような光沢のない落ち着いた色彩の塔だったのでしょうか。塔ならば、光沢のないほうが相応しいように思われます。仏教が広まるにつれて、香木も仏教の儀式に欠かせぬものとして浸透していきました。『日本書紀』にあったように「香炉」での焼香だけでなく、このように塔をはじめとする仏具にも用いられていたようです。

平安時代になりますと、上流貴族の世界ですが、沈香で作った火鉢や箱を調度として使っています。それは香木を刳《く》り貫《ぬ》いて作るのではなく、沈香を薄く切断したものを張り合わせたものだったと思います。やはり、正倉院の宝物に「沈香把鞘金銀荘刀子《じんこうつかさやきんぎんそうのとうす》（刀子は紙を切ったり、木簡を削ったりする小刀）」があり、「薄く切った沈香を貼った」と説明されています。沈香が上流の貴族の間に浸透していたことが想像されるのです。

粉末にして塗料に混ぜれば、少しの量でも広範囲にわたって塗ることができます。そうしてできた塔は、微かに沈香の香りがしたのです。塔や調度として香木を使うと、火で暖めませんので、火を使わないで芳香を発する栴檀《せんだん》（白檀）のほうが相応しいかとも思いますが、『枕草子』には「沈の火鉢」が、『源氏物語』には沈の箱が出てきますから、火を用いなくてもその微かな香りを楽しんだのでしょう。火を使わなければ全く香りがしないわけではなく、嗅ぐと十分に匂います。火で暖めたほうがよく匂いが立つということです。

『万葉集』唯一の香木なのですが、取り合わせがとても酷いもので、せっかくの香木の芳香を壊滅させてしまう悪臭が、三句目より漂うのです。

『万葉集』には「記紀」や『風土記』には見えない「麝香」も登場しています。天平十二年（七四〇）より聖武天皇は、平城京

沈香末塗経筒（正倉院宝物）
筒の外側に沈香の粉末を漆で練ったものを〇・二ミリの厚さに塗り、丁子と植物の種子を埋め込み文様を表す。

を離れ、恭仁《くに》・紫香楽《しがらき》・難波と遷都を繰り返していたのですが、天平十七年（七四五）の九月になって漸く平城京に還御されました。その翌年の天平十八年の正月は数寸もの積雪がありました。雪は豊年の予兆とされたので、縁起がよいと大いに喜んだことでしょう。左大臣・橘諸兄は諸王諸官とともに、元正太上天皇の御所に参上し、雪掻きをしました。それが終わると、太上天皇は御宴を催され、「お前たちはこの雪を歌に詠んで奏上せよ」と仰せになりました。『万葉集』には、橘諸兄や家持ら五人の名前と歌（巻十七・三九二二～三九二六）が挙げられ、その後に十八人の名前だけが挙げられています。名前だけの人も歌を詠んだのですが、その時に記録しなかったので、歌がわからず、ここに掲げることができなかったのです。最後に左大臣橘諸兄がいった言葉の中に「麝香」が出てきます。

（上略）ただし秦忌寸朝元《はたのいみきてうぐわん》は、左大臣橘卿謔《たはぶ》れて云はく「歌を賦《ふ》するに堪《あ》へずば、麝《じや》を以《もち》てこれを贖《あが》へ」といふ。これによりて黙已《もだを》り。

［（上略）ただし秦忌寸朝元は、左大臣橘卿が冗談に「歌が作れなかったら、麝香で償いたまえ」といったので、黙り込んでしまった。］

秦忌寸朝元は、入唐経験のある医師でした。多分漢詩なら得意でしょうが、和歌を詠めといわれて、困り果てて抗議というか、文句をぶつぶつ言っていたのでしょう。それで左大臣・橘諸兄は「和歌が詠めないというのなら、償いとして麝香を出しなさい」といったのです。麝香は、現在「ムスク」の名で知られ、香料として練香、匂袋、香水などに欠かせぬものです。チベット

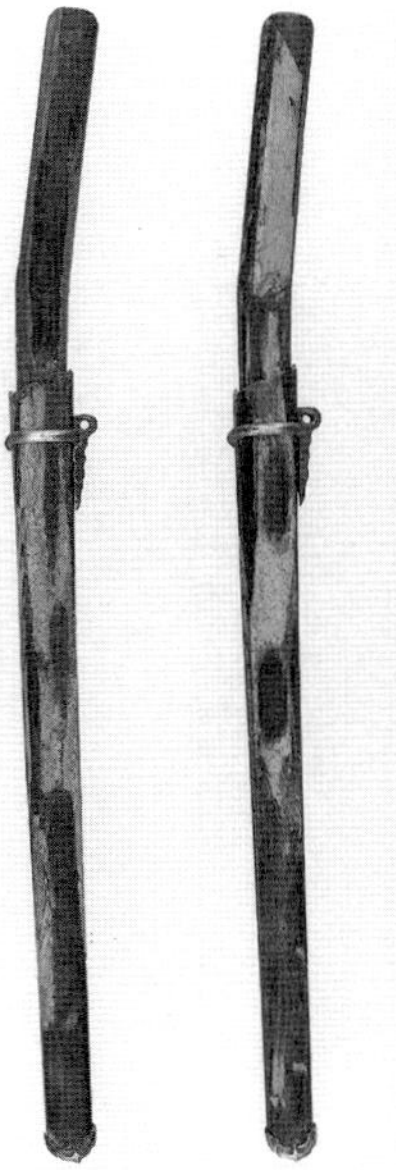

沈香把鞘金銀荘刀子（正倉院宝物）
鞘・柄に薄く切った沈香を貼った刀子。全長二十三・一センチ。刀子は現代の小刀にあたる。

や中国南部に棲む、麝香鹿の雄の香嚢から採れました。しかし、一頭からピンポン玉くらいの大きさ（三十〜五十グラム）しか採れない、非常に貴重なもので、香料だけでなく、薬品としても使用されています。「はじめに」で紹介した『玉造小町壮《たまつくりこまちそう》衰書《すいしょ》』や『十訓抄』に出てきました。秦忌寸朝元は医師ですから、薬品として使用する麝香の価値も十分わかっていたでしょうし、所持していたのを見込んで、諸兄がからかったのです。それを聞いて秦忌寸朝元は黙ったままやり過ごし、とうとう詠まなかったようです。麝香で贖《あがな》ったのか、それとも戯れですので、橘諸兄も強要することはなかったのかもしれません。是非とも知りたいところですが、それは書かれておりません。

ともかくも、ここで初めて麝香の名が出てきたということで、天平時代の貴族たちは麝香を知っていたことがわかりました。それは、正倉院の献物帳に見える薬品の中にも「麝香」の名が記されていることからも確かなことなのです。この後、香木も麝香も、貴族の生活になくてはならない、貴族の心を捕らえて放さないものとなっていくのでした。

（4）蘭は藤袴の匂い

「はじめに」で述べたことですが、『玉造小町壮衰書』の中に「蘭麝《らんじや》の風に散ずる匂ひに異ならず」という一節がありました。『万葉集』では、その「蘭麝」の「麝」については、先述の「麝を以てこれを贖へ」で出てきたのですが、蘭はどうなのでしょう。

次に蘭を見ることにしましょう。

（上略）蘭室《らんしつ》に屏風《びやうぶ》は徒《いたづら》に張りて、断腸《だんちやう》の哀しびはいよよ痛く、枕頭《ちんとう》に明鏡《めいきやう》は空《むな》しく懸《か》かりて、染筠《せんゐん》の涙はいよよ落つ。（下略）

（山上憶良　巻五・七九四　序）

［（上略）芳しい妻の部屋には屏風だけが寂しく立つばかりで、断腸の悲しみはますます傷く、枕もとには明鏡が妻の姿を映すこともなく懸かり、嘆きの涙は溢れ落ちてきます。（下略）］

これは大宰帥・大伴旅人《おおとものたびと》の妻の死を、筑前守であった憶良が、旅人の立場に立って詠んだ挽歌の序にあります。「蘭室」は、「蘭のように芳しい香りのする女性の部屋」を表しています。古代から女性の部屋は芳しいものであるという固定観念があったのです。

梅花の歌三十二首并せて序
天平二年正月十三日に、帥老《そちらう》の宅《いへ》に萃《あつ》まりて、宴会を申《の》べたり。時に初春《しよしゆん》の令月《れいげつ》にして、気淑《きよ》く風和《かぜやはら》ぐ。梅は鏡前《きやうぜん》の粉《ふん》を披《ひら》き、蘭は珮後《はいご》の香《かう》を薫《かを》らす。（下略）
［天平二年正月十三日、大宰帥・大伴旅人卿の邸宅に集まって、宴会を開いた。折しも、初春のよい月で、暖かく風は穏やかである。梅は鏡台の前の白粉のように白く咲き、蘭は腰につける匂袋のように良い香りを漂わせている。］

天平二年（七三〇）の正月十三日に、大宰帥・大伴旅人宅で、梅花の宴が催され、多くの歌が詠まれました（巻五・八一五〜八四六）。これは、その歌群の冒頭に付せられた序です。序の作者は旅人らしいのですが、異説もあって確かなことはわかりません。

正月十三日は太陽暦の二月八日で、しかも都よりも暖かい大宰府とあれば、梅は十分に咲いていたでしょう。澤瀉久孝氏の『万葉集注釋』巻五によると、「巻一、二の古い巻や巻十一乃至十六の古歌謡や民謡を含む巻には一首もないということは、この植物が舶来のものであって、まだ十分国民になじまなかった事を示すものです。その梅がまず漢土に近い大宰府に移植せられ（以下略）」とあり、旅人の大宰府時代には梅はまだ異国からわたって来た花として十分に珍しいものでした。梅については、また後に述べるつもりです。

大宰帥宅で、咲いた梅を見ながら酒宴を楽しみ、梅を主題に和歌を詠むという風雅な宴が開かれたのでした。その歌群に先立つ序の中に「蘭」があります。「梅披鏡前之粉、蘭薫珮後之香」と随分美しい表現で、その日の状況を伝えています。「梅は佳人の鏡台の前の白粉のように咲いている」とは、白粉と同じ白い色に咲いているということで、白梅なのです。紅梅の渡来は白梅のずっと後でした。奈良時代は、梅といえば白く咲くものでした。その白さは雪に譬えられることが多いのですが、これは次の「珮後の香」との関わりで雪よりも白粉が相応しいとされたのです。「珮」は『懐風藻』にも登場する、帯につける飾り玉のことです。ここでは「珮後の香」とありますので、飾り玉ではなく、小さめの「匂袋」と考えるのが適切でしょう。香料を入れた匂袋が歩く度に良い香りを漂わせるように、蘭が香っているというのです。蘭は藤袴とされることが多いのですが、藤袴は秋に咲き匂うもので、矛盾が生じます。そこで春蘭であるとか、梅との対で用いられたので、蘭が実際に咲いていたわけではないなどと、説明されています。蘭は「香りの良い草」の総称としての意味もありますので、特に藤袴と限定しなくてもよいでしょう。

なお、「気淑《きよ》く」は、『懐風藻』で多く見られた「淑気」と同じ意味で、「春の温和な気配」を意味します。

（上略）豈慮《あにはか》らめや、蘭蕙藂《らんけいくさむら》を隔《へだ》て、琴罇《きんそん》用ゐることなく（下略）　（大伴池主《おおとものいけぬし》　巻十七・三九六七　序）

［（上略）思いも寄りませんでした、蘭蕙のごとき香り高い我々の交遊は病気によって隔てられ会う機会を得ず、琴も酒樽もおあずけで（下略）］

「蕙」は「蘭」と同じく、「芳香を発散する草」の意味です。「蘭蕙」で「芳香を発散する二つの草」、つまり、家持と池主の二人、その間の友情を指しています。二人の交遊が藂によって隔てられている、つまり、家持の病気によって会えないことをいいます。家持は慣れない越中国の寒さがこたえたのか、赴任した天平十八年（七四六）の末から翌年にかけて大病を患っています。かなりよくなって、やっと池主に手紙を書いた、それへの返事なのです。「家持が病気をしているので、お会いすることもできず」の意味で、「琴罇用ゐることなく」の「罇」は「酒をいれる樽」のことで、楽しい宴会をして酒を飲んだり、琴を弾いたりすることができないことを表しています。

『懐風藻』にも「蘭蕙」は藤原万里（麻呂）によって使われていましたし、「金蘭」もありました。このように、「蘭」を友情に譬えるのは、八世紀の知識人には珍しくなかったのです。しかし、この蘭を友情に譬えるということは決してありませんでした。

七言、晩春《ばんしゅん》三日遊覧《いうらん》一首并せて序

（上略）琴罇《きんそん》性を得、蘭契《らんけい》光を和《やはら》げたり。（下略）　（大伴池主・巻十七）

［七言、晩春三日の遊覧の詩と序

（上略）琴も酒樽もその本領を発揮し、虚飾を捨てて君子の交わりを和やかに結んでいます。］

天平十九年（七四七）の二月から三月にかけて、病気が少しずつ快方に向かった家持は、池主と盛んに歌文を贈答し合います。これは先の三月二日に池主が贈った歌と序の後、三日に家持の序と歌が贈られ、それに応え、三月四日に池主から家持に贈られた序と漢詩のうち、序にある言葉です。題詞に「三月三日」とあり、それと漢詩の内容から、曲水の宴を詠んでいることがわかりますが、その曲水の宴に家持のいないことが残念であるというのです。今も曲水の宴は日本の各地で行われていますが、そこでは和歌が詠まれます。この頃は、漢詩が作られていたのです。

「琴罇」は先にも出てきましたが「琴を弾き酒をたしなむこと」、「性を得」は「本領を発揮すること」で、「琴罇性を得」で「琴を楽しく弾き、酒を十分に飲むこと」なのです。「蘭契」は「蘭蕙」や『懐風藻』の「金蘭・蘭期」と同じく「友情」の意味です。「光を和ぐ」は「心が和やかである」という意味でしょうか。琴や酒を十分に楽しんで、親しく友と交流することは心が和やかになるというのです。

このように蘭は『万葉集』においては、すべて序文の中で用いられていました。意味は「芳香を発する草」から、「友情は芳香を発散するように素晴らしい」ということなのか、友情を表す「蘭蕙・蘭契」という言葉が使われています。蘭は、もともと広く「香りの良い草」を指していたのですが、「香りの良い草」の中で、特に藤袴の印象が強かったのか、後には蘭といえば藤袴となり、『古今和歌集』に詠われ、やがて、『源氏物語』の巻名にまでなるのです。[※6] 和歌で詠まれる時は、特別な場合を除いては常に藤袴で、その芳香もさることながら、名前のゆかしさが愛されたようです。

『万葉集』では、藤袴を詠んでいる歌は、山上憶良の一首のみです。

山上臣憶良《やまのうへのおみおくら》、秋野の花を詠む歌二首

秋の野に　咲きたる花を　指折り《および》　かき数ふれば　七種《ななくさ》の花　（巻八・一五三七）

萩の花　尾花葛花《をばなくずばな》　なでしこが花　をみなへし　また藤袴　※7朝顔が花　（巻八・一五三八　旋頭歌《せどうか》）

この二首は、詠作年次は明示されていないのですが、伊藤博氏は「前後の歌から判断して天平二年の秋」であろう、そして、天平二年（七三〇）頃は「都の人びとの間で、秋の七草という観念が定着していたらしい。（中略）その定着はそう古いことではなく、奈良朝に入ってからのことであろう」（『万葉集釋注』四）と推定されています。山上憶良がこの秋の七草の短歌と施頭歌を詠んで以来、今も秋の七草は、草花の名前もそのままに変わりはありません。中国から七夕が輸入され、節会《せちえ》を行う時に秋の七草を二星に供えるという習慣ももたらされ、秋の七草を意識するようになったというのでしょうか。誰でも知っている常識ならわざわざ詠まないでしょうから、歌に詠むことで、秋の七草を意識することを目指しているのだと思います。「皆さん、秋の七草を覚えにくかったら、このように私の作った歌で覚えたら簡単ですよ」と、いいたかったのではと思うのです。冷泉家の乞巧奠《きっこうでん》では、この七草が二星に手向けられています。

この歌では藤袴の香りについては何も触れていません。それは他の七草の花についても同様です。名前を挙げているだけですが、香りがしないということではありません。この七草の内、香りのするのは藤袴だけではありません。葛・撫子も甘い匂いがします。そして、何よりも女郎花が強烈な匂いがするのですが、それはまた後で述べることにしましょう。

香りについては何もいっていませんが、『万葉集』の中にこうして藤袴が一首詠まれました。そして、平安時代になりますと、藤袴といえば、香りが詠まれるようになります。では、藤袴の香りは、それほどに魅力的なのでしょうか。

花は薄紫の小さな花がたくさん集まって咲き、別名が蘭ですが、豪華絢爛という花ではなく、むしろ地味な花です。では、香りはというと、どのような素晴らしい香りかと、多大な期待を抱いてしまいそうですが、強い香水や芳香剤、むせ返るような花の香りに慣れた現代人の鼻には、藤袴の香りは誠に頼りなく思われそうです。

また、藤袴は生では殆ど香りはなく、生乾きの時によく匂うのです。葉は桜餅の葉（桜の葉の塩漬け）のようであり、また蓬の匂いに似ています。乾燥する直前に非常に強く匂いますが、乾燥しきると殆ど匂いません。花の色と形から藤袴という名がつきました。花よりも葉が強く香り、生乾きの時に芳しく匂い、葉の色が黄色く変わりはじめる頃の香りは、古代の人が愛好したのも納得するほど素晴らしく匂います。塩漬けされた桜の花や葉の匂いに似ているのですが、クマリンという香気成分によるということです。頭がすっきりする匂いです。香りを持つ植物は数多ありますが、その香りの成分はまだ不明のことが多いようです。藤袴は、有史以前に渡来したとも、奈良時代に大陸から渡ってきたともいわれています。十一月頃になっても、藤袴は花が蒲公英《たんぽぽ》の綿毛のような状態で、散り去らず、茶色くなった葉とともに、寒くなってくる風に耐えているのは、あの優美な姿とはほど遠く、凄惨《せいさん》ともいえますが、それでも芳香は幽かに残っているのには驚きます。

（5）誇り高き橘

1 橘三千代

橘は上代で、梅よりも桜よりも愛されました。「記紀」や『風土記』にも橘は登場しています。橘は常緑で白く芳しい花が咲き、赤く輝く実がなる霊木として、古代の人々に敬われ、そこから地名・人名にも選ばれました。『万葉集』には、さらに多くの橘が登場します。地名としては、橘が植えられていたことに由来するのでしょう。人名としては、天平時代に活躍した橘諸兄一族が有名です。家持と特に親しかったので『万葉集』にも多く名を残すことになったのです。橘諸兄は皇族で葛城王《かつらぎのおおきみ》といいました。父は敏達《びだつ》天皇の後裔、美努王《みぬのおおきみ》、母は天武～元正の五代に使えた有能な女官、県犬養三千代《あがたいぬかいのみちよ》（橘三千代）です。三千代は後に美努王と離婚、藤原不比等と再婚し、光明皇后を儲けました。七世紀から八世紀の政界に大きな影響力を持った魅力的な女性です。和銅元年（七〇八）に、功労により元明天皇から橘姓を賜り、天平五年（七三三）に亡くなっています。
「和銅元年十一月二十五日」に、

橘は菓子《くだもの》の長上《ちやうしやう》にして、人の好む所なり。柯《えだ》は、霜雪《さうせつ》を凌《しの》ぎて繁茂《しげ》り、葉《は》は寒暑《かんしよ》を経《へ》て彫《しぼ》まず。珠玉《しゆぎよく》と共に光に競《きほ》ひ、金《くがね》・銀《しろがね》に交りて逾美《いよいようるは》し。是《ここ》を以《もち》て、汝《なむぢ》の姓は橘宿禰《たちばなすくね》を賜ふ。

［橘は果実の中でも最高のもので、人々の好むものである、枝は積雪にめげず繁茂し、葉は寒暑にあってもしぼまない。光沢は珠玉と競うほどである。金や銀に交じりあっても、それに劣らず美しい。このような橘にちなんで汝の姓として橘宿禰を与えよう。］

と、元明天皇のお言葉があり、橘姓を賜ったと『続日本紀』（天平八年十一月十一日の条）にあります。「橘は常緑で、実は珠玉と光りを競い、金銀の中にあっても劣らず美しい」と、その素晴らしさを絶賛され、三千代の麗質に相応しいと元明天皇から、橘姓を頂いたのです。その時に酒杯に浮かべた橘もともに賜ったのでした。このように、橘の姓は誇り高い名前でした。三千代が亡くなって、それを継ぐものがいなくなるので、葛城王と弟の佐為王は臣籍降下し、橘姓を継ぎたいと聖武天皇に願い出、許可されました。『万葉集』にはその時の聖武天皇（一説には元正太上天皇）の歌があります。

冬十一月、左大弁《さだいべん》葛城王《かづらきのおほきみ》等《たち》の、姓橘氏《たちばなのうぢ》を賜《たまは》りしの御製の歌一首
橘は　実さへ花さへ　その葉さへ　枝《えだ》に霜ふれど　いや常葉《とこは》の樹《き》　（巻六・一〇〇九）

［　冬十一月、左大弁葛城王たちが、宿禰の姓と橘の氏を賜った時の、聖武天皇の御歌
橘は実までも花までも、その葉までも、枝に霜が降ることがあっても、決して枯れぬ永遠に常緑の樹である。］

橘の実と花と葉と、そのすべてを称えた歌です。四季の変化の中に無常をみることを余儀なくされた人々にとって、変わり行くものはそれなりに美しいが、しかし、変わり易いものに囲まれているからこそ、変わらないものが尊く見える。「記紀」

の世界では「果実」の非時性とその香りが尊ばれたのですが、『万葉集』ではそれに加え、常緑の葉にも注目しています。

『万葉集』の橘は、人名・地名を除けば、実・花・葉のいずれかを、または、そのいくつかを称えています。「記紀」では、橘は実とその香りを称えることが多かったのですが、『万葉集』では、どのように香りを表現しているのでしょうか。

2 照り輝く実

常世物《とこよもの》　この橘の　いや照《て》りに　わご大君《おほきみ》は　今も見るごと　（巻十八・四〇六三）

［常世の木実であるこの橘のように、ますます輝いてわが大君は、今見るようにお変わりなくお健やかに。］

（上略）豊《とよ》の宴《あかり》　見《め》す今日の日は　もののふの　八十伴《やそとも》の緒《を》の　島山《しまやま》に　赤《あか》る橘（下略）　（巻十九・四二六六　長歌）

［（上略）酒宴をなさる今日は、もろもろの官人が、庭に赤く輝く橘を（下略）］

『万葉集』は、橘の実《み》の香りにはあまり注目していないようです。香りに注目するのは専ら花でした。実《み》の「常世」であること、「赤く輝いていること」に魅せられていたようです。橘三千代を称えた元明天皇のお言葉にも、橘の実は珠玉や金銀にも劣らず美しいと称えられていました。

こうして見ると「時じくのかくの木実」の「かく」は、「香り」ではなくて「かがやく」のほうが優勢に思われてしまいます。他に、実《み》は恋の成就に譬えられたり、橘諸兄に譬えられたりもしています。

3 芳しき花橘

『万葉集』では、「記紀」ではあまり注目されなかった橘の花—花橘が実を圧倒し、数多く詠まれ、橘を詠んだ歌の三分の二以上を占めています。そして、その殆どは大伴家持とその周辺の人たちによって詠まれているのです。大伴家持こそが、平安時代の花橘の圧倒的人気に繋がる、橘の花の魅力を発見した人でした。
では『万葉集』では花橘はどのように詠まれているのでしょうか。

① 花を詠む

かぐはしき　花橘を　玉に貫《ぬ》き　送らむ妹は　みつれてもあるか　（作者不明　巻十・一九六七）

[芳しい花橘を玉として紐に通し、送りたいあの娘はやつれているのではないか。]

②（天平）十六年四月五日に、独《ひと》り平城《なら》の故宅《もとついへ》に居《を》りて作る歌六首（うち三首）

橘の　匂へる香《か》かも　ほととぎす　鳴く夜の雨に　移《うつ》ろひぬらむ　（巻十七・三九一六）

[（天平）十六年四月五日に、平城の古い邸宅に独り居て作った歌六首
橘の芳しく匂っている香りは、時鳥の鳴いているこの夜の雨で、消えてしまっていないだろうか。]

③橘の　匂へる苑に　ほととぎす　鳴くと人告《つ》ぐ　網ささましを　（巻十七・三九一八）

[橘の花の咲き匂う庭で、時鳥が鳴くと人が告げた。網を張っておけばよかったのに。]

④鶉《うづら》鳴く　古しと　人は思へれど　花橘の　匂ふこのやど　（巻十七・三九二〇）

[（鶉鳴く）古いと人は思っているが、花橘の咲き匂う我が庭よ。]

⑤ 家婦《かふ》の京《みやこ》に在《いま》す尊母《そんぼ》に贈らむために、誂《あとら》へられて作る歌一首　并せて短歌

ほととぎす　来鳴く五月に　咲き匂ふ　花橘の　かぐはしき　親の御言《みこと》（下略）　（巻十九・四一六九　長歌）

[　妻が都にいらっしゃる母上に贈るために、頼まれて作った歌一首と短歌

時鳥が来て鳴く五月に、咲き匂う花橘のように芳しい母上のお言葉（下略）〕

⑥橘の　下吹く風の　かぐはしき　筑波《つくば》の山を　恋ひずあらめかも
　右の一首　助丁占部広方《じょていうらべのひろかた》　（巻二十・四三七一）
〔橘の木陰を吹く風が、芳しい筑波の山を、恋しく思わずにいられようか。
　右の一首、助丁占部広方〕

花橘が芳香を発散する花として、「にほふ」や「かぐはし」という語とともに詠まれている歌を挙げてみました。花橘を詠んだ歌は四十首以上あるのですが、はっきりと「芳しい」と詠まれているのは多くありません。花橘の芳香は十分に認識してはいましたが、それをはっきりと表現していないということです。香りを表現する方法に長けていなかったのでしょう。

この六首は、①と⑥を除いて、大伴家持の作品です。家持は花橘の香に注目し、それを積極的に詠おうとした歌人なのです。花橘を詠んだ歌のうち、家持の歌が半数を占め、残りは家持以外の作者としては、家持の父・旅人、叔母・坂上郎女、弟・書持など、家持周辺の人たちが多く見られます。つまり、花橘は奈良時代になって家持周辺でおおいに注目されたといえるでしょう。家持の橘を愛する心は並々でなく、平城京の邸宅にも、赴任地の越中国の官舎にも橘を植えていたようです。家持は橘のすべてを愛していましたが、特に花橘に心を寄せていたのでした。

古代の橘は、橙なのか、ニッポンタチバナなのかはわかりませんが、どの種類であっても、花は白いことに変わりはないでしょうし、香りも柑橘類に共通する香りであったでしょう。

①の歌は巻十にある作者不明の歌です。巻十は「春の雑歌・春の相聞・夏の雑歌・夏の相聞…」と四季の歌を雑歌相聞に分類し、さらに夏の雑歌では「鳥を詠む・蝉を詠む・榛を詠む」と類聚され、花橘は「花を詠む」の中にあります。「花を詠む」の中には、他に「撫子・あふち・藤・卯の花」が詠まれていますが、花橘の数は十首の内五首と半数を占め、夏の花の代表になっていることがわかります。恋人に花橘を摘んで紐に通し、手作りの芳しい香りの首飾り（あるいは釧《くしろ》か挿頭《かざし》かもしれません）を贈り

たいと願う優しい男性が作者です。何かの事情でしばらく会っていない――「みつれて」といっているので、恋人が病気で会えないのかもしれませんが――恋人のことをとても気にかけています。花橘は二人の大切な思い出に連なる香りであったのかもしれません。この歌の「玉に貫き」という言葉は、後に花橘の歌に幾度も詠まれることになります。記憶しておいてください。

次の②③④の三首は題詞によりますと、家持が、天平十六年（七四四）の四月五日（太陽暦の五月二十二日）に詠んだ六首の連作のうちの三首です。家持は二十代後半、坂上大嬢と結婚していたと思われます。この頃は、聖武天皇は平城京を出て、恭仁京・紫香楽宮・難波京と都を転々と遷り、再び平城京に帰るのはこの一年後でした。家持も天皇にお供して平城京の自宅に落ち着くこともありませんでした。初夏の四月に久しぶりに帰宅して六首の歌を詠みます。その六首の内四首が花橘です。まるで花橘が見たくて帰京したかのようです。そして、三首に「匂へる香・匂へる・匂ふ」と、花橘の香りが詠まれています。「にほふ」は咲くの意味もありますが、これは「芳しい香りを放っている、咲いて香りを放っている」という香りととらえる解釈が多いといえます。

②は、花橘の香りが今宵の雨に消えているのであろうと、雨に濡れて消えていく香りを惜しむのです。③は、花橘の香る庭に鳴くほととぎすを、④は、家持自身が住まなくなってすっかり古びてしまったと人はいうが、花橘の香るこの庭は家持には懐かしく心癒される庭であると、花橘の咲き匂うわが家の庭への愛着を詠んでいます。思うに都が次々に遷るのでは落ち着いて庭を作り、草木を植えて鑑賞するゆとりもないのか、植えても大きくなる間もなく次の都に遷ってしまうことになって、花橘の香りを味わうのも久しぶりであったのでしょう。堰を切ったように花橘への思いを歌に詠みました。

⑤はそれから六年後、越中国に赴任した家持が、下ってきた妻の坂上大嬢に依頼されて、妻の母で叔母である坂上郎女に贈った歌です。時は三月二十日過ぎで、太陽暦では五月に入っていました。家持は官舎にも橘を植えていました。しかし、越中国ではまだ花橘は少し早すぎたでしょうか。実際に花橘を見て詠んだというよりも、『懐風藻』によく見られた称賛するものに「芳」を冠するように、こちらは和歌ですから「かぐはしき」を冠し、具体性を持たせるために大好きな花橘をもってきたのでしょう。

⑥は第三章「『風土記』の香り」でも述べましたが、「助丁占部広方《じよていうらべのひろかた》」という常陸国《ひたちのくに》の防人《さきもり》が詠んだ歌です。「下」は「木陰」のこと、花橘の季節、木陰で作業していた時に、吹き過ぎていく風が運ぶ芳しい香りの記憶を懐かしんでいるのでしょう。『常陸国風土記』は、行方郡《なめかたのこおり》と香島郡《かしまのこおり》に橘の木が生い茂っていると記していますので、八世紀には常陸国辺りまで、橘が植えられていたことがわかります。「橘」と「かぐはし」を一首の中で詠んでいるのは家持だけですので、あるいはここに家持の添削が入っているかもしれないと、第三章で述べました。

家持が花橘の香りを詠んだ歌は、他にもあります（巻十八・四一一一）。それは、第二章「『古事記』の香り」で多遅摩毛理（田道間守）について述べた時に触れましたので、ここでは取り上げません。家持は田道間守という『日本書紀』の用字を用いていますが、一方では橘の果実を「かくの木実」という『古事記』の呼び名にならっていますので（『日本書紀』では「かくのみ」）、「記紀」の双方を資料としているようです。あるいは「記紀」以外の資料を持っていて、それを参考としたのかもしれません。この歌では「（上略）ほととぎす　鳴く五月には　初花を　枝に手折りて　娘子らに　つとにも遣りみ　白たへの　袖にも扱《こ》入《き》れ　かぐはしみ　置きて枯らしみ（下略）」と「香りがあまりに良いのでいつまでも捨てることができず枯れるまで置いている」と、香りに強く魅かれていると詠んでいました。家持がこのように花橘の香りに強く執着し、多く詠んだことによって、歌人たちは橘の魅力を果実から花橘の香りへと移動させ、後世は橘といえば専ら香りという傾向を生むようになったといえるでしょう。

この橘の香りを詠んだ歌を見ますと、六首の内、三首に「ほととぎす」が詠まれています。今ではほととぎすは「目には青葉山ほととぎすはつ松魚《かつを》」の※8山口素堂《そどう》の句が有名で、「青葉」が相応しいようですが、『万葉集』ではほととぎすは花橘とともに詠まれることが多かったのです。他にも花橘は「あやめぐさ」や「玉」とともに詠まれています。『万葉集』中の四十首余りの花橘の歌に詠まれている「ほととぎす・あやめぐさ・玉」を調べてみますと、

①ほととぎすだけを詠んでいる歌　　　十九首

②あやめだけを詠んでいる歌　一首
③玉だけを詠んでいる歌　八首
④ほととぎす・玉を詠んでいる歌　二首
⑤ほととぎす・玉・あやめを詠んでいる歌　三首
⑥ほととぎす・玉・あやめのどれも詠んでいない歌　十首

となっています。花橘を詠んだ歌のおおよそ五分の四が「ほととぎす・玉・あやめぐさ」の内どれかを詠んでいることになります。

同じく石田王《いはたのおほきみ》の卒《みまか》る時に、山前王《やまさきのおほきみ》の哀傷《かなし》びて作る歌一首
（上略）ほととぎす　鳴く五月《さつき》には　あやめぐさ　花橘を　玉に貫《ぬ》き　縵《かづら》にせむと　九月《ながつき》の　しぐれの時は　黄葉《もみちば》を　折《お》りかざさむと（下略）　（巻三・四二三　長歌）

〔同じく石田王が亡くなった時に、山前王が哀しみ痛んで作った歌一首
（上略）ほととぎすの鳴く五月には、あやめ草や花橘を、玉としてひもに通し、縵にしようと、九月の時雨の頃はもみち葉を手折って髪に挿《さ》そうと（下略）〕

これは「ほととぎす・あやめぐさ・玉」の三つを詠んでいる歌として、最も古い歌です。「ほととぎすの鳴く五月にあやめぐさや花橘を玉として、糸に通して、縵にしようと思い、また九月の時雨の降る時にはもみじ葉を折って髪に挿そうと思い…」と詠んでいます。縵（蘰とも記す）は髻華《うず》や挿頭《かざし》と同じく、草木の枝や花を髪に飾り、その生命力を取り込もうとする―例えば、柳や桜の場合は、その瑞々しく盛んな力を我がものとする、あやめぐさは美しく咲く花ではないので、芳香の辟邪《へきじや》の力を取り込もうとしているのである―ものです。髻華・挿頭は草木の枝を髪に挿すのですが、縵は髪に巻きつけたり結んだりすると

いう違いがあります。この歌は縵と詠んでいるので、あやめぐさや花橘を糸に通して花輪を作り、それを冠のように頭に置いたか、髪に結んだものと思われます。今でも端午の節句には子供の頭にあやめぐさを鉢巻きのようにまく風習がありますが、辟邪の力を体内に取り込むという根本の考えは同じものです。あやめぐさの持つ辟邪の力への信仰は、千数百年も変わることなく受け継がれているのです。

ここで、あやめぐさのことがとても気になりますので、『万葉集』のあやめぐさを見てみたいと思います。

（6）菖蒲そかをる

「あやめぐさ」は、歌題を「菖蒲―しょうぶ」としても、歌では必ず「あやめぐさ」を用います。[※9]「あやめ」と詠む場合もありますが、その数は「あやめぐさ」に比べて非常に少ないといえましょう。

『万葉集』では十二首のあやめぐさが詠まれているのですが、表記は菖蒲草が六例・蒲草が一例・安夜売具佐一例・安夜女具佐が四例です。「安夜女具佐」が四例用いられているのは、菖蒲の芳香を「夜に芳香がきわだつ優美な女性を思わせる香り」と捉えていたのかもしれません。

あやめぐさは現在、専ら「菖蒲―しょうぶ」と呼ばれています。あやめというのは、全く別種で、アヤメ科に属し、美しい花を咲かせます。しかし、菖蒲はサトイモ科に属し、黄緑色の小花を密集してつける、蒲《がま》の穂にそっくりの華やかでない花が咲きますので、花が注目されることはありません。多年草で全国各地の水辺に自生し、地下茎は太く長く、葉は剣状で細く長く伸びます。葉と根茎に爽やかな芳香があり、この香りが辟邪の力を持つとされて、遠い昔より貴族たちに愛好されたのです。

ところで、『万葉集』の十二首の歌は、十一首に「ほととぎす」が詠まれ、菖蒲を詠むのに不可欠と万葉人は思っていたようです。また、「花橘」は五首に、「玉に貫き」（玉・貫くのみも含む）は八首に、「かづら」（かづらくも含む）は六首にと取り合わせの素材が一定しています。このうち四つとも詠んでいる歌も二首あります。五月（今の六月、梅雨の頃）の鬱々とした季節を、菖蒲や花橘の芳香に救いを求めていたのでしょう。『古今和歌集』の恋歌の巻頭を飾る「ほととぎす鳴くや五月のあやめ草あやめもしらぬ恋もするかな［ほととぎすの鳴く五月となり、あちこちではあやめぐさが飾られている。そのあやめも知らずではないが、私の恋はあやめ（分別）を失い、わけもなく恋しく思うばかりです。］」（読人不知　巻十一・四六九）という有名な一首は、じつは『万葉集』の流れを受け継ぐ歌なのでした。あやめぐさを詠んだ十二首の歌に詠まれている歌材を比較してみました。

		ほととぎす	花橘	玉に貫き（玉・貫く）	かづら（かづらく）
1	四二三	○	○	○	○
2	一四九〇	○		○	
3	一九五五	○			○
4	四〇三五	○			○
5	四〇八九	○		○	
6	四一〇一	○	○	○	○
7	四一〇二		○	○	
8	四一一六	○			○
9	四一六六	○	○	○	
10	四一七五	○			○
11	四一七七	○		○	
12	四一八〇	○	○	○	

　この中で、橘を取り上げた山前王の歌（巻三・四二三）と巻十・一九五五番歌（巻十八・四〇三五重出）が、古い歌と思われます。山前王は養老七年（七二三）に亡くなっていますので、それ以前に詠まれたはずですし、一九五五番歌の「ほととぎすいとふ時なし菖蒲草縵にせむ日こゆ鳴き渡れ」は、四〇三五番歌に重出し、題詞で「古詠」といわれています。この三首を除いた九首はすべて大伴家持の作品です。この古いと思われる三首（うち一首は重出）が「縵にせむ」と詠んでいるので、もともとは瑞々しい生命力溢れる草や辟邪の力があるとされた芳香を持つ草を頭に巻き、あるいは結び、その力を体内に取り込もうとした、「縵」が古い用法で、薬玉的用法はそれより後ではないかと思います。

　辟邪の力のあるとされた草木は橘、菖蒲だけではなく、蓬もそうでした。今も春に蓬餅を盛んに食べるのは、その名残でしょう。食べるのは体内に取り込む最も効果的な方法なのです。早春の若菜摘みも、摘んだ若菜は煮て食べました。食べるのには相応しくない、食べられない花橘や菖蒲は縵にしたのです。しかし、食べることが最も有効なのですから、何とかして食べようとしたようです。それが菖蒲酒となったのでしょうが、あまり美味しくないのか、蓬餅は現在も食べますが、菖蒲酒は飲まれていません。

山前王の歌は「玉に貫き縵にせむと」と詠んでいますので、長い菖蒲の葉を頭に直接巻いたり、髪に結んだりするのではなく、糸に通して縵にしたということです。菖蒲の葉はとても長いので、それを糸に通すにはどうするのかと思うのですが、多分、葉を短く切って糸に通したのではないかと思います。切り口が多いほどよく匂います。花橘の白と菖蒲の葉の緑を交互に通せば、色彩的にも爽やかで、花橘と菖蒲の芳香が芳しく、鬱々とした五月を乗り切るに結構なものとして愛好されたのもよく理解できます。今でも端午の節句には、菖蒲湯や菖蒲の鉢巻きが話題になるのですから、今日まで連綿と受け継がれてきた、菖蒲の辟邪の力への強い信仰心を否定するわけにはいきません。古代の人々は、戸外に出て、落ちた花橘を拾ったり枝についているのを摘んだり、また、菖蒲の葉を抜いて刻んだりして、楽しくお喋りでもしながら、縵を作ったのでしょう。それは、女たちや子供にとって季節毎に巡ってくる楽しい行事であったに違いありません。

平安時代中期には、菖蒲を軒先に吊るしたり、屋根に葺いたり、薬玉を柱につけたりと、菖蒲が五月五日の節会に盛んに用いられたことが、『枕草子』に見えます。二〇六段に「五日の菖蒲の、秋冬過ぐるまであるが、いみじう白み枯れてあやしきを、引き折りあげたる、そのをりの香残りてかかへたるも、いみじうをかし」と、柱に結いつけた薬玉に飾られた菖蒲が秋や冬まで残っていて、芳香が漂っているのが面白いと、乾燥した菖蒲の芳香まで述べています。『枕草子』には、他にも香りについて述べている箇所がたくさんあり、清少納言が香りについても、なかなかするどい感性の持ち主であったことがわかるのです。また、根茎を刻んで混ぜた菖蒲酒が飲まれたり、菖蒲の根の長さを競う「菖蒲の根合」も行われたりと、憂鬱な季節を過ごすために欠くべからざるものとしての菖蒲の存在が窺われます。

『万葉集』に戻りましょう。『万葉集』で菖蒲を詠んだ十二首のうち、大伴家持の歌が九首と大半を占め、残りは作者不明が二首（この二首は重出歌で一九五五と四〇三五）と山前王の歌が一首でした。これほど家持の歌が多いというのは、菖蒲は華やかな花ではないから、それまであまり注目されず地味な存在であったのですが、芳香に魅力を感じた家持によって急に脚光を浴びるようになったのです。花橘も家持によって多く詠まれていますので、家持は香りに強い関心を持っていたようです。

関心を持っていたとしても、万葉時代の人の歌の技術では具体的に香りを詠むことは困難でした。万葉の人々が香りに鈍感であったというわけではありません。表現の技術が未熟であったのではないでしょうか。未熟であった万葉の人たちは、やがて漢詩の香りの表現を学び、それを和歌に相応しく改変していくのです。『万葉集』の菖蒲を詠んだ歌の中で最も古いと思われる山前王の歌には、菖蒲と取り合わせて詠まれるすべての景物が詠まれています。これだけ多くの景物を処理するには当然長歌にならざるをえません。四二三番歌以外に四つの景物すべてを詠んでいる四一〇一番歌も勿論長歌です。ところが、平安時代になって長歌が詠まれなくなると、これらの景物を短歌の中で処理することができないので、せいぜい「ほととぎす」が詠まれるぐらいになっていきました。「あやめふく軒ににほへる橘に来て声ぐせよ山ほととぎす」という、西行のあまり成功したと思えない一首をみれば、その難しさがよくわかります。菖蒲と花橘の芳香がともに漂う世界が次第に遠ざかっていったのでした。

(7) 天木香樹の謎

湯原王《ゆはらおほきみ》、娘子《をとめ》に贈る歌二首（うち一首省略）

目には見て　手には取らえぬ　月の内の　楓《かつら》のごとき　妹《いも》をいかにせむ　（巻四・六三二）

[目に見ても手には取れない、月の中の楓のようなあなたをどうすればよいのだろう。]

月を詠む

天《あめ》の海に　月の舟浮け　桂梶《かつらかぢ》　かけて漕《こ》ぐ見ゆ　月人壮子《つきひとをとこ》　（巻十・二二二三　秋の雑歌）

[天の海に月の舟を浮かべ、桂の梶をつけて漕ぐのが見える、月の若者が。]

第二章の『古事記』で、「香木」が出ていました。「かつら」と呼ばれ、今の桂にあたるらしいのですが、「ゆつかつら—神聖な桂の木」という意味で、霊木として扱われていたということを述べました。その時に『万葉集』では「かつら」は四首に詠まれていますが、「香木」と記された例はないということにも触れました。四首のうち、三首が「楓」、残りの一首が「桂」を用いています。そして、これは『万葉集』の写本間に異同はありませんので、つまり、現存するすべての『万葉集』の写本が同じということですので、もとは「香木」と書かれていたものを、時代の流行に合わせて書き改めたのではなく、初めから「香木」ではなかったということです。『倭名類聚抄』には「楓　乎加豆良」「桂　女加豆良」とあるので、『万葉集』の「楓・桂」は雌雄の違いだけで、どちらも「かつら」ということになります。桂はともかく、楓を「かつら」と訓むのは現代人からすると慣れないのですが、この頃はごく自然なこととして「かつら」と訓んでいたのでした。

「香木」と記され、霊木として神聖視された「かつら」の威力は、和歌の世界では魅力的でなかったのか、詠われることはありませんでした。代わって、冒頭に挙げた二首の他にもう一首、つまり、四首の内三首までが「月の内の楓」「月人の楓の枝の」「月の舟浮け桂梶」と、月との関係で詠われているのです。「月に一本の桂の木があり、秋には紅葉するので、月が彩やかに見えるのだ」という、中国の故事の影響を受けた発想なのです。月は暦として、時計として古代の人の生活には重要であり、また親しまれたものでした。その月と結びついた発想のほうが、歌に相応しいという判断からか、「月のかつら」が『万葉集』に詠まれて以来「久方の月の桂も秋はなほ紅葉《もみち》すればや照りまさるらむ」（『古今和歌集』壬生忠岑　巻四・一九四　秋上）や「春霞たなびきにけり久方の月の桂も花や咲くらむ」（『後撰和歌集』紀貫之　巻一・十八　春上）など、多くの月の桂の歌が詠まれています。しかし、霊木や香木という側面は「桂より香《か》をうつしつつ桜花なきうしろにも藤ぞ咲きける」（『躬恒集』）や「人もみな桂かざしてちはやぶる神のみあれにあふ日なりけり」（『貫之集』）などを見ると、消えたわけではなく、伏流として流れ続けていたと思わざるをえないという事実もあります。

『万葉集』からは「香木（かつら）」が消えてしまったのですが、代わりに「天木香樹」という木が登場してきます。

① 天平二年庚午《かのえうま》の冬十二月、京《みやこ》に向かひて道に上《のぼ》る時に作る歌五首（うち三首）

我妹子《わぎもこ》が　見し鞆《とも》の浦《うら》の　天木香樹《むろのき》は　常世《とこよ》にあれど　見し人ぞなき　（巻三・四四六）

［天平二年冬十二月、帰京の途についた時に作った歌五首
わが妻が見た鞆の浦の室の木は、今も変わらずにあるが、共に見た妻はもはやいない。］

②鞆の浦の　磯《いそ》の室《むろ》の木《き》　見むごとに　相見し妹《いも》は　忘らえめやも　（巻三・四四七）

［鞆の浦の磯の室の木を見るたびに これを見た妻のことが忘れられようか。］

③磯の上に　根這《ねば》ふ室の木　見し人を　いづらと問はば　語り告《つ》げむか　（巻三・四四八）

［磯の上に根を張っている室の木にかつて一緒に見た人のことを、どうしているかと尋ねたら教えてくれるだろうか。］

右の三首は、鞆の浦を過ぐる日に作る歌

［右の三首の歌は、鞆の浦を通り過ぎた日に作った歌］

大伴旅人は、神亀四年（七二七）から天平二年（七三〇）まで、大宰帥の任にありました。大宰府に赴任した直後の神亀五年の初夏に、任地に伴っていた妻・大伴郎女《おおとものいらつめ》を失っています。そして、天平二年の冬に任期を終え、帰京します。この頃は奈良の都から西国に行く時は、普通は船の旅でした。瀬戸内海を航海したのです。やっと帰京できて嬉しさはいかばかりであったでしょうか。六十歳を越えていた旅人にとっては、異境での生活は梅花の宴を催すなど楽しいこともありましたが、辛いことのほうが多かったのではないでしょうか。異境で妻を亡くした旅人は、もう若くなかった妻に長い旅がこたえたのではないか、大宰府に来たことが妻の命を奪ったのではないかと心痛めたこともあったでしょう。自身も帰京の年の六月に「遺言をしたい」と思うほどの大病を患いました。幸いにも病は快復し、数カ月後に帰京することになりました。そして、帰京から半年後の天平三年（七三一）の七月に六十七歳で亡くなっています。

瀬戸内海を都に向かっている時に、旅人は備後国（広島県）の鞆の浦の沖合を通ります。この鞆の浦に大きな「室の木」が

あって、沖を行く船からもよく見えたようです。大宰府に下った時に、船から妻とともに見た「室の木」は変わらずあるのに、妻を亡くし一人で見ることの寂しさを旅人は繰り返し詠います。この悲しみは次の摂津国の敏馬崎《みぬめのさき》（神戸市）を通る時も、奈良の都に帰った時も繰り返し詠われます。長年親しんだ妻のいない寂しさは、決して癒されることはなかったでしょう。癒されぬままに旅人は妻のもとに旅立つことになるのでした。

この鞆の浦の「室の木」を詠んだ三首の歌の初めの一首で「室の木」を「天木香樹」と書き表しています。難解な読み方だと思いますが、『万葉集』の写本はすべて「むろのき」と訓んでいます。そこには何の疑問もないようです。これは次の二首が「室木」と書き表しているので、これを手掛かりとして「室の木」と訓んだとも考えられます。次に挙げる二首の歌も「室の木」が「天木香・廻香樹」と表されていて、「香」という文字が使われています。

④物に寄せて思ひを述ぶる
磯の上に　立てる廻香樹《むろのき》　ねもころに　なにしか深め　思ひそめけむ　（巻十一・二四八八）
［　物に寄せて思いを述べる
磯の上に立っている室の木の根ではないが、ねんごろになんで心を込めて思い初めたのだろう。］

⑤玉箒《たまばはき》・鎌《かま》・天木香《むろのき》・棗《なつめ》を詠む歌
玉箒　刈り来《こ》鎌麻呂《かままろ》　室の木と　棗が本《もと》と　かき掃《は》かむため　（巻十六・三八三〇）
［　玉箒・鎌・天木香・棗を詠む歌
玉箒を刈って来い鎌麻呂よ。室の木と棗の木の本を掃除するために。］

④の巻十一・二四八八番歌は少し厄介です。第二句の「立廻香樹」の「樹」字はもともと各写本「瀧」となっていました。そして「たちまふたきつ」とか「たちまふたきの」などと訓んでいましたが、江戸時代に至って賀茂真淵《かものまぶち》は『万葉考』の中で「瀧」は「樹」の誤りであると述べて以来、現代の殆どがこの賀茂真淵の説にしたがって原文を「廻香樹」としています。

さて、この「廻香樹」が何故「むろのき」なのかということですが、※10『香要抄《こうようしょう》』に「回香」も「天木香（木は飾りで有無による意味の違いはない）」も同じように書かれている、回と廻とでは変わりはないので、「天木香」が「室の木」と訓むのなら「廻香」もそう訓んでもよいのではと「廻香樹」を「室の木」と訓むようになったと説明されています。もともと「天木香」と「廻香」は別のものであったが、混同されてしまったのだろうということです。「廻香」は、仏教儀式に用いられる香料だったようです。

これは「物に寄せて思ひを述ぶる」歌で、直接心情だけを歌うのではなく、何か物を媒介として思いを述べる歌です。この場合、物は「室の木」ということになります。一・二句が序詞で「ねもころに」を引き出す序詞なのです。「磯の上に立っている室の木の根ではないが」と「ねもころに」の「ね」に掛けられている「根」を補って考えるとわかりやすくなります。「ねもころに」は『万葉集』に三十ほども用いられていて「心を込めて、念入りに」の意味です。「菅の根の」に続いていることが多く、「長い菅の根のように心を込めて」という意味を表しています。この歌では「ねもころに」の前に「廻香樹」が用いられているのですが、「廻香樹」が「室の木」とすると、旅人が沖合から見ているので、高木であるということ、大きく成長するということは根も大きく、鞍馬寺から貴船神社に行く木の根道のように、太く長い根が土を押し上げて這い拡がっているのが目立つ樹木であったのかと思われます。

次に、⑤の巻十六・三八三〇番歌を見てみましょう。巻の十六には、戯笑歌や詠数種物歌という名目の歌があり、『万葉集』の中でも和歌史の上でも異端といわれています。上品でない言葉をわざと詠み込んだり、生活感溢れる内容を詠んだりと、おおよそ和歌に相応しくないことを詠んでいます。それはそれでとても興味深いといえます。この三八三〇番歌は、「詠数種物歌」といわれるもので、歌の題材になりにくいもの、雰囲気があまりに違い過ぎて、とても一首にまとまりそうにないものを、一首の歌に詠むという歌で、巻の十六にはその種の歌がたくさんあります。

この歌を得意とした歌人に長意吉麻呂がいました。三八三〇番歌も彼の作品です。意吉麻呂に与えられた問題は「玉掃・鎌・天木香・棗」を一首に詠み込むというものでした。これは、意吉麻呂にとってそれほど難題ではなかったと思います。「玉掃・天木香・棗」はどれも樹木ですので、鎌とは関わりの深いものばかりなのですから。けれども、それはそれで、通常のでき栄えに満足せず、意表をつく歌を詠まねばならないと苦吟したかもしれません。

さて、題詞では「天木香」と表記され、一方、和歌では「室乃樹」となっています。わざわざ変えているのです。「玉掃・鎌・棗」は同じ字が使われているのですから、題詞と変えなければならないわけではないでしょう。旅人の歌でも最初の一首のみ「天木香樹」で、後は二首とも「室木」で、「天木香樹」が繰り返されることはありませんでした。「天木香」と表記する時には何か特別なものがあったのでしょうか。とても知りたいと思いますが、今は不明としかいいようがありません。

「室の木」が、何を指すかは幾つかの説がありますが、俗称「ねずみさし」といわれる「杜松《ねず》の木」説が有力です。葉が針状で、枝を鼠の通り道につめると鼠をさし、来なくなるということから「ねずみさし」という名がつきました。枝葉・果実・材に香りがあり、ジンや薬用酒の香料にします。「いぶき」という名で呼ぶ「柏槙《びゃくしん》」という説もあります。こちらも鱗片葉に針状の葉が混じるところや香りがあるところが似ていて、いつのまにか混同されてしまったのでしょう。「柏槙」は葉や材に香りがあり、韓国では香木の意味の名前で呼ばれているということです。日本でもどのような使われ方をしていたのかわかりませんが、香材としても使われていたようです。香りの強さ、用途からみて、「柏槙」が「天木香」に相応しいのではと思っています。特有の香りがすることが他の樹木と違う霊力を持っているとされ、「天木香」という名がついたのでしょう。

「むろのき」を詠んだ歌は、他に一首ありますが、旅人の鞆の浦の歌に影響されて詠んだ遣新羅使人の歌で、そこでは「室の木」は「牟漏能木」と書かれています。

（8）梅香の発見

二月に、式部大輔《しきぶのだいぶ》中臣《なかとみ》清麻呂《きよまろ》朝臣《あそみ》の宅《いへ》にして宴《うたげ》する歌十五首

恨めしく　君はもあるか　やどの梅の　散り過ぐるまで　見しめずありける　（巻二十・四四九六）

右の一首、治部少輔《ぢぶのせうふ》大原今城真人《おほはらのいまきまひと》

［二月に、式部大輔中臣清麻呂朝臣の邸宅で宴を催した時の歌十五首
あなたは、うらめしい方でいらっしゃることですよ。お庭の梅が散り果てるまで見せてくださらなかったのですね。］

見むと言はば　否《いな》と言はめや　梅の花　散り過ぐるまで　君が来まさぬ　（同・四四九七）
右の一首、主人《あるじ》中臣清麻呂《なかとみのきよまろ》朝臣

［見たいとおっしゃったらいやと申しましょうか。梅の花が散り果てるまで、あなたがおいでにならなかったのです。］

（二首省略）

梅の花　香《か》をかぐはしみ　遠けども　心もしのに　君をしそ思ふ　（同・四五〇〇）
右の一首、治部大輔《ちぶのだいふ》市原王《いちはらのおほきみ》

［梅の花の香りのように優れて立派でいらっしゃるので、遠く離れていても、心がうちしおれるほどにあなたをお慕い申し上げます。］

『万葉集』最後の歌が詠まれた天平宝字三年（七五九）正月の一年ほど前、二年の二月に、中臣清麻呂の邸宅で宴が開かれ、和歌が詠まれました。十首（題詞に十五首とあるが、実際は十首）のうち、四首に梅が詠まれています。二月という季節からもこの宴は、観梅が目的かと思いますが、大原今城の歌に「散り過ぐる」とあるので、満開の時期は過ぎていたのでしょうか。少し後に二月十日の日付のある歌がありますので、二月上旬と思われます。太陽暦では三月の中旬ですので、梅花は盛りを過ぎていたのです。主催者の中臣清麻呂は藤原鎌足の祖父の弟の家系で、鎌足の系統が政治の世界で活躍してからも、宮廷祭祀に携わってきたのでした。狭野弟上娘子《さののおとがみのおとめ》との恋歌で知られる中臣宅守《なかとみのやかもり》の叔父にあたります。中臣氏としてはなかなか有能な人物で、『万葉集』に五首の歌を残しています。また、家持とも親しく、『万葉集』の成立に関与したともいわれているのです。家持よりかなりの年長であり、種継暗殺事件や家持の流罪などを見つめ続け、延暦七年（七八八）八十七歳で亡くなりました。天応元年（七八一）に致仕した時は、右大臣正二位でありました。この宴の頃は清麻呂の亡くなる三十年前、五十代

でした。宴の出席者は大原今城、市原王の他には家持、甘南備伊香《かむなびのいかご》の名前が歌群に見えます。家持は四十代に入ったばかりの頃でした。

大原今城と主催者・清麻呂の歌を見ますと、清麻呂の家の庭には梅の木が植えられていたことがわかります。梅は「記紀」や『風土記』に見えないことや、『万葉集』でも年代の明らかな歌は、すべて平城京遷都以後のものであるので、八世紀の初め頃に、中国より渡来したと推定されています。『懐風藻』の葛野王《かどののおおきみ》の詩に「素梅素靨《そばいそえふ》を開き　嬌鶯嬌声《けうあうけうせい》を弄ぶ（白梅は咲きほころび、美しい鶯はあでやかな声でさえずる）」の句があります。葛野王は慶雲二年（七〇五）に亡くなっていますので、平城京遷都以前に梅が藤原京周辺に移植されていたかのようですが、これは、漢詩を模倣して梅花への憧れを観念的に詠ったとされています。実際に梅を見ていなかったというのです。葛野王が梅を見ていなかったとしても、このような漢詩を残したということは、七〇〇年前後には、知識人たちの間に梅花への強い憧れが生まれていたといえるでしょう。憧れが次第に大きくなっていったからこそ、本物を見た時には喜びが噴出し、多くの梅花の歌を残したのです。

『万葉集』の中で、梅の歌は萩に次いで多く、百二十首ほどあります。日本古来の花々―桜や橘―を差し置いて、何故新参者の梅が第二位となったのかは、とても不思議なのですが、今と違って文字でしか情報を得ることができなかった古代の人々が、漢詩に詠われた梅への憧れを増幅させていき、何とかして本物を見たいと長年願っていました。やっと梅に出会えた時、梅の美しさは期待を裏切らなかったのでしょう。そして、多くの歌を詠んだのでした。

天平二年（七三〇）の正月十三日（太陽暦二月八日）に、大宰帥旅人邸での梅花の宴は、梅花への憧れが大きく高まった時に行われ、一気に三十二首の歌を生む原動力となったのです。葛野王の時代から三十年近く経っていました。やっと出会えたその梅花の素晴らしさを「梅は鏡前の粉を披き」と序に記していることは、既に「（4）蘭は藤袴の匂い」の節で述べています。

我が園に　梅の花散る　久方の　天より雪の　流れ来るかも　（巻五・八二二）

[私の家の庭に梅の花が散っている。天から雪が流れて来るのであろうか。]

梅花の宴の主催者・旅人の歌です。初めて日本に渡来したのは白梅で、紅梅の渡来は平安時代に入ってからといわれていますので、奈良時代は梅はといえば「白」であったのです。このように早くから、梅の白さは雪に譬えられ、同じ歌群に、

春の野に　霧立ちわたり　降る雪と　人の見るまで　梅の花散る　（田氏真上《でんじのまかみ》　同・八三九）

［春の野に一面に霧が立って、雪が降ってくるのかと人が見るくらいに、梅の花が散っている。］

妹が家に　雪かも降ると　みるまでに　ここだも紛《まが》ふ　梅の花かも　（小野氏国堅《おののうぢのくにかた》　同・八四四）

［妻の家に雪が降るのかと見るほどに、こんなにも散り乱れる梅の花よ。］

という、散る梅の花を雪に見立てる歌があります。

この宴で詠まれた和歌ではありませんが、逆に雪を梅の花に見立てる歌もあります。

梅の花　枝にか散ると　見るまでに　風に乱れて　雪そ降り来る　（忌部黒麻呂《いむべのくろまろ》　巻八・一六四七）

［梅の花が枝のあたりに散るのかと見るほどに、風に吹き乱されて雪が降って来る。］

梅は、まだ寒さが厳しい時から咲き始めます。咲いてからも雪が降ることは珍しくありません。後に花の兄といわれ、他の花に先駆けて咲く花として、春を待っている人々に、春をいち早く告げる花として愛され続けました。春を告げるものとしては「鶯」も忘れてはなりません。先に述べた橘には「ほととぎす」が詠まれたのですが、梅には鶯というのも、実は『万葉集』にすでにあるのでした。

鶯の　音聞くなへに　梅の花　我家《わぎへ》の園に　咲きて散る見ゆ　（高氏老《かうじのおゆ》　巻五・八四一）

［鶯の鳴き声が聞こえる。折りしも、梅の花が我が家の庭に咲いて散るのが見える。］

鶯の　待ちかてにせし　梅が花　散らずありこそ　思ふ児《こ》がため　（**門氏石足《もんじのいそたり》**　同・八四五）

［鶯が待ちかねていた梅の花よ。散らずにあってくれ。私が愛するあの娘のために。］

このように、鶯が梅とともに詠まれています。梅が詠まれた三十二首の中に、鶯は七回も詠まれています。こうしたことにより、梅といえば鶯という取り合わせが定まっていったのです。葛野王の漢詩にも「素梅素靨を開き、嬌鶯嬌声を弄ぶ」と詠われていました。出発点において梅と鶯の長い道行は運命づけられ、千三百年以上の月日をともに過ごすことになるのでした。『万葉集』で梅とともに詠まれるものとしては、他に「縵・挿頭」があります。これは雪や鶯よりも多く、三十二首のうちの十一首を占めています。

梅の花　今盛りなり　思ふどち　かざしにしてな　今盛りなり　（**葛井大夫《ふぢゐだいぶ》**　同・八二〇）

［梅の花は今満開だ。親しい仲間よ、髪に挿そうよ。今満開だ。］

「かざし（かざす）」も「かづら」も「花・黄葉・常緑樹などを頭にさすこと」で、植物の持つ瑞々しい生命力を自らの体内に取り込むという呪術的な意味を持っていました。旅人主催の大宰府の梅花の宴の歌群では、梅は雪に見立てたり、鶯とともに詠まれたり、挿頭として髪にさしたりと詠まれているのですが、香りを詠んだ歌はありません。平安時代以降、梅といえばその香りを称えられてきました。桜は専ら散る美しさを詠まれたのですが、梅は香りでした。しかし『万葉集』では多くの梅の歌の中で、その香りを詠んだ歌は、この中臣清麻呂邸で行われた宴で詠まれた市原王の一首（178頁）だけなのです。家持は、他の歌人に比べれば香りに敏感な人でしたが、梅の香りを詠むことはありませんでした。

初めて梅の芳香を詠んだ歌人としての栄誉を担うのは市原王なのでした。そして、王の歌は、奈良時代と平安時代の梅の歌の架け橋となったのです。

市原王は天智天皇の皇子・志貴皇子《しきのみこ》の孫にあたる安貴王《あきのおおきみ》の子です。志貴皇子は「石走《いはばし》る垂水《たるみ》の上《うへ》の早蕨《さわらび》の萌《も》え出《いづ》る春になりにけるかも」（巻八・一四一八）の作者であり、祖父の春日王《かすがのおおきみ》は「あしひきの山橘《やまたちばな》の色に出でよ語らひ継《つ》ぎて逢ふこともあらむ」（巻四・六六九・相聞）の一首を『万葉集』に残しています。さらに、父の安貴王は『万葉集』に四首の歌を残していますが、特に八上采女《やかみのうねめ》との禁断の恋を詠んだ悲しく激しい歌は有名です。このように市原王の一族は、なかなかに感受性の豊かな人たちでありました。それが市原王に至って、梅花の香りを初めて詠むという繊細な感性を生むに至ったのでしょう。市原王は『万葉集』の中に八首の歌を残しています。志貴皇子の六首を越える数ですが、市原王が優れた歌人であったこともあるでしょうが、家持周辺にいた人なので、記録される機会が多かったのかも知れません。

さて『万葉集』唯一の梅花の香りの歌を見ましょう。この歌だけを独立した一首として詠めば、これはまるで恋しい人にあてた恋歌となるでしょう。しかし、これは中臣清麻呂邸で行われた宴で詠まれています。「君」はもともと目上の人に用いられる尊敬の言葉であるので、この場合は宴の主催者・中臣清麻呂を指しています。梅の花の香りの素晴らしさに寄せて清麻呂を称えています。「あなたがこの素晴らしい梅の花の香りのような方でいらっしゃるので」と清麻呂を称え「たとえ遠く離れていても、梅花の香りが遠くまで漂ってきて、私の心を捕らえるように、あなたに魅かれ、心がしんみりするほどにあなたをお慕いせずにおれません」と、清麻呂に魅かれる自分の心を歌ってみせました。『万葉集』の末期の歌らしく、とても繊細で優美な歌であり、この十首の中では最も優れた歌といってよいでしょう。同席した家持も初めて梅の花の香りを詠んだ市原王の歌に「やられた」と臍を噛んだのではないでしょうか。勉強熱心な家持ですから、早速市原王の歌に学び、王以上の梅花の香りの歌を詠んだと思いたいのですが、四十歳を越えて、家持にはもうその意欲は残っていなかったようです。梅花の香りを詠んだ、家持の歌は残されていません。こうして、市原王は『万葉集』で唯一梅花の香りを詠んだ歌人という栄誉を手に入れることになったのです。

(9) 女郎花を称える不思議

①　花を詠める
手に取れば　袖さへにほふ　女郎花《をみなへし》　この白露に　散らまく惜《を》しも　（作者未詳　巻十・二一一五　秋雑歌）
［花を詠む
手に取ると袖までが染まる女郎花が、この白露によって散っていくのが惜しい。］

②　花に寄す
わが里に　今咲く花の　女郎花　堪《あ》へぬ心に　なほ恋ひにけり　（作者未詳　巻十・二二七九　秋相聞）
［花に寄せる
我が里に今を盛りと咲いている女郎花に、堪えがたい気持ちで恋していることだ。］

『万葉集』には、女郎花を詠んだ歌が十四首あり、「佳人部為・美人部師・娘部四・姫部思・姫押」などと表記されています。この表記は、どれも可憐で麗しい女性を想起させるものです。さらに、女郎花の語源は「をみな」は「美人」、「へし」は「圧倒する」の意味で、美人を圧倒するほど美しい花を意味するといわれているのですが、特に美しい花とは思われません。

日本各地の、日当たりのよい山野に自生し、多年草で、高さ六十～百センチ、夏の終わりから秋にかけて黄色い小さい花を散房状につけます。一本を切り取るなら、到底目立つ花とはいえないのです。山上憶良が「萩の花尾花葛なでしこが花をみなえしまた藤袴朝顔が花」（巻八・一五三八）と詠んで以来、秋の七草の一つとして親しまれてきました。秋に先駆け群れて咲き、葉の緑と花の黄色が入り交じり、風に揺れる姿は、奈良・平安の貴族の美意識に適うものであったのでしょう。さらに、奈良朝の貴族は実際に目で見る機会も多かったのです。平安時代になれば、野原で風に揺れる女郎花の姿は、次第に古歌によって想像するだけのものとなっていきます。それでも女郎花に憧れる気持ちはやがて「襲《かさね》の色目」としての女郎花を生み出します。それは、表が黄、裏は青（今の緑）で、秋七・八月頃に着用しました。他に表の縦糸を青（緑色）、横糸を黄色とした織物で、裏は青（緑色）などの説もあります。この襲の色目は、それを着た女性が緩やかに動く姿を、風に靡く女郎花のように見せたようです。こうして、季節に先駆けて女郎花の襲を身につけることで、女郎花の咲き乱れる野を思い描いたのでしょう。

かくも愛された女郎花ではありましたが、その香りは悪臭としかいえないものです。漢名で「敗醤《はいしょう》」というのは、醤《ひしお》が腐敗した匂いに譬えたところからきたといわれているほどです。『八代集』に二十五首ほど詠まれていますが、その中で、香りが詠まれているのは、『古今和歌集』凡河内躬恒《おおしこうちのみつね》の「女郎花吹きすぎてくる秋風は目には見えねど香《か》こそしるけれ」（巻四・二三四　秋上）一首だけです。姿が見えないのに香りによってその存在を知ると詠む場合は、その香りは芳しいはずですが、躬恒は女郎花の香りを知っていたのでしょうか。『古今和歌集』では「秋の野になまめきたてる女郎花あなかしがまし花も一時《ひととき》」（遍昭《へんじょう》　巻十九・一〇一六）、「花と見て折らむとすれば女郎花うたたあるさまの名にこそありけれ」（読人不知　巻十九・一〇一九）など、俳諧歌に四首も詠まれています。さらに、俳諧歌でなくても、その雰囲気を持つ「名にめでて折れるばかりぞ女郎花我落ちにきと人に語るな」（遍昭　巻四・二二六　秋上）、「女郎花憂しと見つつぞゆきすぐる男山《をとこやま》にし立てりと思へば」（布留今道《ふるのいまみち》　巻四・二二七　秋上）、「女郎花多かる野辺に宿りせばあやなくあだの名をやたちなん」（小野美材《をののよしき》　巻四・二二九　秋上）などがあり、どれも女郎花があまり上品でない女性に譬えられているのは、ひとえにこの悪臭によるものかと思われます。

『万葉集』には十四首に女郎花が詠まれているのですが、「咲き」の枕詞的に使われたり、序詞を構成したり、萩とともに詠まれたりと「女郎花」が主役になる歌は少なく、①「手に取れば」の一首だけが美しく詠まれた和歌といえるでしょう。「にほ

女郎花（写真／竹前朗）
日本全土、中国から東シベリアにかけて分布するが、生育地の土手の減少により近年激減。漢方にも用いる。

ふ」が視覚的な意味とすると、手に取ってみただけで、衣の袖までが女郎花の黄色に染まってしまうと、色の類い稀な鮮やかさを詠い、その女郎花が細やかな露が置いただけで散ってしまうことを惜しんだこの歌は、『万葉集』は勿論、それ以後の女郎花を詠んだ多くの歌の中で、最も優美な歌といえましょう。色彩的には、花の黄色、葉の青（緑）、白露の白という三つの色の取り合わせが爽やかなイメージを喚起し、「美人部師」の表記にじつに相応しいものです。女郎花としては黄色い色が袖に染みるというよりも、あの強烈な香りのほうが衣に染み込みやすいと思われますが、悪臭が衣に染みるでは歌にならないので、ここではやはり色と解釈すべきでしょう。

②の「わが里に」は「秋相聞」の「花に寄す」という題詞を持つ歌群中の一首です。「今咲く花」とは「年頃になった意を込めたもの」（『万葉集注釋』十）で、やっと年頃になった初々しい娘に対する恋心を女郎花に寄せて詠ったものです。この歌では「娘部四」という表記が用いられています。これも「初々しい女性」を表すのに相応しい表記です。『万葉集』は数ある花の中で「女郎花」の表記には特に神経質になっているように思われます

女郎花の語源としては、「おみなめし」から転化したもので、花の形が「粟」そっくりなので粟飯の粟を省略したものという説があります。つまり「女粟飯」が「女飯」になったというのです。当否はともかく、この説が専らとなったのか、後には「女郎花」と書いて「おみなめし」と読むことが多くなっていきます。

花も目立たず、香りも悪臭といえる女郎花が美しい女性に譬えられるようになったのは、『万葉集』の華麗な表記と「手に取れば」の一首によって形成された、美しい花の面影によるものと思われます。

(10)『万葉集』の香り

『万葉集』には、ここで述べた以外にも多くの香りが歌われていますが、その主なものを取り上げてみました。今まで述べて

きた『古事記』以下の作品に比べ、香りの種類が多くなり、また表現も優美になってきました。そして、その多くが後の香りの表現の源となったことを知ることができました。

『万葉集』は和歌のみを所収しているのではなく、題詞や左注、長文の序、漢詩を含むものです。その中には『懐風藻』と共通する「芳」の用法がありました。「芳旨・芳音・芳徳」などがそれです。本来の「香りを放つ」の意味を離れ、下接する語が「優れていること」を表す用法でした。また、「香具山」を「天之芳来《かぐ》山・天芳《かぐ》山」と表記し、大和三山の中でも「香具山」が神聖と仰ぎみられていたことを表していました。さらに、「芳を詠む」と「松茸」の香りを表してもいました。『懐風藻』の用法を発展させ、応用の幅を広げていったことがわかります。

「天木香樹・天木香・廻香樹」という表現があり、「室の木」を表していました。これは『万葉集』に初めて見るものです。「室の木」が何を表しているかについてはいくつかの説がありますが、「ねずみさし」が有力でした。「ねずみさし」とすると、この木は「硬くて緻密なため、建築材、船舶材として有効である」ということでしたから、この樹木への敬意から、この表記が用いられたのかもしれません。一方、「栢槇《びゃくしん》」説も捨て難いものがあります。

その他に多くの草花が詠まれていますが、中でも「橘」は『古事記』以来詠まれていますが、『万葉集』においても、果実・花ともに多く詠まれています。『万葉集』としての特徴は「ほととぎす・あやめ・玉」などとともに詠まれる歌材が一定となりつつあるということです。『古今和歌集』の「ほととぎす鳴くや五月のあやめ草あやめもしらぬ恋もするかな」の原点がここにあるといえるのです。

「梅」は『古今和歌集』以降、専らその香りを賞でられるのですが、『万葉集』では百二十首ほどと多く詠まれているにも関わらず、その芳香を称えた歌は一首だけでした。一首ではありますが、橘の少し刺激的な香りとは異なる、梅のほのかに甘い香りに注目したのです。

また、『万葉集』では僅か一例ですが、「香木」も詠まれていました。他に、左注ですが「麝香」が記され、また序ではありますが「珮《はい》(匂袋)」もありました。今も正倉院宝物に匂袋「裛衣《えひ》香」が残っていますので、天平時代の貴族が匂袋を楽しんでいたことがわかります。

このように『万葉集』に描かれた様々な香りは、平安時代、そして中世へと続く豊かな香りの文化の土壌となったことが推察できます。

決して強くはない、自然の香に魅かれ（女郎花は例外として）、それを和歌に詠んで愛好し、また日本では入手できない、育てることもできない、多くの異国の香料に触れて、その香りに魅せられ、大切に扱い、少量をできるだけ豊かに味わおうとした古代の人たちが、香りに鈍感であったとは到底ありえないと思われます。

裛衣香（正倉院宝物）　円形の白絁（あしぎぬ）を二枚重ねて、数種の香料を調合して詰めた後に、口を縛って巾着状にしたもの。

注

1　『凌雲集』（りょううんしゅう）　平安時代初期の弘仁五年（八一四）に嵯峨天皇の命により編纂された日本初の勅撰漢詩集。全一巻。小野岑守、菅原清公らによって編纂された。作者は平城天皇、嵯峨天皇、大伴親王ら二十三人で、全九十一首。

2　『文華秀麗集』（ぶんかしゅうれいしゅう）　弘仁九年（八一八）、嵯峨天皇の勅命により編纂された勅撰漢詩集。全三巻。先に編纂された『凌雲集』に続くもので、勅撰三集の一つ。藤原冬嗣、菅原清公らにより編纂された。作者は嵯峨天皇、淳和天皇をはじめ二十八人、百四十八首（うち五首は伝わらない）。

3　『経国集』（けいこくしゅう）　天長四年（八二七）、淳和天皇の命により編纂された勅撰漢詩集。全二十巻。良岑安世、菅原清公らが編纂。作者は、淳和天皇、石上宅嗣、淡海三船、空海ら百七十八人。九百首を超える大部なものであった。なお、現存するのは六巻。

4　橘奈良麻呂（たちばなの・ならまろ）　養老五年〜天平宝字元年（七二一〜七五七）。左大臣橘諸兄の子。正四位下・参議。贈正一位・太政大臣。藤原仲麻呂排除のため、仲麻呂に反発する諸王や大伴氏などと反乱を計画したが、七五七年に発覚し、獄死した。

5　大和三山（やまとさんざん）　奈良県（旧・大和国）の奈良盆地南部、藤原宮趾周辺にそびえる三体の山々の総称。天香久山（あまのかぐやま・あめのかぐやま、百五十二メートル）、畝傍山（うねびやま、百九十八メートル）、耳成山（みみなしやま、百三十九メートル）からなる。

6　「蘭」を和歌に詠んだ例。

蘭《らに》も枯れ菊も枯れにし秋の野の萌えにけるかな佐保の山づら　（『源順集』春十一）

7　秋の七草の「朝顔の花」については「あさがお・桔梗・木槿・ひるがお」などの説がある。

8 山口素堂（やまぐち・そどう） 江戸時代前期の俳人。山口氏。生家は素封家で酒造業を営む。二十歳の頃、家業を弟に譲り、江戸や京都で、漢学、和歌、書道、俳諧《はいかい》、茶道の他、謡曲、琵琶《びわ》、香道などを学んだという。その漢学の素養をもって蕉風の成立に貢献した。ただし、その後の句作はあまり多くない。

9 和歌に「あやめ」と詠んだ良経と西行の数少ない例。

①うちしめり あやめぞかをる ほととぎす 鳴くや五月の 雨の夕暮 （『新古今和歌集』藤原良経・巻三・二二〇 夏）

［しっとりとしてあやめの香りが漂っていることだ。ほととぎすが鳴くこの五月の五月雨の夕暮れは。］

②あやめふく 軒ににほへる 橘に 来て声ぐせよ 山ほととぎす （『残集』西行 九）

［菖蒲を葺いた軒先に薫っている橘の花のもとに来て、美しい声を聞かせておくれ 山ほととぎすよ。］

10 『香要抄』（こうようしょう） 密教修法の香に関する文献を集成した書。

第七章

『続日本紀』の香り

―梅を詠《うた》い、菖蒲を被《かづ》く―

（1）『続日本紀』の成立

『続日本紀』は、六国史の中で『日本書紀』に次いで書かれました。文武天皇元年（六九七）から桓武天皇の延暦十年（七九一）まで、九代、九十五年間の歴史を漢文で書いています。完成したのは延暦十六年（七九七）で、四十巻あり、八世紀をほぼ網羅しているということになります。数次にわたって編纂され、編者も出入りがあり、成立は複雑ですが、※1菅野真道《すがののまみち》、※2藤原継縄《ふじわらのつぐただ》らが中心になって編纂しました。

平城宮跡に建つ東院庭園（写真提供／奈良文化財研究所）
一九六七年に遺跡が発見、復元された。聖武天皇の「南苑」もこの場所という説もある。

『続日本紀』の収める八世紀という時代は、日本史上稀に見るほど、活力に満ち溢れた時代でした。遣唐使を三十年ぶりに復活させ、遣新羅使、遣渤海《ぼっかい》使を盛んに派遣するなど、海外から貪欲に学びました。律令の整備、宮城の造営、『古事記』『風土記』『日本書紀』『懐風藻』『万葉集』を編纂、鋳銭、大仏の建立など次々と大事業をこなしていっています。その掉尾《ちょうび》を飾る事業が、この『続日本紀』の編纂でしょう。

しかし、『続日本紀』は『古事記』や『日本書紀』ほど、親しまれていません。ところが、『万葉集』を理解するにも『続日本紀』はとても重要です。例えば、大伴家持の生涯にしても、『万葉集』に見え隠れする官吏としての側面を『続日本紀』によって補い、家持像を深め、それが歌の理解に影響を及ぼすはずです。巻の十五の前半部を占める遣新羅使人歌群は、大使や副使の名を挙げていませんが、『続日本紀』によって知ることができます。また、歌には詠まれていない、絶望にうちひしがれた帰国のありさまを記してもいます。つまり『万葉集』の背景となった当時の状況を知り、歌をより深く理解するために欠かせない史料といえるでしょう。

では何故、このように『万葉集』を理解する上で無視することのできない『続日本紀』が面白くないという印象を与えるのでしょうか。それは『続日本紀』が日時に沿って天皇の動静、朝儀、地方の行政などが記録され、中でも官人の叙位と任官について、多くの紙数を費やしているからです。特別な目的（例えば、大伴家持の官人としての始まりやその後の昇進の状態について調べる）で読むのでない限り、面白いとはいえません。物語的面白さに著しく欠けているのです。同じ六国史でも『続日本紀』に比べれば『日本書紀』はとても文学的に思われるのです。『古事記』や『日本書紀』の神代では、登場する神々が意外なほど素朴に感情を露わにして、生き生きと行動していました。そのことで事実から遠ざかっているとしても、じつに興味深く読むことができました。時代が下り、事実が忠実に記録され、それをそのままに編集することが要求され、そこには編者の思惑など入りようがなくなれば、自ずと実録的になり、その結果、無味乾燥なものになるのは必然といえるでしょう。

『万葉集』の巻の十五の後半は、中臣宅守《なかとみのやかもり》と狭野弟上娘子《さののおとがみのおとめ》との相聞歌、悲別歌六十三首が占めています。宅守は流罪となって越前国味真野《あじまの》へ赴くのですが、宅守の名前も『続日本紀』に見えます。宅守は何の罪でいつ流されたのかという疑問には『万葉集』は積極的には応えてくれないのですが、『続日本紀』に興味深い記録があります。

天平十二年（七四〇）の六月十五日の大赦の詔に、

天《あめ》の下《した》に大赦《たいしや》すべし。天平十二年六月十五日の戌《いぬ》の時より以前《さき》の大辟《だいびやく》以下はことごとく赦除《ゆる》せ。（中略）小野王《をののおほきみ》・日奉《ひまつりの》弟日女《おとひめ》・石上乙麻呂《いそのかみのおとまろ》・牟牟礼大野《むむれのおほの》・中臣宅守・飽海古良比《あくみのこらひ》は赦《しや》の限《かぎり》にあらず。

［天下に大赦を行う。天平十二年六月十五日の戌の刻（午後八時頃）以前の死罪以下すべての罪を赦免せよ。（中略）小野王・日奉弟日女・石上乙麻呂・牟牟礼大野・中臣宅守・飽海古良比は赦の中に入れない。］

とあります。この記録から、宅守は天平十二年六月十五日以前に流されていたことや、この大赦から漏れたことがわかります。宅守事件には直接関係はありませんが、同じく赦されなかった石上乙麻呂は、天平十一年（七三九）の三月二十八日に、久米《くめの》連若女《むらじわくめ》（藤原宇合の未亡人で百川の母）との姦の罪によって、若女ともども流罪となったことが記録されているのです。省略しましたが、六月十五日の詔《みことのり》には若女は入京を赦《ゆる》されるとあります。そして『万葉集』には乙麻呂事件を詠った歌があり（巻六・一〇一九～一〇二三）、「たわやめの惑ひによりて」と姦通事件をほのめかすだけですが、『続日本紀』にははっきりと流されたと記しているのです。

『続日本紀』は『万葉集』の語らない多くのことを語っているといえるでしょう。また、無味乾燥に見える叙位任官の記事についても、天平十五年（七四三）五月に「従四位下石上乙麻呂に従四位上」とあるので、同十二年から三年の内には赦されて都に帰っているということを読み取ることができ、興味深いものとなります。宅守も天平宝字七年（七六三）正月に従六位上から従五位下に昇進したことがわかりますので、天平宝字七年は赦されてからかなりの年月が経っていると思われますが、無事帰京し、官吏として復帰、昇進までしていることが明らかとなります。

このように、面白くないと思われがちな『続日本紀』ですが、行間から多くの興味深い事実が立ち上がってくるのです。初めから『続日本紀』を読むことには抵抗があるかもしれません。しかし、幸いに、現代は『続日本紀』の現代語訳が出版されています。現代語訳でざっと読み、興味を引かれるところがあれば、それを『続日本紀』一～五（新日本古典文学大系）で確認すれば、その世界により深く入っていけるでしょう。

さて、この『続日本紀』には、香りがどのように描かれているでしょうか。

（2）芳香を発する遺体

文武四年（七〇〇）三月十日

道照和尚《だうせうわじやう》物化《みまか》りぬ。（中略）たちまちにして香《かぐは》しき気《け》、房《ばう》より出づ。諸《もろもろ》の弟子《でし》、驚き怪《あや》しび、就《つ》きて和尚にまみゆるに、縄《じよう》床《しやう》に端坐《たんざ》して、気息《いき》有《あ》ることなし。時に七十有《あま》り二。

［道照和尚が亡くなった。（中略）突然香気が和尚の居間から流れてきた。弟子たちが、驚き不思議に思って居間に入り、和尚を見

ると縄床（縄を張って作った腰掛）に端座したまま、息が絶えていた。時に七十二歳であった。」

法相宗の祖である道照（道昭）和尚について、『続日本紀』はとても詳しく記しています。河内国丹比郡の出身で、小錦下（従五位相当）船連《ふねのむらじ》恵釈《えさか》の子であることや留学して玄奘三蔵《げんじょうさんぞう》の指導を受けたこと、帰朝して元興寺《がんごうじ》（飛鳥寺）に禅院を建てて住み、弟子を指導したこと、また各地を周遊して渡し場の船を作ったり、橋を架けたりしたことを述べています。十年ほど周遊していましたが、勅請《ちょくせい》を受けて禅院に還《かえ》り、熱心に座禅を重ねていました。三日に一度、あるいは七日に一度起ったりしていましたが、ある時に急に「芳しい気」が道照和尚の部屋から流れ出し、弟子たちが驚き、不思議に思って部屋に入ると、道照和尚は腰掛けに端座したまま、息が絶えていました。時に七十二歳でした。遺言に従い火葬にしましたが、これが日本における火葬の始まりであったなど、死後の葬送についても記しています。

道照和尚は亡くなった時に、その身体からは芳香を発し、部屋の外まで流れ出していったと述べていますが、これは道照和尚が僧として理想的であったということを端的に表しているのです。『続日本紀』の中には、死後に身体から芳香が立ち上《のぼ》ったという記事は、他には見えません。極めて稀であり、それほど道照和尚が優れた僧であったと伝えられていたということになります。実録としての性格が強い『続日本紀』ですが、こういう説話的な話もあるのです。『続日本紀』の完成した延暦十六年よりも百年ほど昔の話でした。

道照和尚は死後、身体から芳香を発したのですが、生前から芳香を発する話としては『源氏物語』の「薫君」が有名です。これを「挙体芳香」といっていますが、「薫君」は生まれつき芳香を発しているのではないのです。生まれた時や幼少時に芳香を発しているとは語られていないからです。成長するにつれて、初めは微かで、次第に濃厚になっていったのではないかと思います。この「薫君」の芳香は「この世の匂ひならず」であったのですが、この世では想像することのできない素晴らしい香りということでしょうか。あるいはこの世ではなくあの世、彼岸に薫る香りを体現していたのでしょうか。

仏教と香は深く関わっています。日本に仏教が伝わらなかったら、香木が伝わっていたかどうかは疑問です。仏には具足する三十二のはっきり目に見える身体的特徴（三十二相）―頭の肉が盛り上がっている、体の毛が全て右に巻いている、歯が四十本あるなど──があるといいます。その上、目に見えにくい微細な特徴が八十（八十種好）あって、※3『大品経《だいぼんきょう》』に「四十二者毛孔出香気。四十三者口出無上香」とあります。つまり「毛穴から香気を出すこと、口から無上の香りを出すこと」というのです。身体から芳香を出すのは仏になる条件ですから、道照和尚が死後、身体から芳香を発したということは、悟りの境地に達した、仏として完成したということなのです。すべての執着を捨てることが悟りに近づくことなのですが、命に対する執着を捨て去ること、即ち死が、悟りの境地に入ったことを表しているのです。道照和尚が仏として新しく生まれ変わったということなのです。このように「毛孔から香気を出すこと、口から無上の香を出すこと」が仏に近づくことと理解した人々が、芳香を獲得するために様々に香りを身につけることを工夫したのです。平安時代の貴族が香りを衣服に染み込ませたり、薫《た》き染めたりすることに熱中し、果ては服用することで、芳香を発する体質に変える※4「体身香《たいしんこう》」という、怪しげなものまで信ずる（実際信じていたかどうかには疑問がありますが）に至ったことの根本には、仏への憧れがあったのでした。『日本書紀』には香木や香炉の記事があり、香炉で香木を炷くことで、その場を浄化したのですが、『続日本紀』になると、その場を浄化するだけでなく、自らの身体から芳香を発することに強く憧れるようになったのでした。

（3）葷《くん》を排除する仏教

『古事記』や『日本書紀』では、神武天皇が宿敵登美毘古を「韮」に譬えていました。韮の持つ強い匂いが強い武力を象徴していました。また、応神天皇は「いざ子ども野蒜摘みに蒜摘みに」と詠っている歌に、親しく野蒜を食していたことが表れていました。ところが、仏教が浸透していくにつれて、「韮」や「野蒜」が排除されていったのです。

天平宝字八年（七六四）の十月九日に称徳天皇は、二日後の十一日に詔《みことのり》を出しました。

天平宝字八年十月十一日　称徳天皇

詔《みことのり》して曰《のたま》はく「天下《あめのした》の諸国《くにぐに》、鷹《たか》・狗《いぬ》と鵜《う》とを養ひて、畋獦《でんれふ》すること得ざれ。また、諸国、御贄《みにへ》に雑《ざふ》の宍《しし》、魚《うを》等の類《たぐひ》を進《たてまつ》ることを悉《ことごと》く停《とど》めよ。また、※5中男作物《ちゅうなんさくもつ》の魚・宍・蒜《ひる》等の類は悉く停めて、他《ほか》の物《もの》を以《もち》て替《か》へ宛《あ》てよ。但し神戸《かむべ》はこの限《かぎり》にあらず。」

［天皇は次のように詔した。「天下の諸国において、鷹、犬および鵜を飼って、狩りや漁を行ってはいけない。また、諸国が天皇に献上する食物としていろいろな鳥獣の肉や魚などの類を進上することをすべて停止せよ。また、中男作物（古代の税）の魚・肉・蒜などの類もすべて停止し、他のものにふり替えよ。ただし、神戸（神社に税を納める民）についてはこの限りではない」。］

これは仏教の禁じる殺生戒と食肉戒・食蒜戒《じきさんかい》を国家の制度とすること、中男作物のうち、魚肉と蒜の貢進をことごとく停止することを命じる詔でした。最後に「神戸はこの限りにあらず（神社に収める場合は例外である）」と付け加えているので、これは仏教の戒律に基づくものであったことがわかります。称徳女帝は仏教への信仰心が厚く、精神的支柱を仏教に強く求めていたようです。

この食蒜戒に注目してみましょう。僧尼令七に「凡そ僧尼酒を飲み、肉食《ししは》み、五辛《ごしん》を服《ふく》せらば、卅日《ざんじふにち》苦役《くえき》（以下略）」とあって、僧尼は飲酒と食肉、そして五辛を服することは法においても禁じられています。「五辛」とは何かについては、説がわかれています。仏教では「大蒜（にんにく）・韮（にら）・葱（ねぎ）・辣韮（らっきょう）・野蒜（のびる）」ですが、道教では、「韮・辣韮・大蒜・油菜（あぶらな）・胡荽（※6こすい・コエンドロ）」となっていて、多少の出入りがあります。これらは葷菜ともいわれ、匂いの強いものです。古代は進んで食していたこれらの野菜を、仏教の影響で次第に遠ざけるようになっていったのですが、徹底するために詔を出したのです。『万葉集』に※7韮を詠んだ歌が東歌《あずまうた》の一首しかないというのも、都周辺では食する機会がなくなっていたことによるものかもしれません。

『荊楚歳時記《けいそさいじき》』という中国の古い歳時記によると、元旦の飲食物として様々のものを挙げた中に、屠蘇酒という現在も馴染み深いものとともに、「五辛盤《ごしんばん》」の名があります。そして、※8『四民月令《しみんげつれい》』を用いた注に「五辛は五臓の気を…以て五臓を通ずるなり」とあり、「体内をすっきりさせ、熱があればこれを下げ、長寿に役立つ」と考えられていたことが述べられています。

このように、人体に益するとされ、食を奨励されていたものが、仏教の影響により遠ざけられていきました。その理由は「熟食すれば淫を発し、生啖《しょうたん》すれば恚《けい》を増す」（※9『大仏頂首楞厳経《りょうごんきょう》』）といわれていたことにあるようです。つまり、たくさん食べると妄想を逞しうして淫志を抱き、生食するといらいらして心が乱れるということで、修行の妨げになるからでしょう。法によって禁止はされていましたが、病気となれば別で、薬として用いる場合は日を限って許可されたようです。僧尼にのみに禁止されていた「魚肉蒜」を広い範囲に及ぼすことで、仏果を得ようと信仰心厚い天皇は考えたのでした。こうして、次第に鳥獣の肉や五辛を日常的に食することは避けられていったのですが、四方を海に囲まれている日本としては、魚を全面的に禁じることは不可能であったのでしょうか、出家でない人たちは魚を食べていました。

孤独な女帝は五辛を避けるとともに、仏の世界に近づくために、香木の香りに包まれる日々を送っていたと思われます。華麗な香炉で香木を燻らし、ひたすら理想の世界を希ったのでしょう。立場上、恋愛も結婚も許されず、夫や子供に囲まれる生活はかなえられず、精神的支柱を無意識にせよ求め、それが孝謙天皇時代は藤原仲麻呂に、称徳天皇として重祚してからは道鏡に傾いていく、傾き加減の異常さが女帝の孤独を表していると思えてなりません。

この天平宝字八年の詔と同じく「辛・肉・酒」を禁じる詔が、宝亀元年（七七〇）の七月に出されています。前の詔から六年が経っていました。「辛・肉・酒」を禁じる詔がこの六年の間全く出されなかったのか否かはわかりません。『続日本紀』には見られないということです。宝亀元年の二月二十七日から四月六日まで、女帝が平城京に対して西京と称した[※10]由義宮《ゆげのみや》に行幸し、平城京に還御しますが、その後体調を崩し、六月になりました。女帝も五十歳を越え、体力も衰えてきていたのでしょう。六月には美濃国や都で霖雨の被害、また都では疫病が流行するなど災異が相次ぎました。

宝亀元年七月十五日　称徳天皇

勅《みことのり》して曰《のたま》はく「（上略）普《あまね》く天下《あめのした》に告《つ》げて辛《しん》・肉《にく》・酒《しゅ》を断《た》ち、各当国《おのおのそのくに》の諸寺《てらでら》に読み奉《たてまつ》らしむべし。（下略）」

［天皇は次のように勅した。「（上略）広く天下に布告して、五辛・肉・酒を断ち、それぞれの国の寺において、『大般若経』を転読させよ。（下略）」］

そこで、「広く天下に布告して五辛・肉・酒を断ち、それぞれの寺において[※11]大般若経を転読させよ」ということを命じました。この後、半月ほど経って、八月四日に女帝は崩御します。死力を振り絞っての詔でありました。

先の天平宝字八年の詔では「魚・肉・蒜」を税として収めることを禁止し、他の物に替えるようにという内容でしたが、今回は「辛・肉・酒」を「断て」と命じています。はっきりと「食してはならない」といっているのです。「辛」は「五辛」のことで、「蒜」はその内の一つでしたが、「辛」とすることにより「五辛」に含まれるものすべてを禁止したのです。心身を迷わす物すべてを断って、ひたすら読経に専念するように願ったのでした。女帝は詔の中で、「仏陀の悟りを仰いでこの妖気を払おうと思う」と述べ、この災厄を仏に縋って取り除こうとしました。しかし、この渾身の願いも空しく、女帝は八月四日に崩御します。病床にある女帝の周囲には香木の香が絶えず香炉から立ち上っていたに違いありません。衰えていく意識の中で、香木の香りに包まれて仏の理想の国を目指し、旅立ったのでしょう。

女帝の周辺には、香木をはじめとする香料をふんだんに使用していたということは『続日本紀』にはっきりと書かれているわけではありません。しかし、強く「五辛」を排除する意識の対極に、香の存在が必ずあったはずです。

天平勝宝八年五月十九日　孝謙天皇

太上天皇《だいじやうてんわう》を佐保山陵《さほのみささぎ》に葬《はぶ》り奉《まつ》る。御葬《みはぶり》の儀、仏《ほとけ》に奉《たてまつ》るが如《ごと》し。供具《くぐ》に、師子座《ししのざ》の香《かう》、天子座《てんしざ》の金輪幢《こむりんどう》、大小の宝幢《ほうどう》、香幢《かうどう》、花縵《くゑまん》、蓋繖《きぬがさ》の類有り。（下略）

[太上天皇を佐保山陵に葬り申し上げた。葬儀の次第は仏に仕えるがごとくに行われた。備え物として師子座（仏の座）の香（炉）、天子の座の金の輪宝の飾りのある幢《はた》、大小の玉飾りのある幢、香染めの幢、華縵、蓋繖の類があった。]

天平勝宝八年（七五六）の五月二日に、女帝の父である太上天皇（聖武）が崩御しました。これは太上天皇を佐保山陵に葬る時の儀式のありさまです。女帝はそれより、七年前の天平勝宝元年に即位していました。太上天皇は天平勝宝六年（七五四）の四月に盧舎那仏の前で受戒を受けています。葬送に用いられた供具は今も一部は正倉院に伝えられているものもあるそうですが、どういうものかわかりにくいものもあります。

今は香りに関わりがあると思われるものを取り上げてみましょう。「師子座の香炉」は『続日本紀』の原文では「香」となっていますが、「炉」が脱落したものと見ています。師子座は仏の座のことなので、棺の前に位置したかといわれていますが、香炉で香木を燻らしながら葬送が進んでいったのです。金の香炉が『日本書紀』に出ていましたから、恐らくそういう華麗なものであったでしょう。香木も最上級のものが惜し気もなく炷かれたに違いありません。もう一つは「香幢」です。「幢」とは、もともと旗のことなので「香幢」とはどういうものなのかわかりかねたのか、『続日本紀』（新日本古典文学大系）の脚注でも「未詳」とした後で、「香炉を載せた幢か。聖武の棺の周りで香を燻じたか」とあります。香炉を載せた幢とすると、風になびくようなものではなくて、ある程度の厚みが必要となります。とにかく、香木を炷くのに関係あるもののようです。また「香染めの布で作った幢」という説もあります。「香染め」とは、香木、後には丁子などを用いて染めることです。一度染めると長期間付着した匂いが保たれます。僧の袈裟にも用いられました。棺の前には師子座の香炉、周囲にはいくつかの香炉で香木が炷かれ、香木の香りが漂う幢のはためく中、聖武天皇の棺は緩やかに陵をめざしたことでしょう。

　女帝の主催した父・聖武天皇の葬送が、このように香木の香りに包まれていたのですから、仏門に帰依していた女帝の日常が香木の香りに満ちていたことは充分に想像できるのです。聖武天皇は、香に大変関心が深かったことが、天皇の遺愛の品々を納めた正倉院宝物からも想像できます。有名な蘭奢待や紅塵という、とても大きな香木が残されています。蘭奢待の大きさは、長さ百五十六センチ、重さ十一・六キロです。香木は一グラム単位で売買され、現在一グラム数万円という価格から考えてみますと、いかに巨大であるかがわかります。しかも、香りがとても優れているといわれ、香人の垂涎の的となっています。また、紅塵は長さ百五・五センチ、重さ十六・六五キロで、蘭奢待より見た目は小さいですが、こちらが重いのです。それは、蘭奢待は中が空洞ですが、紅塵はそうでないからです。恐らく日本で一番有名な香木である蘭奢待ですが、光明皇后が東大寺に納めた時のリスト『国家珍宝帳』に見えないので、後に東大寺に入ったといわれています。紅塵は『国家珍宝帳』にあり、聖武天皇がこの香りを味わっていた可能性は高いといえます。他に、裛衣香（匂袋）や、鞘、柄に沈香を貼った刀子《とうす》（紙を切ったり、木簡を細工するのに使う小さい刀）、沈香の粉末と漆を混ぜたものを塗った経筒、柄香炉、沈香を使った箱など、香りに関わる品々があり、聖武天皇を中心とする皇族貴族の間で香がかなり深く浸透していたことが窺われます。

　天平十三年三月二十四日　聖武天皇

詔して曰はく「（上略）人に近くは、薫臭《くんしう》の及《およ》ぶ所《ところ》を欲《ほり》せず。人に遠くは、衆《もろもろ》を　労《わづら》はして帰集《くゐしふ》することを欲《ねが》はず。（下略）」

詔していわれることは「人家に近くて悪臭が及ぶのはよくないし、人家から遠くでは、集まる人を疲れさせるのでよくない。（下略）」

女帝の父の聖武天皇も信仰心厚く、晩年鑑真《がんじん》によって戒を授けられました。何か災異が起こると、寺を建立したり、仏像を造ったり、経典を書写するなどを行い、国家の安泰と人民の平穏を願っています。天平十三年（七四一）に、聖武天皇は全国に七重塔を造営することと、金光明最勝王経《こんこうみょうさいしょうおうきょう》と妙法蓮華経《みょうほうれんげきょう》を写経させよという詔を出しました。その中で「七重塔を建立する寺は、人家に近くて悪臭が及ぶのはよくないし、人家が遠くては参集の人々を労《つか》れさせるので好ましくない。国司らは各々国分寺を厳かに飾るように努め、あわせて清浄を保つようにせよ云々」と命じています。香を炷いて祈りの場を清浄に保ち、仏の世界に近づくことを願うには、人間の生活が生み出す様々な悪臭が流れ込んでくるところは相応しくなかったのです。どれほど素晴らしい香りの香木を炷いたとしても、悪臭が絶えず流れ込んでくるところでは、何ほどの効果もなかったことでしょうから。そして、厳かに飾り、常に清浄を保つように国司に命じています。寺は常に香木の香りが漂っていることが、聖武天皇の描いた理想の祈りの場であったのです。その聖武天皇の遺愛品を収めた正倉院に、おおよそ香りに関心を抱いた人なら、一度はその香りを聞いてみたいと願う蘭奢待を始め、裛衣香や練香が収められているのは、聖武天皇の日常が香の香りに満たされていることを物語るものといえるでしょう。

（4）梅樹憧憬

『万葉集』において、梅は百二十首ほど詠まれ、百四十首を超える萩に次いで多く詠まれています。梅は八世紀の初めに中国から渡来したといわれ、『古事記』『風土記』『日本書紀』には登場せず、『懐風藻』に葛野王（慶雲二年〈七〇五〉没）の一首、「春日、鶯梅を翫す」と題する詩がありますが、実際に梅を見て詠んだのではなく、中国の詩を学んで模倣したといわれています。そして、天平二年（七三〇）正月十三日に大宰帥として筑紫にいた大伴旅人の主催した梅花の宴で、多くの梅の歌が詠まれています。外国のものが逸早くもたらされる大宰府は、梅もどこよりも早く移植され、訪れた都の人々を驚かせ、楽しませていたのです。旅人以前に大宰府に着任した人は、梅の美しさを称賛しても、歌を詠むことはなかったのでしょうか。旅人も梅花の宴を催した天平二年の十月に大納言に任命され、上京するのでした。帰京して梅花の美しさを土産話として語ったりし、また都に持ち帰り、移植したかもしれません。

天平宝字二年（七五八）の二月に、中臣清麻呂邸で催された宴で、市原王は梅花の香りを初めて詠んでいるのですが、この頃は清麻呂邸に幾本もの梅が大きく成長していたのです。都のそこここの風雅な貴族の邸宅に梅が成長し、早春には貴族たちを楽しませていたのでしょう。

大伴旅人が大宰府から帰京したのが天平二年でしたが、それから八年後の天平十年（七三八）の七月七日のことでした。聖武天皇は相撲をご覧になった後、夕方に西の池の宮においでになって、御殿の前の梅の木を指し、次のような詔を出しました。

天平十年七月七日　聖武天皇

（上略）殿《みあらか》の前《まへ》の梅《うめ》の樹《き》を指《さ》し、右衛士督《うゑじのかみ》下道《しもつみち》朝臣真備《まきび》と諸《もろもろ》の才子《さいし》とに詔してのたまはく「（上略）朕《われ》、去《さ》りぬる春よりこの木を翫《もてあそ》ばむと思へれども賞翫《しようぐわん》するに及ばず。花葉《くわえふ》にはかに落ちて、意《こころ》に甚《はなは》だ惜《を》しむ。各春《おのおのはる》の意《おもひ》を賦《ふ》して、この梅の樹を詠むべし」とのたまふ。文人《ぶんじん》卅人、詔を奉《う》けたまはりて賦す。因《より》て五位已上《いじよう》には絁《あしぎぬ》廿匹、六位已下には各《おのおの》六匹を賜《たま》ふ。

［御殿の前の梅の木を指さして、右衛士督下道真備やもろもろの才子に次のように詔された。「（上略）朕は去年の春からこの木を観察したいと思ったができなかった。それは花や葉があわただしく散ったためで、心の底から残念に思った。そこで皆は梅の木を主題に、各々の春の心を詠むように」。文学に心得のある三十人が詔を受けて詩を作った。これによってその内の五位以上には絁二十疋、六位以下にはそれぞれ六疋を賜った。］

聖武天皇は「朕は去年の春からこの梅の木を鑑賞したいと思っているが、かなわなかった。花や葉が急に落ちてしまい、とても残念に思う。よって梅の木を主題に春の心を詠むように」と仰せになりました。初秋であるというのに、「落葉した梅の木を詠むというのは甚だ異例で、聖武天皇の文学意識の特異性は注目に値する」と、『続日本紀』（新日本古典文学大系）の脚注にもあるほどで、これは特異なことであったようです。七夕の詩歌を求められると予想していた貴族たちはかなり驚いたことでしょうが、何とか無事に天皇の要求に応えられたようでした。「三十人が詩を作り、五位以上には絁二十疋を、六位以下には六疋を賜った」と記されています。同書の脚注は、三十人が漢詩を何の準備もなく作ったのであれば、「朝廷における漢文学の浸透の明証となろう。最も賦したのが和歌の可能性もあるが」としており、「春の意を賦して、この梅の木を詠むべし」と詔にあるので、和歌の可能性も否定はできません。たとえ和歌を詠むことが許されていたとしても、この意表をついた天皇のお言葉に、貴族たちの当惑している様子が想像されます。

一方、この七月七日の聖武天皇の詔は、天皇が梅の木が成長し、見事に花を咲かせることを期待していたことを窺わせるものです。まだ天平十年の頃は、天皇も切望するほどに、梅の木が一般的に鑑賞できるものではなかったのでしょう。しかし、それから二十年の後には、正五位下相当の式部大輔（中臣清麻呂）という中流の貴族の庭に馥郁と匂うほどに、梅は平城京に香っていたのでした。

（5）菖蒲縵の復活

天平十九年五月五日　聖武天皇

天皇、南苑《なむゑん》におはしまして、騎射《きしや》・走馬《はしりうま》をみそなはす。是《こ》の日、太上天皇詔して曰はく、「昔者《むかし》、五日の節《せち》には常に菖蒲《あやめ》を用いて縵《かづら》とす。このころ已《すで》にこの事を停《や》めたり。今より後《のち》、菖蒲縵《あやめかづら》に非《あら》ずは宮中《うち》に入《い》ること勿《なか》れ」とのたまふ。

[天皇は南苑にお出ましになって、騎射と走馬を御覧になった。この日、元正太上天皇は、次のように詔をされた。「昔、五月五日の節会には、常に菖蒲を髪飾りとしていたが、近頃はその風習が行われなくなった。今後は菖蒲の髪飾りをつけないと宮中に入ってはならぬこととする」]

天平十九年（七四七）の五月五日に元正太上天皇が出された詔です。太上天皇はこの時六十八歳で、聖武天皇に譲位してから二十数年が経っていました。そして、この年の十二月に病に臥し、翌天平二十年の四月に崩御されました。老境の太上天皇には何か期するものがあったのでしょうか。

詔の内容は、「昔は五月五日には常に菖蒲の縵をつけていた。近頃はこれが行われなくなっている。よって今後は菖蒲の縵をつけなければ宮中に入ってはならない」というものでした。『万葉集』にも「菖蒲の縵」が詠われていましたが、その中で古いものは巻三の「石田王の卒る時に、山前王の哀傷びて作る歌」です。そこで「ほととぎす鳴く五月にはあやめ草花橘を玉に貫き縵にせむと…」と詠われていて、花橘とともに菖蒲が縵として用いられていたことがわかります。石田王は伝記のわからない人なので、年代はわからないのですが、山前王は天武天皇の第九皇子・忍壁皇子の子で、『続日本紀』の養老七年（七二三）十二月二十日に「散位従四位下山前王卒しぬ」とある人です。養老七年頃、元正天皇の御世（養老八年二月に譲位）は、菖蒲の縵は盛んに用いられていたのでしょう。

菖蒲（写真／竹前朗）
軒に吊るしたり枕の下に置いたり、根茎を風呂に入れ、菖蒲湯として用いたりする。漢方にも用いる。

天平十九年の頃も家持たちが菖蒲の歌を盛んに詠んでいるので、菖蒲の縵は衰えたとは思えないのですが、宮中に縵をつけて出仕することがなくなり、上皇はそのことを寂しく思われたのではないでしょうか。官人たちが身につけた縵はただ菖蒲を巻いただけのものではなく、蓬や花橘も玉として貫いた華やかなものであったと考えたいのです。

『荊楚歳時記』の注には、菖蒲についてとても詳しく解説されています。菖蒲が尊ばれたのは「百草の中で最初に生えること、その芳香が辟病や長寿の力の源になると考えられた」ので尊ばれたと書いています。また、他の文献を引用して、「菖蒲は聡を増す」とか「菖蒲を服すること十三年にして身に毛を生じ、日に書万言を見て皆なこれを誦せり、冬袒《はだぬ》ぐも寒からず」などとあって、菖蒲が頭脳を明晰にする効力もあることを述べているのです。かつては五月五日には、どの家でも菖蒲の縵（鉢巻のように頭に巻くだけですが）を幼児の頭に飾り、無事の成長を祈ることが行われていました。小さい頃は理由の説明もなく、五月五日には菖蒲の鉢巻をするものだという既成の事実として受け入れていましたが、長い長い年月がその中に流れているのでした。今は菖蒲湯くらいで、縵は見かけなくなりましたが、そのことを少し寂しく思うのは、「菖蒲の縵をしないものは宮中に入ってはならない」といった元正太上天皇の気持ちに通じるものがあるのかもしれません。元正上皇の詔は郷愁によるものだったのでしょうか、詔を発した理由については何も語らないままに元正太上天皇は六十九年の独身の生涯を終えられたのでした。

この他にも『続日本紀』には、橘についての記述もあります。天平八年（七三六）十一月十一日の条に、葛城王（橘諸兄）と弟・佐為王（橘作為）が橘宿禰賜姓を願った上表文に、葛城王らの母の三千代が、和銅元年（七〇八）の十一月二十五日に、元明女帝から忠誠の至りのお褒めに預かり、杯に浮かぶ「橘」を賜った事情を述べています。さらに、女帝より「橘は…」以下の詔と、橘宿禰の姓を賜ったことが引用されていました。このことは既に『万葉集』の橘において詳述していますので、ここでは詳細は省きましょう。

（6）『続日本紀』の香り

『続日本紀』の記す八世紀は『万葉集』とも時代的に重なるのですが、そこに描かれた香りの世界は、かなり異なるものでした。最初に述べた道照和尚の「芳香を発する遺体」は、これまでの文献にはなかったものです。死体や死骸は、人でも動物・魚・虫でも、悪臭を発するものであったのですが、仏教の影響により、「悟りの境地に入った証」として、身体が芳香を発すると信じられるようになりました。道照和尚が優れた僧であることの証として、死後芳香を発したということになったのでしょう。あるいは身や食を律して、暴飲暴食を慎み、命を保つための最少のものしか口にしない生活は、身体から悪臭を追放していき、芳香とまではいかなくても不快な匂いを排除する状態を作りあげていったのかもしれません。それがいささか過剰に芳香を発すると伝わったのかもしれません。また、天皇の詔にもあった「五辛を断つ」というのも悟りの境地に至る一過程として必要とされたのでしょう。仏教が生活に深く入り込むにつれて、香りの世界も少しずつ変化をみせていったのです。

『続日本紀』は「七夕の梅」や「菖蒲縵」についても述べています。梅や菖蒲の芳香に「香り」の持つ霊力を見、求めていったのでしょうか。

注

1 菅野真道（すがのの・まみち）　天平十三年〜弘仁五年（七四一〜八一四）。平安時代初期の公卿。百済国第十四代の王である貴須王（近仇首王）の末裔、津山守の子。姓は津連《つのむらじ》、のち菅野朝臣。従三位・参議。藤原継縄《つぐただ》・秋篠安人《あきしののやすひと》と『続日本紀』の編纂を行い、延暦十六年（七九七）に全四十巻を完成させた。

2 藤原継縄（ふじわらの・つぐただ）　神亀四年〜延暦十五年（七二七〜七九六）。藤原南家の祖である左大臣・藤原武智麻呂の孫。右大臣・藤原豊成の次男。『続日本紀』の編纂者としても挙げられているが、彼の生前には一部分しかできあがっておらず、実際に関与した部分は少なかったと見られている。

3 大品経（だいぼんきょう）　『大品般若経』の略。『摩訶般若波羅蜜経《まかはんにゃはらみつきょう》』のこと。二十七巻または三十巻。後秦の鳩摩羅什《くまらじゅう》の訳。般若空観を説く多くの般若経典の内、大乗仏教中期に増広敷衍されたものである。

4 体身香（たいしんこう）　楊貴妃も飲んでいたという丸薬で、この香薬を三日間、十二個ずつ服用を続けると口中が芳香を放つという魅惑的な丸薬。五日目には体から香気がし、十日目には着ている服に香りが移る。二十日目には、すれ違う人も気がつくほどの芳香を、二十五日目には、手や顔を洗った水に香気が移り、一カ月後は、その芳香が抱いた赤ん坊にまで移るほどになるといわれている。原料は丁子、麝香、藿香、霊陵香、青木香、桂皮、甘松などを粉末にし、蜂蜜で練り固めて作る。製法は練香と同じ。『薫集類抄』に製法が載る。

5 中男作物（ちゅうなんさくもつ）　令制下の租税。中男（大宝令では少丁）は十七歳から二十歳の男子。中央官庁が必要とする物品を、国郡司が中男を使役し調達して貢進したもので、七一七年設定。

6 コエンドロ　セリ科の一年草コリアンダーの和名。タイ料理に用いるパクチという。

7 韮を詠んだ歌。
　伎波都久《きはつく》の　岡のくくみら　我摘めど　籠《こ》にものたなふ　背なと摘まさね　（巻十四・三四四四　東歌）
　［伎波都久の岡に生えているくくみら（茎韮か）は、私が摘んでも籠にたまらないわ。あなたの背の君とお摘みなさいな（すぐ一杯になるわよ）。］

8 『四民月令』（しみんげつれい）　『荊楚歳時記』に先行する歳時記。後漢成立とされる。

9 大仏頂首楞厳経（だいぶつちょうしゅりょうごんきょう）　大仏頂如来密因修証了義諸菩薩万行首楞厳経の略。禅を磨いて人間の感覚作用で誘発しやすい、あらゆる煩悩から解脱の域に至る要義を説いた経典。

10 由義宮（ゆげのみや）　弓削道鏡の出身弓削氏の氏寺とされた弓削寺の近くにあった弓削行宮の名を改めたものとされる。

11 『大般若経』（だいはんにゃきょう）　『大般若波羅蜜多経《だいはんにゃはらみったきょう》』とは、大乗仏教の基礎的教義が書かれている長短様々な般若教典を集大成したものである。通称は『大般若経』で、般若経と略称することもある。六百巻余の膨大な経典である。

おわりに

（1）『源氏物語』の香りへ

これまで、上代の文学に見える香りについて述べてきました。江戸時代に本居宣長によって、日本人は「香りには鈍感であった」と評されたのですが、必ずしもそうではなかったといえるでしょう。

推古天皇三年（五九五）に香木が初めて日本に渡来して以来、初めは仏事に用いられていたのですが、その魅力に目覚め、仏事だけではなく、日常生活に取り入れるようになっていきます。天皇をはじめとする皇族貴族の中でも、特に身分の高い経済力のある人たちに限られていましたが、彼らは香りを様々に工夫し生活の中に取り入れていきました。

彼らの用いた香は大きく匂袋（裛衣香《えひ》）と練香（薫物《たきもの》）の二種類にわけることができ、常温で香りを出すのが裛衣香で、温めて香りを出すのが薫物です。

君は人の御ほどを思せば、されくつがへる今様のよしばみよりは、こよなう奥ゆかしと思しわたるに、いとうそそのかされて、ゐざり寄りたまへるけはひしのびやかに、えひの香いとなつかしう薫り出でて、おほどかなるを、さればよと思す。年ごろ思ひわたるさまなど、いとよくのたまひつづくれど、まして近き御答へは絶えてなし。わりなのわざやと嘆きたまふ。

（『源氏物語』「末摘花」）

［君（光源氏）は、姫君（末摘花）のご身分をお考えになると、むやみに風流がっている今風の女の気取り方よりは、この上なく奥ゆかしいとお思いになる。今しきりに女房どもに勧められて、こちらにいざり寄ってこられる姫君の気配がもの静かで、裛衣香が慕わしく漂ってきて、おおらかな感じなのを、果たして予想通りだったとお思いになる。長い間、姫君を慕い続けてきた心中などを、いかにも上手にお話になるが、これまで手紙の返事もなかったものを、まして間近なところでのお応えはあるわけもない。どうにも仕方のないことだと、お嘆きになる。］

引用文中の「えひの香」（訳文では裛衣香）は、現代の匂袋と防虫香を兼ねた役割をするものです。十種類ほどの香料を、粉末または細かく刻んで調合し、衣服とともに収納することで、香りを衣服に染み込ませて、香りを楽しむとともに、防虫効果も兼ねています。現代でも衣装箪笥の引き出しに入れたり、和書に防虫のために入れたりするものが市販されています。また、材料さえ揃えば、簡単に作ることもできます。複数の香料を混ぜ合わせることで、それぞれの香りが融合し、単品とは異なる、複雑な香りを作り出します。それだけではなく、早く香りの立つもの、永く香りを保つものと、香料ごとの特徴があり、組み合わせることで、香りを長い期間保ち続けることができるのです。

『源氏物語』に戻りましょう。姫君の動きとともに香りを含んだ空気がひそやかに、源氏の拠所まで流れてきました。その香りが「いとなつかし」いもので、源氏の姫君への期待がますます高まっていく場面です。『源氏物語』の中では、源氏や紫上という主役たちが、自ら薫物を作る場面があります（「梅枝」）。裛衣香や薫物を作ることは、貴族の教養として必要とされたようです。今、漂い流れてくる香りも姫君自ら作ったとすれば、なかなかの教養と感性を持った人のようで、かなり期待できそうだと考えたのでしょう。

また、今は亡き末摘花の父は、かつて常陸宮といわれ、生前、常陸国の国守を勤めていて、経済的に恵まれており、その頃に貴重な香の材料を蓄え、末摘花がそれを所持していたことを物語っているというわけです。困窮した生活をおくる末摘花ですが、裕福に育ち、それが彼女のおっとりした性格や人のよさの形成に影響を与えたことも想像できます。このように「いとなつかしう」と表現された裛衣香は、多くの情報をもたらしてくれるのです。

「はじめに」の『十訓抄』で述べたように、中流以下の貴族では香の材料など持ってはいませんでした。この裛衣香は正倉院の宝物にも現存しています。また、第六章で述べた『万葉集』には「珮《はい》」という語が見えますが、それは小さい裛衣香で、帯に結びつけて用いたようです。歩くたびに香りが流れ、注目を集めたことでしょう。

『源氏物語』は、薫物についても述べています。最も詳しく述べているのは「梅枝」の場面です。長いので引用はしませんが、源氏が一人娘の入内《じゅだい》の準備をする過程で、薫物を作成します。源氏と紫上、朝顔斎院、花散里、明石上が、それぞれ薫物を作成し、できあがったものを聞き比べ、優れていると判定したものを持たせる、という計画でした。聞き比べる判者として、源氏の弟君の兵部卿があてられています。

作成の場面もかなり具体的で、ただ作るだけでなく、できあがった薫物を入れる香壺やその香壺を入れる香箱の、贅を尽くした材料や意匠についても詳しく語られます。

裛衣香や薫物を用い、衣装や室内を香らせ、また手紙にも炷き染めたりと、香は貴族の生活の必需品となっていきました。つまり、香木が渡来してから、五百年ほどの歳月の蓄積が、この裛衣香や薫物、そして貴族の美意識に結実したのです。

また『源氏物語』は※1「挙体芳香《きよたいほうこう》」（生まれながらに芳香を発する身体）という類稀な資質を持つ「薫君」という人物を登場させています。薫君の芳香については「匂兵部卿《におうひょうぶきょう》」の巻で詳しく述べられています。

はかなく袖かけたまふ梅の香は、春雨の雫《しづく》にも濡れ、身にしむる人多く、秋の野に主《ぬし》なき藤袴も、もとの薫りは隠れて、懐かしき追風《おひかぜ》ことにをりなしながらなむまさりける。

［軽く袖をお触れになった梅の香りは、春雨の雫にも濡れて、その身に染ませたがる人が多く、秋の野に脱ぎかけられた持ち主のわからない藤袴も、もとの香りは薄れて、心魅かれる追風も格別に、薫君に手折られることにより、薫君の香りが加わり、ひとしお匂いがまさるのであった。］

梅と藤袴という、香りを貴族に賞美された二つの花を取り上げています。梅に薫君の香りが加わり、それが春雨の雫に移り、その春雨に濡れると移り香《か》がするという、非現実的現象があるかもしれないと、思わせるが如く描かれます。また、藤袴は手折られることにより、薫君の香りが加わり、ひとしお素晴らしい香りとなって、風に乗って漂っていくと述べられるのです。花の香りと体臭が渾然一体

源氏物語絵色紙帖「眞木柱」部分（京都国立博物館蔵）
北の方が、手にした火取香炉を夫髭黒大将に投げつけようとしている場面。

となって、新たな芳香を作り出していると述べるこの場面は、『源氏物語』の中でも現実味がないところで、異質であり、後人の補作かと疑われているといわれているところです。

そんな現実離れした箇所は「橋姫」の巻にもあります。

隠れなき御匂ひぞ風に従ひて、主《ぬし》しらぬ香《か》とおどろく寝覚《ねざ》めの家々ありける。

［隠しようのない香りが風にのって（通りの家々に）漂っていき、「誰の香りかわからないが、いい香りだ」と、目を覚ます寝覚めの家々があった。］

薫君が宇治を訪れる場面です。馬の足音を忍ばせ、山道を進んでいくのですが、薫君の持つ芳香が風に乗って、道沿いにある山賤《やまがつ》の家に流れ込み、「どなたの芳香か」と目を覚ましたとあり、いくらなんでもありえないと思ってしまいます。

この場面も『古今和歌集』の、

主知らぬ　香《か》こそ匂へれ　秋の野に　誰か脱ぎかけし　藤袴ぞも　（素性法師　巻四・二四一　秋歌上）

［誰が用いているのかわからないけれど、素晴らしい香りが香っていることだ。この秋の野に誰が脱ぎかけた藤袴なのか。］

の影響を受けているのです。「秋の末つかた」と、季節が示されているので、秋の終わりでは藤袴にはやや遅すぎるようですが、枯れた藤袴なら十分残っているでしょうし、藤袴は枯れかけの匂いがひときわ素晴らしいと評価されているのでした。

『古今和歌集』の梅の歌といえば、凡河内躬恒の、

春の世の　闇はあやなし　梅の花　色こそ見えね　香やはかくるる　（巻一・四一　春歌上）

〔春の夜の闇はわけがわからない。梅の花は姿は見えないけれども、香りは隠しようもなく匂っているのだから。〕

が最も有名ですが、「匂兵部卿」に引かれている歌は、

色よりも　香《か》こそあはれと　思《おも》ほゆれ　誰《た》が袖ふれし　宿の梅ぞも　（読人不知　巻一・三三）

〔色よりも香りが素晴らしいと思われることだ。誰の袖が触れて移り香が香る、この家の梅なのか。〕

梅の花　立ち寄るばかり　ありしより　人のとがむる　香《か》にぞしみぬる　（読人不知　巻一・三五）

〔梅の花にちょっと立ち寄ったその時から、誰の移り香かと、人がとがめる香りが染みついてしまった。〕

などで、躬恒の闇を流れてくる梅の香ではなく、袖に梅の香が染み込み、梅に人の香りが移るという、梅との近しい交流を詠んだ歌です。現代の洋服の袖では、この優美な雰囲気は想像しがたく、直衣《のうし》でも狩衣《かりぎぬ》でも、広袖なればこその袖の移り香の美といえるでしょう。

この『古今和歌集』の歌は、やがて物語を取り込み、『新古今和歌集』の、

梅の花　匂ひをうつす　袖の上に　軒《のき》もる月の　かげぞあらそふ　（藤原定家　巻一・四四　春歌上）

〔梅の花がしきりに匂いを移している袖の上に、軒端からさし入る月の光が、梅香に劣らず、袖に姿を移そうとしていることだ（月の影がはっきりと映るほどに、私の袖は涙で濡れている）。〕

梅の花　誰《た》が袖ふれし　にほひぞと　春や昔の　月にとはばや　（源通具　巻一・四六　春歌上）

〔梅の花、それはいったい誰が袖を触れて移した匂いなのかと、昔と変わらぬ月に聞いてみたいものだ（昔と変わらない月なら知っているであろう）。〕

の歌を生み出す源となります。この二首の歌は『伊勢物語』や『古今和歌集』の、

月やあらぬ　春や昔の　春ならぬ　我が身ひとつは　もとの身にして

（在原業平『伊勢物語』四段『古今和歌集』巻十五・七四七　恋五）

［月は昔のままの月ではないのか、春は昔のままの春ではないのか、月も春も昔のままだ。それと同じように私ももとのままだ（それなのにあの人は変わってしまった）。］

を本歌としています。『伊勢物語』の詞章にも『古今和歌集』の詞書にも「梅の花盛りに」とあり、失った恋を嘆く男の周囲には梅の香りが頻りに漂っていたと思われます。しかし「月やあらぬ」の歌には、それが反映されていません。月だけでした。それが『新古今和歌集』の時代になると、月の朧な光の中で梅がほのかに漂うと、香りを明確に詠い、濡れた袖の上で、月の白い光と目に見えぬ梅の香りが、渾然と融け合っている風景を詠うようになります。四百年近い時間の中で生まれた、和歌と物語の言葉の蓄積が作り出す映像で、その言葉を知るものだけが味わうことができるのです。この縹渺《ひようびよう》たる美の世界を築きあげることに、香りが大きく関与しているといえるでしょう。

このような梅の香りと衣装との交流は、既に『万葉集』にありました。第六章で「梅は鏡前《きやうぜん》の粉《ふん》を披《ひら》き、蘭は珮後《はいご》の香《かう》を薫《かを》らす」（巻五・梅花の歌三十二首の序）とあるところです。蘭（香りの良い草）が珮（裹衣香・匂袋）のように、良い香りを放っているというのです。袖ではありませんが、衣服につける飾りということで、共通しているといってよいでしょう。草花が衣服の香りと区別しがたい芳香を放つというのは、やがて、草は梅に、衣装は袖と、具体性を増していきました。感性と表現を磨きつつ、朧化した美の世界を築きあげていきました。しかし、『万葉集』では、それを和歌に作りあげる表現技法に長けていなかったといえるでしょう。

（2）『薫集類抄《くんじゅうるいしょう》』の誕生

※2鑑真《がんじん》によって奈良時代にもたらされたとされる薫物は、平安時代になると、薫物の製法（レシピ）が考案工夫され、様々な香りが生まれます。その中でも最もよく知られているのが、「六種《むくさ》の薫物《たきもの》」です。季節ごとに用いられる香りが定まっていて、それぞれに「梅花・荷葉《かよう》・侍従《じじゅう》・菊花・落葉《おちば》・黒方《くろぼう》」という名がついていますが、六つのうち、四つまでが草花の名に由来するものです。梅花香が実際に梅花の香りを漂わせるものではないし、荷葉も蓮の花や葉の香りを再現するのではありませんが、それを目指したということでしょうか。

例えば「梅花」には「沈香《じんこう》・占唐香《せんとうこう》・甲香《こうこう》・甘松香《かんしょうこう》・白檀《びゃくだん》・丁字《ちょうじ》・麝香《じゃこう》・薫陸《くんろく》」の香料を用いると決まっていて、分量も基準があります。ところが、香木は沈香を用いるのですが、沈香も産地によって当然香りが違うでしょうし、同じ木でも部位によって、香りを発する樹脂の多寡により異なる香りとなるものです。少し分量を変えることによっても、異なる香りの練香ができあがります。梅花という共通の香りの範囲で（それは決して侍従にも黒方にもならないが）、また変化が生まれるのです。そこから、王朝の貴族は、香りによって人物を特定できるということがありえたのでしょう。同じ梅花でも、作り手によって、それぞれ異なる香りとなるのです。

「梅枝」の巻で薫物の作成に入った源氏邸では、「鉄臼《かなうす》の音耳かしがましきころなり」という一節がありますが、香料を細かくする作業を指しています。一つの香料につき、三千回から五千回ほど搗《つ》くといいます。細かすぎても粗すぎても、良い香りのものが

銀薫炉（正倉院宝物）
横径十八・〇センチ、縦径十八・八センチ。火皿を常に水平に保つ仕掛（ジャイロスコープ）がある。

できないのです。次に、それを篩《ふるい》にかけますが、それにも篩の材質などに細かい決まりごとがありました。

貴族たちは良い薫物（勿論、裛衣香《えいこう》もですが）を作るために、努力を惜しまなかったのです。そのための細かい決まりごとは、『源氏物語』より一世紀ほど後に書かれた、香《こう》の製法書『薫集類抄《くんじゅうるいしょう》』という書物に記されています。この書は、書かれた年は明確にはわかりませんが、十二世紀頃といわれています。著者は藤原範兼《のりかね》とも寂蓮《じゃくれん》法師ともいわれ、こちらもはっきりしていません。

範兼は、藤原南家の流れを汲み、嘉承二年（一一〇七）に生まれ、長寛三年（一一六五）に没しました。二条天皇の信頼厚く、娘は後鳥羽天皇の妃となり、順徳天皇の生母となる修明門院です。範兼は、二条天皇即位に際しては、大嘗会《だいじょうえ》主基方《すきがた》の作者となり、歌学書『和歌童蒙抄』、また、名所歌集の嚆矢となる『五代集歌枕』を著しています。寂蓮法師は、保延五年（一一三九）頃に生まれ、建仁二年（一二〇二）に没しています。藤原俊成の甥でしたが、養子となりました。『千載和歌集』以下の勅撰集に、百十七首もの歌が入集している優れた歌人です。どちらも、平安後期末期を代表する教養人でした。

香の製法書（レシピ集）『薫集類抄』は、梅花だけでも十九人の人の製法が記されています。六種の薫物の他にも、薫衣《くのえ》香や裛衣香、百和《はくわ》香、浴陽香（入浴剤）に加えて、焼香や供養香の製法まで詳しく説明されています。蜜の用い方（練香には、香料をまとめる役目をするものとして、甘づら、蜂蜜などが用いられた）、扱い方、香材料のふるい方、あわせ方など、実に細かく指示しています（爪を切って、手を洗って、などに至るまで）ので、練香・裛衣香の作成に、どれほど熱心であったかを想像することができます。薫物・裛衣香の文化は、王朝時代に完成したといえるでしょう。以後は、それを踏襲し、今日に至っているのです。『薫集類抄』の他に、薫物の伝書は『※3後伏見院宸翰薫物方《ごふしみいんしんかんたきものほう》』や※4後小松院御撰『むくさのたね』があります。

王朝貴族の生活に憧れる人は多くいますが、実際に体験することは大変難しいものです。住居はほぼ不可能ですし、衣装は体験できるところはありますが、高価でもあり、また現在の衣装に比べて重く、着るだけで精一杯でしょう。食べ物は「王朝の食事」というものを供する料亭があったとしても、現代人の好みに合わせて、かなり変えていると思います。王朝時代そのままでは、現代の人が美味しいとは思わない料理もあるでしょうから。

その中で香だけは、ほぼ王朝時代のものを、手軽に味わえることができるのです。光源氏や紫上が体験したとされる、香の世界を体験することができるのです。「六種の薫物」は、香を扱う店で販売されています。また、裛衣香なら、香料を買って自分で調合することもできます。貴族たちが努力して作り上げた香を、現代の私たちが簡単に味わうことができるのは少し申し訳ない気もします。

（3）香道の成立

王朝時代に貴族が熱心に研究し、完成させた薫物でしたが、「さるに、足利の頃は、女は薫物を用ひぬれども、男は沈をたくべしといへり」（※4『後松日記《ごしようにつき》』巻之一）と記されるように、一木の沈の香を楽しむように変化していきました。それが何時の時代であったかは、これも明確には知ることはできません。その理由も、武士は忙しいので、薫物を時間をかけて作っている余裕はなかったとか、貴族に薫物の製法について教えを請うことは誇りが許さなかったなどいわれていますが、こちらも詳しいことは何一つ伝わっていません。婆娑羅《ばさら》大名として特異な人格を注目される、『太平記』の※6佐々木道誉《どうよ》（高氏《たかうじ》）の記述から、南北朝時代には、一木の沈の香を楽しむことが盛んになっていたことは、確かといえるでしょう。

紫藤《しとう》の屈曲せる枝ごとに、平紅帯《ひんかうたい》をもつて青磁《せいじ》の香炉を釣《つ》り、金糸の卓を立て鶏舌《けいぜつ》の沈水《ぢんすい》をたきあげたれば、春風《しゆんぷう》匂ひ暖かにして、覚えず栴檀《せんだん》の林に入るかと覚えたる。（中略）そのあひだに両囲《りやうゐ》の香炉を両机に置きて、名香一斤を一度にたきあげたれば、香風四方《よも》に散つて、皆人浮香《ふかう》世界の中にあるがごとし。

（『太平記』巻三九）

［藤の曲がった枝ごとに、平紅帯で青磁の香炉を吊り下げ、金糸の塗りをした卓を用意して、沈香を炷いたので、春風は暖かな香りに満ち、思わず白檀の林に入ったかと思うほどである。（中略）花の間に二抱えもある香炉二つを二つの机の上にそれぞれ置いて、名香一斤（六百グラム）を一度に炷いたので、芳しい香りが四方に散り、人は皆、浮香の世界にいるように感じた（平紅帯―糸を

編んで、縄のようにした紐。金糸―堆朱《ついしゅ》の一つ。黄色と赤色の漆を塗り重ねて、彫り目にいく筋もの線を表したもの。鶏舌香―丁子香。沈香とは別のものである。良い香りを強調するために、鶏舌香と沈香を組み合わせたものか）」

佐々木道誉が斯波道朝《しばどうちょう》と奢侈を競い、絢爛豪華《けんらんごうか》な花見を催す場面です。この花見では、道誉が「一斤の香木」を一度に炷いたという記事がよく知られています。一斤は現在の六百グラムです。一キロにも満たないのですから、さほど大きいとは思われないかもしれませんが、香道で用いる香木は「馬尾蚊足」といわれ、一グラムを何回にも用いるほどの僅かな量です。また、それで十分に香を楽しめる、それが香木というものなのです。価格も、香木は一グラムが数万円の価格という高価なものですから、一万円としても六百万円ということになりますので、この香木はその数倍の価値のあるものであったと思います。今もその時、道誉が炷《た》いた香木が「花宴《はなのえん》」と命名され、残っています。香木は一度炷けば煙となって、二度と元に戻らないものです。その他にも『太平記』には、花見の豪奢ぶりが細々と書かれていますが、この香木の場面のみが伝えられています。

この他に、道誉は百七十七種もの名香というべき香木を収集所持し、それが後に代々の将軍の所有となったと伝えられています。八代将軍・[※7]足利義政の頃には、香道志野流の始祖・志野宗信《しのそうしん》がその中から六十一種名香を選定し、現在まで名前だけではなく、香木も伝わっています。

義政と交流の深かった[※8]三条西実隆《さんじょうにしさねたか》は、香道の始祖といわれ、この頃、香が盛んに楽しまれ、それが香道に結実しました。三条西実隆の流れが御家流、実隆に深く信頼されていた志野宗信に始まる流れを志野流といい、これが香道の二大流派とされています。志野流は宗信から宗温《そうおん》、省巴《しょうは》と三代続いた後、蜂谷宗悟《はちやそうご》が四代を継ぎ、現在に至っています。

道誉の頃に、一木の沈の香を楽しむように変化して以来、少し遊びの要素を加え、「名香合《あわせ》」が行われるようになります。名香合とは「出席者が名香を持ち寄って炷《た》き、優劣を

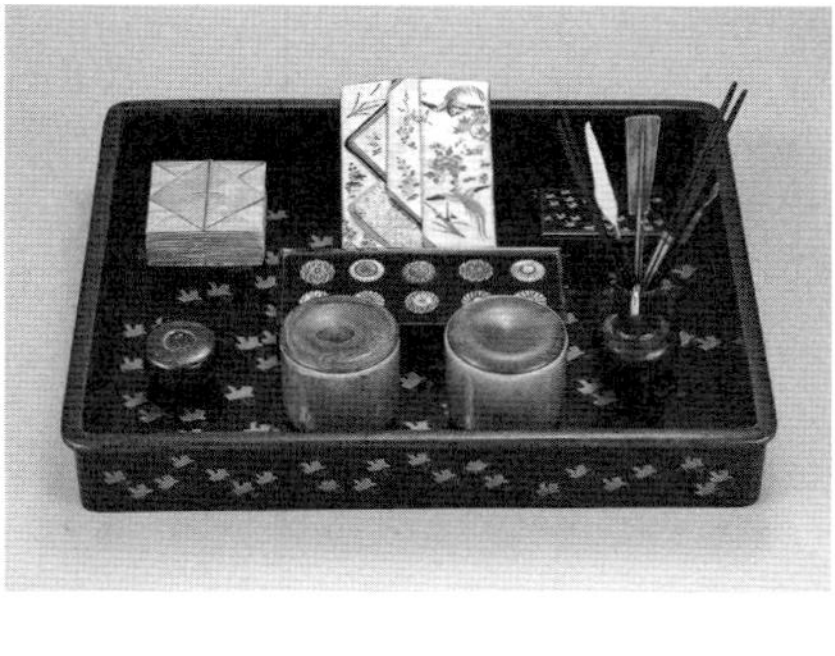

千鳥蒔絵乱箱飾（松隠軒蔵）
香道（志野流）で用いられる道具一式が納められた乱箱。

比べる」ことです。六人集まれば三組に分け、二種類ずつ炷き、どちらの香がすぐれているか判断するというものです。後の名香合の規範となった文亀元年（一五〇一）に志野宗信邸で行われた「文亀の名香合」がよく知られ、その記録が残っています。

平成二十一年二月には、志野流二十世・蜂谷宗玄宗匠と蜂谷宗苾若宗匠が、慈照寺（銀閣寺）住職・有馬頼底氏、尾張徳川家二十二代・徳川義崇氏、近衞家次期当主・近衞忠大氏、冷泉家二十五代当主夫人・冷泉貴実子氏とともに、名香合を行いました。そこでは六十一種名香のうち、「千鳥（有馬氏）・賀《よろこび》（徳川氏）・明石（近衞氏）・寝覚《ねざめ》（冷泉氏）・紅《くれない》（宗匠）・花宴《はなのえん》（若宗匠）」が選ばれ、これらの名香が五百年以上の時を経て炷かれたのでした。

この現代に蘇った名香合の模様はＮＨＫテレビで放映され、一般に公開されたのですが、このことも画期的なことといえるでしょう。

さて、一木の香木の香を楽しむには、香木を最もよい条件で炷くことが必須となりますから、そのためにどうすればよいかと工夫するようになりました。最も大事なのは「火合《ひあ》い」でしょうから、どの程度の熱さで炷くことがよいのか様々に工夫し、作法が整っていきます。さらに『源氏物語』や『伊勢物語』、『古今和歌集』や『新古今和歌集』などの古典文学と結びつき、遊戯性を増した組香《くみこう》が生まれていくのです。和歌、書道をも包含する総合の芸道として成立するのですが、茶道は勿論、和歌や書道の教養までも必要とするため、茶道・華道に比べて、やや敷居が高いと思われているのでしょうか、学ぶ人の数は茶道・華道とは比較にならないほどに少ないようです。

推古天皇三年（五九五）に香木が初めて日本に渡来して以来、数百年を単位として、日本の香文化は変貌発展を遂げてきました。仏前の供香から、貴族の生活を豊かにする薫物・裏衣香へ、そして中世には一木の沈香を味わうようになり、名香合わせや組香が生まれます。それとともに、作法も整備され、香道が成立しました。それから、さらに数百年の時を経て、今度はどんな変貌を遂げるのでしょうか。旧きをたずね、そこから生まれる新しい香りの文化に期待したいと思います。

今まで、香りの旅を筆者とともに辿ってきて下さった読者の方々は、古代の日本人は決して香りに鈍感ではなかったことを理解して下さったことでしょう。

本書では、上代の文学の香りについて述べてきましたが、現代文学にも香りに触れた作品、香を主題とした作品は、小川洋子『凍りついた香り』、宮尾登美子『伽羅の香』など多くあります。また、エラリー・クイーンの『Yの悲劇』では「バニラの香り」が鍵となっているなど、海外の作品にも香りが主題となっている作品が多々あります。それらを読み、楽しんでみるのもよいでしょう。そして、香りに対して、かくも繊細で貪欲であった日本人が、これからどんな香の文化を形成していくのかを、眺めてみることにしましょう。

注

1 挙体芳香（きょたいほうこう）　中国では西施《せいし》、楊貴妃、香妃《こうひ》という、身体から芳香を発する実在の人物がいたとされる。

2 鑑真（がんじん）　持統天皇二年～天平宝字七年（六八八～七六三）。奈良時代に渡来した唐の僧。日本の学問僧の要請に応じ、五回の渡航失敗と失明にも関わらず、天平勝宝六年（七五四）来日。持参した物品の中に、薫物に必要な香材など一切が含まれていたという。

3 後伏見院（ごふしみいん）　伏見天皇第一皇子。正応元年～建武三年（一二八八～一三三六）。第九十三代天皇。在位は永仁六年～正安三年（一二九八～一三〇一）。

4 後小松院（ごこまついん）　第百代天皇。後円融天皇第一皇子。永和三年～永享五年（一三七七～一四三三）。在位は永徳二年～応永十九年（一三八二～一四一二）。室町時代北朝最後の第六代。

5 『後松日記』（ごしょうにっき）　江戸時代後期の有職故実研究の名著。松岡行義著。
松岡行義（まつおか・ゆきよし）　江戸時代後期の有職故実家。寛政六年～嘉永元年（一七九四～一八四八）。著名な故実家である辰方の長男。父のあとを継いで久留米藩（福岡県）に仕えて松岡流家学を守り、かたわら、高倉流の公家故実と小笠原流の武家故実を学んだ。学風は、机上の学問を排し、実技を重んじるとともに文献を渉猟し、絵画遺品の調査および復元を行った。著書『後松日記』は、幕末期有職故実研究の名著と評価される。　和学講談所の教授に任じられた。

6 佐々木道誉（ささき・どうよ）　永仁四年～応安六年（一二九六～一三七三）。鎌倉幕府創設の功臣で近江を本拠地とする佐々木氏一族の京極氏に生まれるが、後醍醐天皇の綸旨を受け鎌倉幕府を倒すべく兵を挙げた足利尊氏に従った。後に武士の支持を得られなかった後醍醐天皇の建武の新政から尊氏とともに離れ、尊氏の開いた室町幕府において政所執事や六カ国の守護を兼ねた。

7 足利義政（あしかが・よしまさ）　徳治元年～延徳二年（一四三六～九〇）。室町幕府第八代・征夷大将軍。

8 三条西実隆（さんじょうにし・さねたか）　康正元年～天文六年（一四五五～一五三七）。足利義政と親交があったほか、文化人としての交流関係も多岐に亘り、一条兼良とともに和歌・古典の貴族文化を保持・発展させ、宗祇から古今伝授を受けている。また、武野紹鷗に茶道を教えた。

参考文献一覧

注釈書

【古事記】

●倉野憲司『古事記 祝詞』（日本古典文学大系）岩波書店　一九七二年
●西宮一民『古事記』（新潮日本古典集成）新潮社　一九八〇年
●山口佳紀・神野志隆光『古事記』（新編日本古典文学全集）小学館　二〇〇一年
●山路平四郎『記紀歌謡評釈』東京堂出版　一九七三年

【風土記】

●秋本吉郎校注『風土記』（日本古典文学大系）岩波書店　一九七八年
●植垣節也校注・訳『風土記』（新編日本古典文学全集）小学館　一九九七年

【日本書紀】

●坂本太郎・家永三郎・井上光貞・大野晋校注『日本書紀』上・下巻（日本古典文学大系）岩波書店　一九六七・一九七一年
●小島憲之・直木孝次郎・西宮一民・蔵中進・毛利正守『日本書紀』一・二・三巻（新編日本古典文学全集）小学館　一九九四年・一九九六年・一九九八年

【懐風藻】
●小島憲之校注『懐風藻・文華秀麗集・本朝文粋』（日本古典文学大系）岩波書店　一九八三年
●江口孝夫全訳注『懐風藻』講談社学術文庫　二〇〇〇年

【万葉集】
●小島憲之・木下正俊・東野治之校注・訳『萬葉集』一～四巻（新編日本古典文学全集）小学館　一九九四年～一九九六年
●佐竹昭広・山田英雄・工藤力男・大谷雅夫・山崎福之校注『萬葉集』一～四巻（新日本古典文学大系）岩波書店　一九九九年～二〇〇三年
●澤瀉久孝『万葉集注釋』四・五・十・十一巻　中央公論社　一九七七年
●伊藤博『万葉集釋注』四巻　集英社　一九九九年

【続日本紀】
●青木和夫・稲岡耕二・笹山晴生・白藤禮幸校注『続日本紀』全五巻・別巻（新日本古典文学大系）岩波書店　一九八九年～二〇〇〇年
●宇治谷孟『続日本紀』上・中・下巻（全現代語訳）講談社学術文庫　一九九二年・一九九五年

【その他】
●栃尾武校注『玉造小町壮衰書』岩波文庫　一九九四年
●浅見和彦『十訓抄』（新編古典文学全集）小学館　一九九七年
●金子大麓・松本治久・松村武夫・加藤歌子『水鏡全注釈』新典社　一九九八年

●黒板伸夫・森田悌『日本後紀』 集英社 二〇〇三年
●小島憲之・新井栄蔵校注『古今和歌集』（新日本古典文学大系） 岩波書店 一九八九年
●久保田淳・平田善信校注『後拾遺和歌集』（新日本古典文学大系） 岩波書店 一九九四年
●片野達郎・松野陽一校注『千載和歌集』（新日本古典文学大系） 岩波書店 一九九三年
●田中裕・赤瀬信吾校注『新古今和歌集』（新日本古典文学大系） 岩波書店 一九九二年
●西澤美仁・宇津木言行・久保田淳『山家集・聞書集・残集』（和歌文学大系） 明治書院 二〇〇三年
●松尾聰・永井和子校注・訳『枕草子』（日本古典文学全集） 小学館 一九七四年

【参考書】
●岡不崩『万葉集草木考』二巻 建設社 一九三三年
●池田亀鑑『平安朝の生活と文学』 角川文庫 一九七五年
●塙保己一編・太田藤四郎補『香要抄』（『続群書類従』31上「雑部」所収） 続群書類従完成会 一九七八年
●梅田達也『香りへの招待』 研成社 一九九一年八月
●高橋庸一郎『匂いの文化史的研究 - 日本と中国の文学に見る』（阪南大学叢書65） 和泉書院 二〇〇二年
●樋口百合子『あかねさす紫野―万葉集恋歌の世界―』 世界思想社 二〇〇五年

【辞書・辞典など】
●『時代別国語大辞典』上代編 三省堂 一九六七年
●大野晋・佐竹昭広・前田金五郎編『岩波古語辞典』 岩波書店 一九七四年
●中田祝夫編監修『古語大辞典』 小学館 一九八三年

●『広辞苑』第六版　岩波書店　二〇〇八年
●『日本国語大辞典』第六巻　小学館　二〇〇一年
●青木生子・橋本達雄監修『万葉集ことば事典』大和書房　二〇〇一年
●平田嘉信・身崎壽『和歌植物表現辞典』東京堂出版　一九九四年
●文／舟茂洋一・馬場篤　写真／大貫茂『日本の香木・香草』誠文堂新光社　一九九八年
●神保博行『香道の歴史事典』柏書房　二〇〇三年

【論文】

●松本剛「カグハシ考」（『萬葉』第九十九号所収）萬葉学会　一九七八年
●龍本那津子「『万葉集』における「にほふ」の意味用法をめぐって」（『萬葉語文研究』第一集所収）和泉書院　二〇〇五年

あとがき

本書は、大学の共通教育（旧一般教養）で使用するというのが初期の目的でした。併せて、香道を学ぶ人や興味を持っている人も読んでいただければと思います。

あまり面白いとはいえない一般教養から、少しでも学生が興味を持って学ぶことができるように共通教育と名を変え、中身も随分変わりました。学生の興味があろうがなかろうが、教師が自分の専門について話すという講義は、改めなければならなくなりました。それでも、私ははじめ、専門の「歌枕」について話をしたのですが、全く興味を持ってもらえませんでした。

それで「香」なら学生も興味があるだろう、それと古典文学を結びつけ「日本文学にみる香り」という内容で授業を行ってはと考えました。『古事記』から『続日本紀』まで、本書で取り上げた上代の作品だけではなく、『日本霊異記』『伊勢物語』『源氏物語』や『更級日記』などの物語・日記、そして『枕草子』『方丈記』『徒然草』の随筆、また、現代文学も含めて、そこに記されている「香り」に関する記事を抜き出していきました。それをもとに授業を行ったのですが、試行錯誤を重ね、今は上代の作品と『源氏物語』について、十五講の授業を行っています。

授業はプリントを配布して行っていましたが、テキストがあればより多くのことを伝えられるのにと、テキストを作ることを計画したのは、もう随分前のことです。なかなか進まず、やっと九割ができた頃、平成二十年の十月に奈良女子大学の大学院博士後期課程に進むことになりました。授業と学位論文の作成に追われ、テキストの計画は頓挫したままでした。平成二十三年の三月に学位（博士・文学）を授与され、大学院を修了しました。それから、再びこのテキストに取り掛かるはずでしたが、十月までは論文の学会誌への発表などがあり、やっと取り掛かれたのは十一月になっていました。出版をお引き受け下さいました、淡交社には随分無理なことをお願いしたことになります。

「日本文学にみる香り」の授業を始めた頃、香りのことについて余り知識のなかった私は「アロマセラピー」の講座にでかけましたが、後に長年憧れていた「香道」に、意を決し入門致しました。文中でも述べましたが、香道には幾つかの流派があり、「志野流」と「御家流」が二大流派としてよく知られています。「志野流」は武家風、「御家流」は貴族風という違いがあるという程度の知識でしたが、曜日や交通の便などを考えて入門したのが、「志野流寺町教場」でした。

そこで蜂谷宗玄宗匠と熊谷京子先生のご指導を受けることになりました。平成九年の五月でした。十数年以上も前のことです。その後、宗匠のお導きで、池坊短期大学、同文化学院での香道の授業で蜂谷宗苾若宗匠のお手伝いをさせていただき、そこでもご指導をいただきました。

思えば、五、六年以上かかって本書は完成したことになります。そのかかった時間の長さに内容が伴っていないことに思い至る時に、公にすることに躊躇《とまど》いはありますが、そのままにしたままでは次に進めない気がしまして、ご叱正をも顧みず、出版させていただくことになりました。

長年和歌のご指導をいただき、このたび淡交社をご紹介下さいました、冷泉家二十五代当主夫人・冷泉貴実子先生、香道の指導をいただき、また、このたび、身に余る序文をお寄せいただきました、志野流二十世家元・蜂谷宗玄宗匠、同じくご指導をいただきました、蜂谷宗苾若宗匠、熊谷京子先生に深甚の謝意を申し上げます。また、出版に際して様々ご指導・ご助言いただきました、淡交社編集局の河村尚子氏、その他、お世話になった皆様に深謝申し上げます。

平成二十四年四月　著者識

樋口百合子（ひぐち・ゆりこ）

大阪府生まれ。奈良女子大学大学院博士後期課程修了。博士（文学）。

現在、奈良女子大学古代学学術研究センター協力研究員。武庫川女子大学非常勤講師。

香道志野流に入門以来、二十世家元・蜂谷宗玄宗匠の指導を受ける。

冷泉家歌会所属。平成十八年「平成の歌会」において産経新聞社賞、同十九年同大賞を受賞。

著書　『和泉国うたがたり―古代編―』啓文社
『歌枕泉州』啓文社
『あかねさす紫野―万葉集恋歌の世界―』世界思想社
『『歌枕名寄』伝本の研究　研究編・資料編』和泉書院

共著　『古文献所収万葉和歌集成別巻』桜楓社
『一冊の講座　古今和歌集』有斐閣
『万葉の四季―和歌を学び、書を楽しむ』淡交社
『萬葉写本学入門』笠間書院
『万葉の恋―和歌を学び、書と篆刻を楽しむ』淡交社

いにしへの香り

―古典にみる「にほひ」の世界―

平成24年5月28日　初版発行
平成30年6月26日　2版発行

著者　樋口百合子
発行者　納屋嘉人
発行所　株式会社淡交社
［本社］京都市北区堀川通鞍馬口上ル
営業075(432)5151
編集075(432)5161
［支社］東京都新宿区市谷柳町39-1
営業03(5269)7941
編集03(5269)1691
www.tankosha.co.jp

印刷・製本　NISSHA株式会社

ISBN978-4-473-03816-6